作者前言

漢字來自中國。起初，日文裡只有漢字，寫出類似中文的字，卻唸成日文發音。後來，才發明了「平假名」和「片假名」。

當時，日本男人要精通漢字，假名是女人用的。直到後來因為一個男人用假名寫作，影響所及，男人才開始用假名書寫。

經過長久的演變，現在日本所使用的漢字，與中國的文字已有極大差異。而且，因為漢字與「平、片假名」混用使用，漢字的語感，跟中國的文字更是完全不同。

- **「日本文部科學省」（日本教育部）為了提升日本國民的「閱讀理解力」，及「語言使用的豐富度」，具體規範小學生、國中生、高中生、大學生、及社會人士等各學齡層的必學漢字，作為「日本國民的基礎學力指標」。**
- **本書挑選其中 300 個衍生詞彙量最多的「日本國民漢字」，並列舉 2800 個常用詞彙、例句、生活慣用語、四字熟語等，完整呈現日本人於閱讀、日常溝通、及生活訊息中隨時可見的實用詞彙及用語。希望藉由提升語彙力，全面提升日語聽說讀寫能力！**

對於使用華文的台灣人來說，漢字並不陌生，也是與日本人溝通的方便之路。中日之間甚至有許多漢字用語互相影響而流行，例如：「人気商品」、「御宅族」等。很多人甚至是「因為漢字看得懂，感覺日文簡單，而開始學日文」。

語言是文化，文化交流循環，就會創造一個新世界。希望本書除了能提供學好日文的豐富知識，每位讀者朋友也能在無形中參與文化的交流，成為創造新世界的優秀人才。

特別製作！「日本年度漢字」特輯

什麼是「日本年度漢字」？

- 1995年起，「日本漢字能力檢定協會」（簡稱漢檢協會）於每年年底舉辦「年度漢字（今年の漢字）」票選活動。由日本人民利用明信片或電子郵件，寫下足以代表該年情勢的漢字，經過漢檢協會歸納整理，得票數最高的，就是該年的「年度漢字」。
- 接著，並於12月12日「漢字之日」（漢字の日）於日本列名世界文化遺產之一的「京都清水寺」，由該寺住持──森清範於寬1.3公尺、高1.5公尺的特大紙張上公開揮毫揭示，之後則供奉於寺內的千手觀音像前。
- 「年度漢字」是將一年內日本國內、以及全球的事態濃縮，並用一個漢字精準表達。在住持揮毫揭示的那一剎那，除了象徵回顧與檢討，也藉由「這是匯集全日本人民的共識所選出來的」這樣的概念，讓日本人感受到漢字的豐富內涵。

1995年至今的「日本年度漢字」

	年度漢字・發音	獲選原因
1995年	震 しん／ふる	1- 阪神・淡路大震災（はんしん・あわじだいしんさい）（阪神大地震）：日本戰後最嚴重的地震，傷亡達六千多人。 2- 震えた（ふるえた）（震懾）：①東京發生地鐵沙林毒氣事件。②眾多金融機構倒閉。
1996年	食 しょく／た	1- 集団食中毒（しゅうだんしょくちゅうどく）（集體食物中毒）：O-157大腸桿菌造成集體食物中毒。 2- 食いもの（くいもの）（剝削的對象）：多起官員貪污事件，人民成為被剝削的對象。 3- 食べる（たべる）（飲食）：爆發狂牛症，食用牛肉出現恐慌。
1997年	倒 とう／たお	1- 倒産（とうさん）（倒閉）：數家大企業歇業或倒閉。 2- 倒す（たおす）（打倒、打敗）：日本足球國家隊打倒對手，取得世界盃出賽資格。
1998年	毒 どく	1- 毒物（どくぶつ）（有毒物質）：①和歌山毒咖哩事件，並引發仿效下毒。②戴奧辛污染環境。③化學物質造成人體內分泌失調。
1999年	末 まつ／すえ	1- 世紀末（せいきまつ）（世紀末）：該年為二十世紀最後一年。 2- 世も末（よもすえ）（世界末日）：東海村核化工廠事故，令人恐慌宛如世界末日。 3- 末広がり（すえひろがり）（興盛）：期望隔年能開展新局。

2000年	金 きん/かね	1-金(きん)メダル（金牌）：女子柔道、女子馬拉松獲得雪梨奧運金牌。 2-金(きん)・金首脳会談(きんしゅのうかいだん)（南北韓首領會談）：南北韓領袖金正日和金大中戰後第一次破冰對話。 3-金(きん)さん銀(ぎん)さん（金、銀婆婆）：人瑞雙胞胎姐妹「金銀婆婆」中的金婆婆辭世。
2001年	戦 せん/たたか/いくさ	1-対(たい)テロ戦争(せんそう)（反恐戰爭）：美國遭受911恐怖攻擊事件，引發反恐戰爭。 2-戦(たたか)い（戰爭）：美國發動阿富汗戰爭擒拿賓拉登。
2002年	帰 き/かえ	1-帰国(きこく)（歸國）：日本與北韓領袖會談後，遭北韓綁架的日本人質安全回到日本。 2-帰(かえ)る（回到）：日本經濟回復至泡沫經濟前的狀態。
2003年	虎 こ/とら	1-虎(とら)の尾(お)をふむ（如履虎尾）：日本政府派遣自衛隊赴伊拉克，宛如「踩著老虎尾巴」，十分冒險。 2-阪神(はんしん)タイガース（阪神虎隊）：隔了18年，阪神虎隊再次獲得日本職棒總冠軍。
2004年	災 さい/わざわ	1-天災(てんさい)（天災）：10個颱風侵襲日本、豪雨和酷暑傷害農作物。 2-人災(じんさい)（人禍）：伊拉克虐殺人質、三菱汽車隱匿設計缺陷事件。
2005年	愛 あい	1-愛(あい)・地球博(ちきゅうはく)（愛知世界博覽會）：愛知縣的世界博覽會。 2-愛(あい)（愛）：南亞大海嘯以及美國卡崔娜風災，讓人感到互愛的重要。
2006年	命 めい/みょう/いのち	1-生(う)まれた命(いのち)（生命誕生）：日本皇室悠仁親王誕生。 2-絶(た)たれた命(いのち)（結束生命）：校園霸凌問題，引發多起學生自殺事件。 3-奪(うば)われた命(いのち)（奪走生命）：北海道龍捲風造成重大傷亡。
2007年	偽 ぎ/いつわ/にせ	1-食品表示偽装(しょくひんひょうじぎそう)（偽造食品標示）：不二家、白色戀人、赤福餅等多家知名食品偽造標示。 2-偽(いつわ)り（欺騙）：防衛省官員收賄、中國仿冒遊樂園及侵犯著作權。
2008年	変 へん/か	1-政治(せいじ)の変(へん)（政治的變化）：日本首相頻繁更替、美國總統歐巴馬的競選口號「change」。 2-経済(けいざい)の変(へん)（經濟的變化）：全球股市暴跌、日圓匯率急升、原油價格暴起暴落。 3-気候(きこう)の変(へん)（天候的變化）：地球暖化、天氣異常。

本書特色

PART 1——
日本小學生必學的 225 個漢字，及衍生詞彙

● **特質：**
最基礎的漢字，延伸詞彙量最多，生活中最常見。

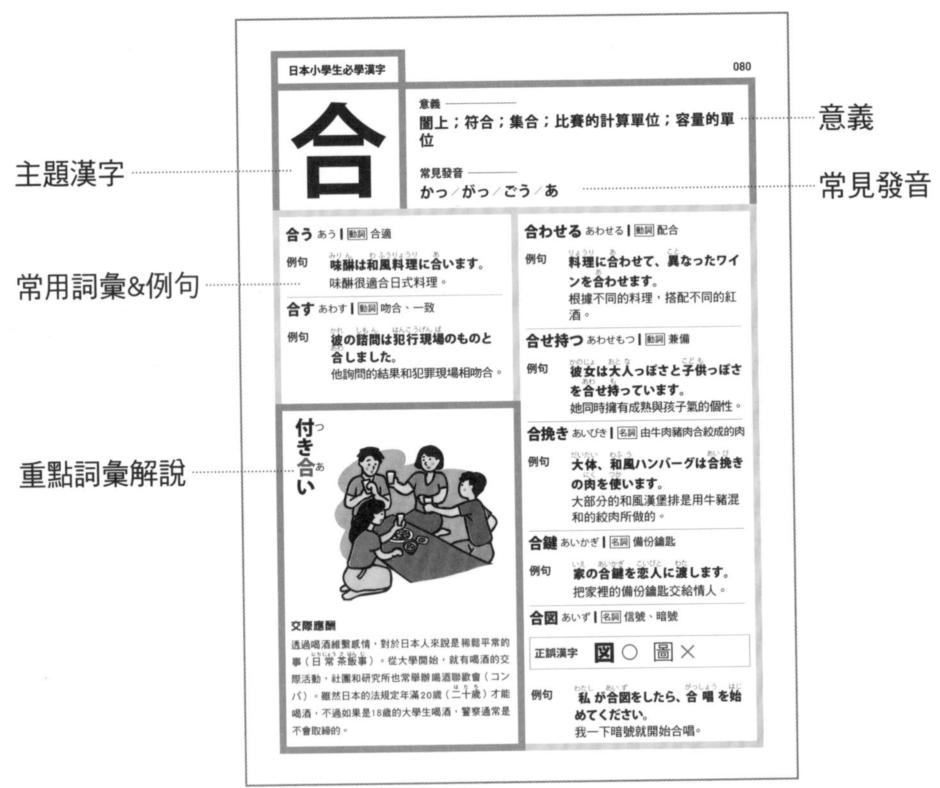

PART 2——

日本國中生、高中生必學的 45 個漢字，及生活慣用語

● **特質：**

中階程度的漢字，除生活詞彙，常見於日本人的生活慣用語。

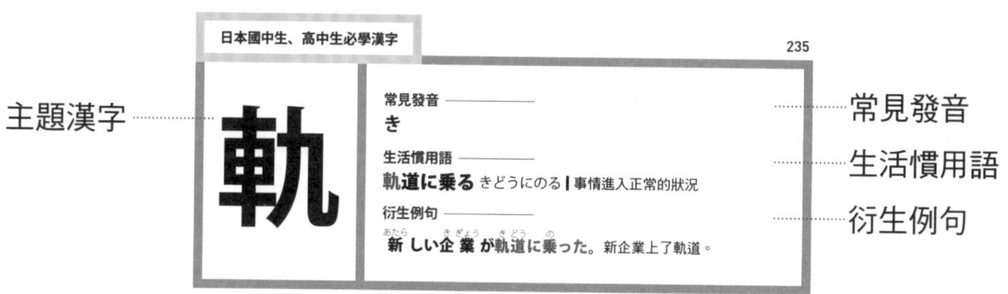

PART 3——

日本大學生、社會人士必學的 30 個漢字，及四字熟語

● **特質：**

高階程度的漢字，除生活詞彙，常見於四字熟語、文章用語。

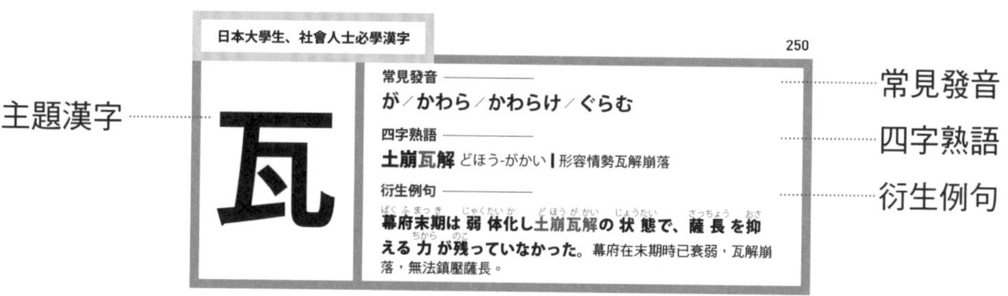

（註）「文部科學省」是 2001 年日本「文部省」和「科學技術廳」合併而成的政府機構，掌管教育、科學、學術、文化…等，功能相當於教育部。

一

意義

一個；數量；順序

常見發音

いち／いつ／ひと **(1)**

一人暮し ひとりぐらし | 動詞 一個人生活

例句 **アパートで一人暮ししている。**
一個人住公寓生活。

一寸 ちょっと | 副詞 稍微；一點點

例句 **ちょっとおかしい。**
有點不對勁。

一寸見 ちょっとみ | 名詞 乍看之下

例句 **ちょっと見には偽者とわかりにくい。**
乍看之下很難看出是假貨。

一工夫 ひとくふう | 動詞 下了一番工夫

例句 **お弁当に一工夫してみた。**
在便當裡嘗試下了一番功夫。

一匹狼 いっぴきおおかみ | 名詞 獨來獨往的人

例句 **彼女は一匹 狼 なので人とつるまない。**
她是個獨行俠，不與人往來。

一目惚れ ひとめぼれ | 動詞 一見鍾情

例句 **あの娘に一目惚れした。**
我對她一見鍾情。

一存 いちぞん | 名詞 個人意見

例句 **この件は 私 の一存では決められない。**
這件事不能光靠我一個人決定。

一体 いったい | 副詞 究竟；一體；一種式樣

正誤漢字 体 ○ 體 ×

例句 **一体あなたは何がやりたいの。**
你到底要做什麼?

一生懸命 いっしょうけんめい

拼命地、努力地

鎌倉時代，武士們為幕府工作（仕える），並且「**懸繫性命地**」（命を懸けて）**守護**（守りました）著幕府所賜予的處所、土地，因此產生了「一所懸命」的語彙。之後慢慢演變寫成同音的「一生懸命」。直至今日，這兩個詞彙成為同意異形詞。但一般較常使用「一生懸命」，連NHK也不例外。

一

意義

一個；數量；順序

常見發音

いち／いつ／ひと (2)

一夜漬け いちやづけ | 名詞 臨時抱佛腳

例句 **一夜漬けで試験内容を暗記した。**

熬夜臨時抱佛腳，死背考試內容。

一泊 いっぱく | 名詞 一個晚上

例句 **一泊旅行に出かけた。**

他去旅行住一個晚上。

一里塚（いちりづか）

里程碑

一里塚源自中國，是為了替旅客做**記號**（目印（めじるし））在街道兩側每隔一里(約現在四公里)設置**小土堆**（塚（つか））和指示碑。並種植松樹、榎木等等，供旅客在**樹蔭**（木陰（こかげ））下休憩。但現在因為國道建設的破壞，留存下來的一里塚已經不多。

一途 いちず | な形 專心

例句 **一途な気持ちが成功に導く。**

專心一致才能邁向成功。

一部始終 いちぶしじゅう | 名詞 從頭到尾

例句 **私は一部始終を見ていた。**

我親眼從頭看到尾。

一番 いちばん | 名詞 第一；最…

例句 **私は学校で一番でした。**

我在學校拿過第一名。

一酸化炭素中毒 いっさんかたんそちゅうどく | 名詞 瓦斯中毒

例句 **部屋を閉め切ると一酸化炭素中毒になる。**

窗戶緊閉會一氧化碳中毒。

一喝 いっかつ | 名詞 大喝一聲

例句 **社長の一喝で会社中が静かになった。**

社長大喝一聲，員工都安靜下來。

一寝入り ひとねいり | 動詞 小睡片刻

例句 **疲れたので一寝入りする。**

因為累了我小睡片刻。

七

意義

七個；數量；順序

常見發音

しち／なな／なの

七三 しちさん | 名詞 以七三比例分邊的髮型

例句 **髪(かみ)を七三(しちさん)に分(わ)ける。**
把頭髮分成七三分。

七光り ななひかり | 名詞 父母親的權勢

例句 **彼女(かのじょ)は母親(ははおや)の七光(ななひか)りでデビューした。**
她憑藉母親的名氣出道。

お七夜(しちや)

七夜

「七夜」是日本傳統習俗。在寶寶出生後的第七天夜裡，祈求寶寶平安健康長大的慶祝活動。傳統習俗裡，會邀請**長輩**（年長者(ねんちょうしゃ)）替寶寶取名，父母親再將寶寶的**名字**（名前(なまえ)）和出生年月日寫在紙上，貼在神龕或床之間上方木框。約3週後撕下來，與臍帶（へその緒(お)）一起妥善保存。

七所借り ななところがり | 名詞 東拼西湊地借錢

例句 **七所(ななところ)借(が)りで資金(しきん)を調達(ちょうたつ)した。**
東湊西湊地調度資金。

七面倒 しちめんどう | な形 非常麻煩

例句 **手作業(てさぎょう)は七面倒(しちめんどう)なので機械(きかい)を導入(どうにゅう)した。**
因為手工製作非常麻煩，所以引進機器製作。

七割 ななわり | 名詞 七成

例句 **名打者(めいだしゃ)でも約七割(やくしちわり)は打撃(だげき)に失敗(しっぱい)する。**
就算是有名的打者，也有七成的打擊失敗率。

七つ道具 ななつどうぐ | 名詞 隨身用具

例句 **007は七(なな)つ道具(どうぐ)を持(も)っている。**
007經常攜帶各種工具。

七曜星 しちようせい | 名詞 北斗七星

例句 **このデザインは七曜星(しちようせい)を基(もと)にしています。**
這個設計是以北斗七星為藍圖。

七転び八起き ななころびやおき | 名詞 跌倒爬起

二

意義

兩個；順序；次數

常見發音

に／ふた

二の足 にのあし | 名詞 第二步

例句 **高いので買うのに二の足を踏む。**
因為價格貴所以就猶豫不前。

二足のわらじ にそくのわらじ | 名詞 身兼兩種對立的職業

例句 **主婦とＯＬの二足のわらじを履く。**
我兼做主婦與職業婦女。

二言目 ふたことめ | 名詞 口頭禪

例句 **社長は二言目には働けと言う。**
社長的口頭禪就是「快工作」。

二枚舌 にまいじた | 名詞 撒謊；謊言；說話矛盾

例句 **政治家は二枚舌だ。**
政客講話互相矛盾。

二股 ふたまた | 名詞 腳踏兩條船；分叉

例句 **彼氏に二股かけられた。**
我的男友腳踏兩條船。

二重 ふたえ | 名詞 雙層；兩折

例句 **彼女は二重に整形した。**
她整形變成雙眼皮。

二日酔い ふつかよい | 名詞 宿醉未醒

正誤漢字 **酔** ○ 醉 ×

例句 **二日酔いで気分が悪い。**
因宿醉不舒服。

二番煎じ にばんせんじ | 名詞 抄襲；重覆而無味

満二十歳の祝い

滿二十歲的慶典

成人之日，是在一月的第2個星期一（月曜日）。在這一天日本全國各地為了剛滿20歲，或是已滿20歲的成人，舉行**成年禮**（成人式）。由於穿著**和服**（着物）參加的人相當多，對和服界和美容界而言都是一大商機。在這一天它們會特別早開店，服務顧客。

意義

人類

常見發音

じん／にん／ひと

人見知り ひとみしり | 名詞 怕生

例句 **私（わたし）は人見知り（ひとみし）をします。**
我怕生。

人怖じ ひとおじ | 動詞 認生；怕人

例句 **講演（こうえん）のときに人怖（ひとお）じしないように自己暗示（じこあんじ）をかけます。**
演講時，提醒自己不要怕生。

雛人形（ひなにんぎょう）

雛人偶

女兒節（雛祭り（ひなまつ））時，日本家庭會擺設「雛壇」，雛壇上有雛人偶及裝飾品。較隆重的「雛壇」有七層，最上層的「雛人偶」左邊是日本天皇，右邊是皇后。而雛人偶的「雛」在日語中的意思是「小鳥」，有**小巧**（小（ちい）さい）、**可愛**（可愛（かわい）らしい）的意思。

人泣かせ ひとなかせ | 名詞 為難別人；給人添麻煩

例句 **パソコンのトラブルは人泣（ひとな）かせです。**
電腦故障很麻煩。

人柄 ひとがら | 名詞 人品；為人

例句 **彼（かれ）は人柄（ひとがら）がいいので多（おお）くの人（ひと）に好（す）かれています。**
他為人好，廣受大家喜愛。

人嫌い ひとぎらい | 名詞 不愛交際

例句 **彼（かれ）は人嫌（ひとぎら）いであまり会話（かいわ）をしません。**
他不愛交際、不和人談話。

人違い ひとちがい | 名詞 認錯人；看錯人

例句 **人違（ひとちが）いで知（し）らない人（ひと）の肩（かた）を叩（たた）いてしまいました。**
我認錯人，拍了陌生人的肩膀。

人当り ひとあたり | 名詞 待人接物的態度

正誤漢字	当 ○	當 ×

例句 **彼（かれ）は人当（ひとあた）りがいいです。**
他對人很溫和。

意義

進入；收入；擔任官職

常見發音

にゅう／い／はい (1)

入る はいる | 動詞 進入；開始；裝進；參加

例句 **子供が幼稚園に入った。**

小孩上幼稚園了。

入り用 いりよう | 名詞 費用；開支

例句 **お金が入り用になった。**

我需要用錢。

狐の嫁入り

太陽雨、提燈籠的隊伍

出太陽（日が出る）卻又下雨稱作**太陽雨**（天気雨）。「狐の嫁入り」的由來是因為日本早期認為狐狸娶妻的時候會下太陽雨，後來，便將這個字當成「太陽雨」的意思來使用。另外，夜晚在山上或河邊等地所看到的提燈籠**隊伍**（行列），也稱為「狐の嫁入り」。

入れ替わり いれかわり | 名詞 替換

例句 **いろいろな客が入れ替わり立ち替わり文句を言ってくる。**

有各種客人抱怨要求更換。

入れ知恵 いれぢえ | 動詞 出主意

正誤漢字 恵○ 惠×

例句 **弟に入れ知恵した。**

我幫弟弟出主意。

入居 にゅうきょ | 動詞 遷入

例句 **マンションに入居した。**

搬進公寓住。

入念 にゅうねん | 名詞 細心；仔細

例句 **入念に検査した。**

我檢查得很仔細。

入社 にゅうしゃ | 動詞 進公司

例句 **毎年四月に新入社員が大勢入社してくる。**

每年四月有許多新進人員進公司。

意義

進入；收入；擔任官職

常見發音

にゅう／い／はい (2)

入り組む いりくむ | 動詞 錯綜複雜

例句 **この道(みち)は入(い)り組(く)んでいて迷(まよ)いやすい。**
這條路錯縱複雜很容易迷路。

入場料 にゅうじょうりょう | 名詞 票價

例句 **遊園地(ゆうえんち)は入場料(にゅうじょうりょう)が高(たか)い。**
遊樂園的門票很貴。

入れ揚げる いれあげる | 動詞 揮霍

例句 **ホステスに入(い)れ揚(あ)げてたくさんのお金(かね)を貢(みつ)いでしまった。**
拿很多錢給酒店小姐揮霍，供她花費。

入湯 にゅうとう | 名詞 溫泉入浴

例句 **入湯(にゅうとう)の前(まえ)にかけ湯(ゆ)をしてください。**
泡溫泉前請先沖身體。

入試 にゅうし | 名詞 入學考試

例句 **国立(こくりつ)の入試(にゅうし)はとても難(むずか)しい。**
國立大學的入學考試很難。

入国 にゅうこく | 名詞 入境

例句 **入国審査(にゅうこくしんさ)のときに列(れつ)に並(なら)んで待(ま)つ。**
入境查驗護照時須排隊等待。

入れ違う いれちがう | 動詞 錯過

例句 **私(わたし)の卒業(そつぎょう)と入(い)れ違(ちが)いに彼女(かのじょ)が入学(にゅうがく)してきた。**
我剛畢業，她就入學。

入り乱れる いりみだれる | 動詞 參雜；混亂

例句 **敵味方(てきみかた)入(い)り乱(みだ)れての混戦(こんせん)となった。**
變成敵我兩方參雜的混戰。

入り込む はいりこむ | 動詞 進入；潛入

例句 **スパイが会社(かいしゃ)に入(はい)り込(こ)んでいると言(い)う情報(じょうほう)が入(はい)った。**
有消息指出間諜潛入公司。

入質 にゅうしち | 名詞 典當

入れ髪 いれがみ | 名詞 假髮

入り浸る いりびたる | 動詞 浸泡；浸在水裡；逗留、久留

入来 にゅうらい | 名詞 來訪；光臨

正誤漢字 国 ○ 國 ×

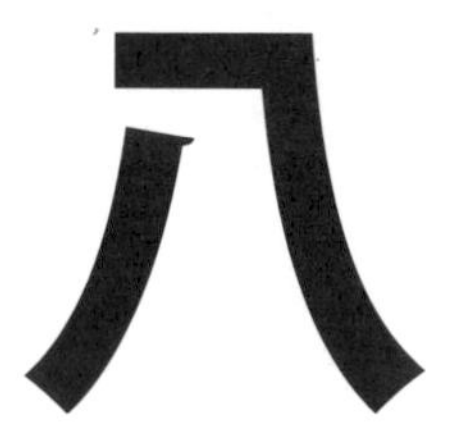

意義

八個；數量；順序；分開；指多數

常見發音

はち／やっ／や／よう

八丁 はっちょう | 名詞 能幹

例句 **彼(かれ)は口八丁(くちはっちょう)手八丁(てはっちょう)だ。**
他的口才、行動力都是一流。

八十路 やそじ | 名詞 八十歲

例句 **現代(げんだい)で八十路(やそじ)も珍(めずら)しくない。**
在現代活到八十歲不稀奇。

八方美人 はっぽうびじん | 名詞 八面玲瓏

例句 **彼女(かのじょ)は八方美人(はっぽうびじん)だ。**
她是個八面玲瓏的人。

八つ当たり やつあたり | 名詞 亂發脾氣；遷怒

例句 **社長(しゃちょう)は機嫌(きげん)が悪(わる)いとすぐ八(や)つ当(あ)たりをする。**
老闆心情不好時，經常藉題發揮。

八方塞がり はっぽうふさがり | 名詞 到處碰壁

例句 **八方塞(はっぽうふさ)がりで出口(でぐち)が見(み)えない。**
無策可施找不到出路。

八重歯 やえば | 名詞 虎牙

正誤漢字	齒 ○	齒 ×

例句 **日本人(にほんじん)は八重歯(やえば)が多(おお)い。** 很多日本人有虎牙。

八割 はちわり | 名詞 八成

例句 **彼(かれ)はセールスの八割(はちわり)を成功(せいこう)させている。**
他推銷成功的機率有八成。

八割引 はちわりびき | 名詞 打兩折

例句 **八割引(はちわりびき)でブランドを買(か)った。**
用兩折價錢買到名牌。

八百屋（やおや）

蔬果店

「八百屋」是日本的蔬果專賣店，主要販賣**蔬菜**（**野菜**(やさい)）和**水果**（**果物**(くだもの)），但在日本的**江戸時期**（**江戸時代**(えどじだい)）也賣海草類。近來日本有些**便利商店**（**コンビニエンスストア**）也開始賣蔬菜，為了競爭取勝，有些八百屋乾脆改裝成便利超商的樣子。

意義

下方；低下；在下位；下去；下令

常見發音

か／げ／お／くだ／さ／した／しも／もと

下り電車 くだりでんしゃ｜名詞 下行電車

例句 **下り電車で田舎に行く。**

坐下行電車到鄉下。

下り坂 くだりざか｜名詞 下坡路

例句 **彼はもう全盛期を過ぎ下り坂だ。**

他已過全盛時期走下坡了。

下駄箱 げたばこ

鞋櫃

在日本，鞋櫃除了收納鞋子（靴）之外，還有其他的用途。例如日本的中學生或高中生經常將情書（ラブレター）、或是情人節（バレンタインデー）的巧克力放在鞋櫃裡。有時候甚至還會出現單挑的挑戰書（決闘状）。

下回る したまわる｜動詞 減少

例句 **今年の収穫は去年を下回った。**

今年的收穫不如去年。

下校 げこう｜名詞 放學

例句 **下校時間は四時だ。**

學校四點放學。

下痢 げり｜名詞 腹瀉

例句 **彼女は食あたりで下痢をした。**

她吃壞肚子了。

下戸 げこ｜名詞 酒量極小的人

例句 **私は下戸なので飲めない。**

我酒量不好，不能喝酒。

下着 したぎ｜名詞 內衣

正誤漢字 着○ 著×

例句 **女性の下着は布が少ないほうが高い。**

女性內衣褲布料越少就越貴。

下駄 げた｜名詞 木屐

例句 **アスファルトに下駄はうるさい。**

穿木屐走柏油路很吵。

三

意義

三個；數量；順序

常見發音

さん／み／みっ

三つ子 みつご | 名詞 | 三歲小孩

例句 **三つ子の魂百まで宿る。**
三歲小孩的靈魂一直到一百歲，比喻江山易改，本性難移。

三つ揃 みつぞろい | 名詞 | 三個一套

例句 **赤、青、白と三つ揃いで買った。**
我買了紅、藍、白三個一套。

三猿 さんえん

三猿

「三猿」是指「日光東照宮」中的三隻**猴子**（猿）塑像。這三隻猴子分別遮住自己的**眼睛**（目）、**耳朵**（耳）和**嘴巴**（口），表示「勿視、勿聽、勿言」。日本人藉由這三隻猴子塑像來教育**小孩子**（子供）「不看惡事、不聽惡事、不說惡事」。

三々五々 さんさんごご | 名詞 | 三三兩兩

例句 **三々五々帰路に着いた。**
各自回家。

三日目 みっかめ | 名詞 | 第三天

例句 **三日目でジョギングに飽きた。**
慢跑到第三天就膩了。

三毛 みけ | 名詞 | 花貓

例句 **家の近くに三毛猫が住んでいる。**
我家附近有一隻花貓。

三年生 さんねんせい | 名詞 | 三年級學生

例句 **部活は三年生の夏が終わると引退する。**
到三年級夏天就退出社團活動。

三面記事 さんめんきじ | 名詞 | 社會新聞

例句 **彼は三面記事に載ってしまった。**
他成了社會新聞的主角。

三割 さんわり | 名詞 | 三成

例句 **プロ野球では三割打てれば名選手だ。**
職棒比賽中，有三成打擊率就是高手。

意義

上方；前方；上位；尊稱君主；上升；攀登；獻上

常見發音

しょう／じょう／あ／うえ／うわ／かみ／のぼ

上調子 うわちょうし | 名詞 不穩重、輕浮

例句 **彼はいつも上調子で落ち着かない。**
他總是輕浮、不穩重。

上の空 うわのそら | 名詞 心不在焉

例句 **彼女は上司の話をいつも上の空で聞いている。**
她每次聽上司說話總是心不在焉。

上り列車 のぼりれっしゃ | 名詞 上行列車

例句 **上り列車で東京に行く。**
坐上行電車到東京。

上り坂 のぼりざか | 名詞 上坡路

例句 **彼の運気は上り坂だ。**
他的運氣好，正在走上坡。

上手 じょうず | な形 高明；能手

例句 **彼は絵が上手だ。**
他畫得很好。

上出来 じょうでき | 名詞 做得很好、成績很好

例句 **初心者にしては上出来だ。**
以初學者而言做得很好。

上向き うわむき | 名詞 朝上、表面

例句 **病状は上向きだ。**
病情正在好轉當中。

上回る うわまわる | 動詞 超過、超出

例句 **予算を上回った。**
超出預算。

上得意 じょうとくい | 名詞 好主顧

例句 **上得意なので丁重にする。**
他是老客戶要慎重對待。

上履き うわばき | 名詞 室內拖鞋

例句 **日本の学校は入るときに上履きに履き替える。**
進入日本的學校校園時，要換穿室內鞋。

上戸 じょうご | 名詞 很會喝酒的人；喝酒時、平時的習慣

例句 **彼女は笑い上戸でよく笑う。**
她很愛笑。

上着 うわぎ | 名詞 上衣

例句 **涼しいので上着を羽織る。**
感到涼意，披上外衣。

意義

表示一萬的數量；非常多的樣子

常見發音

ばん／まん

万人 まんにん | 名詞 大眾

例句 **万人から絶賛される映画などはありません。**
沒有一部電影是人人稱讚的。

万引 まんびき | 動詞 在商店行竊的小偷

例句 **彼女は万引きした。**
她順手牽羊。

万全 ばんぜん | 名詞 萬無一失

例句 **万全の準備をして試験に臨みました。**
我做了萬全準備應付考試。

万年筆 まんねんひつ | 名詞 鋼筆

例句 **私は万年筆でラブレターを書いた。**
我用鋼筆寫情書。

万病の薬 まんびょうのくすり | 名詞 萬能仙丹

正誤漢字 薬 ○ 藥 ×

例句 **元気は万病の薬です。**
保持好精神才是萬能靈丹。

万策 ばんさく | 名詞 各種手段、計策

例句 **万策尽くしたので天命を待つのみ。**
我該做的都做了，只好聽天由命。

万華鏡 まんげきょう | 名詞 萬花筒；千變萬化

例句 **万華鏡をのぞいてみた。**
我看看萬花筒。

万雷 ばんらい | 名詞 形容很大聲的樣子

例句 **彼女の講演は万雷の拍手を受けた。**
她的演講引起全場如雷的掌聲。

万歩計 まんぽけい | 名詞 計步器

例句 **万歩計で歩数を計る。**
用計步器計算步數。

意義

圓形、球型；全部

常見發音

がん、まる

丸い まるい｜い形 圓的、球形的

例句　**地球(ちきゅう)は丸(まる)い。**

地球是圓的　。

丸っ切り まるっきり｜名詞 完全、全然

例句　**彼女(かのじょ)は丸(まる)っきり練習(れんしゅう)の意図(いと)がわかっていない。**

她完全不了解練習的用意。

丸刈(まるが)り

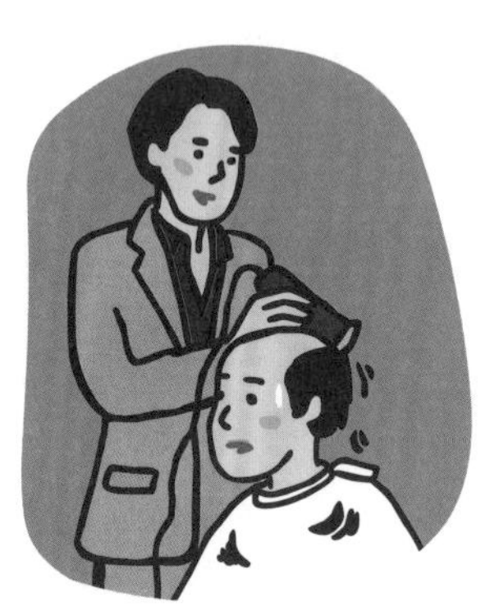

剃光頭

早期，日本的中學生都要理光頭，但從1990年開始，有人認為強制理光頭是侵害人權的行為，所以學校**廢除**（廃止(はいし)する）了這項規定。但是，許多日本中學的**棒球隊**（野球部(やきゅうぶ)）仍會以戴**頭盔**（ヘルメット）悶熱**不衛生**（不潔(ふけつ)）為由，強制規定球員剃光頭。

丸木橋 まるきばし｜名詞 獨木橋

例句　**この崖(がけ)を渡(わた)るには丸木橋一本(まるきばしいっぽん)しかない。**

要過這懸崖只有一條獨木橋。

丸坊主 まるぼうず｜名詞 禿頭；禿山

例句　**彼(かれ)はお詫(わ)びに丸坊主(まるぼうず)になった。**

他以理光頭謝罪。

丸暗記 まるあんき｜名詞 死記；死背

例句　**歴史(れきし)の試験(しけん)はほとんど丸暗記(まるあんき)だ。**

歷史考試都是死背。

丸つぶれ まるつぶれ｜名詞 完全崩潰；完全倒塌

例句　**失敗(しっぱい)して面目(めんぼく)丸(まる)つぶれだ。**

我失敗了、面子全丟光了。

丸焼き まるやき｜名詞 整個烤

例句　**中国(ちゅうごく)では豚(ぶた)の丸焼(まるや)きをお祭(まつ)りで使(つか)う。**

在中國用烤乳豬祭拜。

丸顔 まるがお｜名詞 圓臉

例句　**彼女(かのじょ)は丸顔(まるがお)をしている。**

她的臉是圓的。

丸負け まるまけ｜名詞 徹底失敗

意義

表示一千的數量；數量多的樣子

常見發音

せん／ち

千一夜 せんいちや | 名詞 連載；連播

例句 **「千一夜物語」は世界的に有名です。**
「一千零一夜」是世界有名的故事。

千人力 せんにんりき | 名詞 非常有力氣；強有力的支援、靠山

例句 **あなたが来てくれれば千人力です。**
要是你來的話，就太好了。

千切る ちぎる | 動詞 撕碎；摘取

例句 **パンを千切って鳩にあげます。**
撕麵包餵鴿子。

千羽鶴 せんばづる | 名詞 千隻鶴：用線繫住紙鶴；許多隻鶴的花樣

例句 **病気の回復を祈って千羽鶴を折ります。**
折千紙鶴，希望病趕快好起來。

千枚張り せんまいばり | 名詞 糊了許多層；厚臉皮、無恥

例句 **彼女は面の皮千枚張りだ。**
她很厚臉皮。

千金 せんきん | 名詞 大量金錢；價值極高

例句 **値千金の契約を取りました。**
拿到高價的合約了。

千差万別 せんさばんべつ | 名詞 千差萬別，形容差別很大、各不相同

例句 **顔は人により千差万別です。**
臉因人而異。

千千 ちぢ | 名詞 許許多多；各式各樣、形形色色

海千山千 うみせんやません

經驗老道、狡猾

「海千山千」是源自蛇（へび）在海裡（海）和山裡（山）修煉千年後，就能化為龍（龍）的傳說（言い伝え）而來。意指一個人經驗老道、通曉世故，但多用於負面的形容。類似的用語（言葉）還有「海千川千」、「海に千年、山に千年」。

意義

嘴巴；計算人數、家畜的單位；出入口

常見發音

く／こう／くち **(1)**

口コミ情報 くちコミじょうほう | 名詞 小道消息

例句 **おいしい店(みせ)は口(くち)コミ情報(じょうほう)で広(ひろ)がる。**

好吃的店以口耳相傳的方式聞名。

口入れ くちいれ | 名詞 調停；插嘴

例句 **彼女(かのじょ)の口入(くちい)れで争(あらそ)いは収(おさ)まった。**

由她調停，紛爭就停息了。

口車(くちぐるま)に乗(の)る

花言巧語

「口車に乗る」是指因為聽信他人的**花言巧語**（言葉巧(ことばたく)み），而受騙做了某些事情。例如女生經常在**購買**（買(か)う）衣服時被店員的花言巧語矇騙，結果**買**（買(か)う）下不適合自己的**高價**（高額(こうがく)）洋裝。

口下手 くちべた | な形 口才不好

例句 **彼(かれ)は口下手(くちべた)なので損(そん)をしている。**

他口才不好就吃虧。

口上手 くちじょうず | な形 能言善道

例句 **彼女(かのじょ)は口上手(くちじょうず)なので社交(しゃこう)がうまい。**

她口才好很會社交。

口五月蝿い くちうるさい | い形 嘮嘮叨叨

例句 **口五月蝿(くちうるさ)い姑(しゅうとめ)と一緒(いっしょ)はいやだ。**

我不要跟囉哩囉嗦的婆婆一起住。

口止料 くちどめりょう | 名詞 遮口費

例句 **手術(しゅじゅつ)の口止料(くちどめりょう)をもらってスターを整形(せいけい)した。**

我拿了遮口費，幫明星整形。

口付け くちづけ | 動詞 接吻

例句 **王子(おうじ)は寝(ね)ている姫(ひめ)に口付(くちづ)けした。**

王子親吻睡美人。

意義

嘴巴；計算人數、家畜的單位；出入口

常見發音

く／こう／くち　(2)

口早 くちばや ❙ 名詞 說話快

例句　**社長(しゃちょう)は口早(くちばや)に指示(しじ)を出(だ)した。**
老闆很快說了幾句指示。

口利き くちきき ❙ 名詞 能言善道的人

例句　**課長(かちょう)の口利(くちき)きで異動(いどう)を免(まぬか)れた。**
因為課長的辯護，不用被調職了。

口走る くちばしる ❙ 動詞 說溜嘴；洩露秘密

例句　**つい愛人(あいじん)の名前(なまえ)を妻(つま)に口走(くちばし)ってしまった。**
不小心對妻子叫了外遇對象的名字。

口座 こうざ ❙ 名詞 戶頭

例句　**銀行(ぎんこう)に口座(こうざ)を設(もう)けた。**
在銀行開戶。

口座番号 こうざばんごう ❙ 名詞 帳號

例句　**口座番号(こうざばんごう)を忘(わす)れてしまった。**
我忘了銀行帳號。

口喧しい くちやかましい ❙ い形 嘮嘮叨叨；吹毛求疵

例句　**部長(ぶちょう)は口喧(くちやかま)しいが優(やさ)しい。**
雖然部長囉嗦，但是個好人。

口喧嘩 くちげんか ❙ 名詞 口角；爭吵

例句　**夫婦(ふうふ)はよく口喧嘩(くちげんか)をする。**
夫妻常吵架。

口幅ったい くちはばったい ❙ い形 吹牛、說大話

例句　**口幅(くちはば)ったいが、私(わたし)は世界(せかい)のトップだ。**
雖然自誇，但我就是世界第一。

口答え くちごたえ ❙ 名詞 頂嘴

例句　**反抗期(はんこうき)には親(おや)に口答(くちごた)えをする。**
到了反抗期就和父母頂嘴。

口実 こうじつ ❙ 名詞 藉口

例句　**彼女(かのじょ)は口実(こうじつ)を設(もう)けて遊(あそ)んでばかりいる。**
她老是找藉口去玩耍。

口堅い くちがたい ❙ い形 嘴緊；說話可靠

口頭試験 こうとうしけん ❙ 名詞 口試

口癖 くちぐせ ❙ 名詞 口頭禪

意義

泥土；田地；五行之一；行星名；星期六的略稱

常見發音

と／ど／つち

土台 どだい | 名詞 地基

例句 **家を建てるとき、土台をしっかり作ります。**
蓋房子時，要打穩地基。

土足 どそく | 名詞 不拖鞋

例句 **日本の家屋は土足厳禁です。**
日本的房子禁止穿鞋進屋。

土曜日（どようび）

星期六

日文中，一星期七天是根據五大行星（惑星）、以及太陽和月亮來命名。分別是：**星期一**（月曜日）、**星期二**（火曜日）、**星期三**（水曜日）、**星期四**（木曜日）、**星期五**（金曜日）、**星期六**（土曜日）、**星期日**（日曜日）。

土性骨 どしょうぼね | 名詞 生性、秉性

例句 **彼は土性骨が張っています。**
他生性固執。

土俵 どひょう | 名詞 相撲的比賽場地

例句 **伝統のおきてで女性は土俵に上れません。**
傳統習俗裡，女人不能上去土俵。

土寄せ つちよせ | 動詞 加土

例句 **土寄せして植物を固定します。**
加土固定植物。

土間 どま | 名詞 玄關

例句 **土間で靴を脱ぎます。**
在玄關脫鞋。

土饅頭 どまんじゅう | 名詞 圓形墳墓

例句 **無名の遺体が土饅頭に葬られました。**
無名屍葬在圓形墳墓裡。

土産話 みやげばなし | 名詞 旅行見聞

例句 **留学の土産話が聞きたいです。**
我想聽留學時的旅遊經歷。

土芥 どかい | 名詞 沒價值的東西

意義

大的；多的；稱讚語；大略的

常見發音

たい／だい／おお **(1)**

大きい おおきい | い形 大的、巨大的；歲數年長；偉大；重大

例句 **太陽は地球の何倍も大きい。**
太陽是地球的好幾倍大。

大人しい おとなしい | い形 老實；溫順

例句 **彼女はいつも本を読んでいて大人しい。**
她常讀書，是個很老實的人。

大入り おおいり | 名詞 觀眾很多；叫座

例句 **今日の国技館の相撲は大入りだった。**
今天國技館相撲賽的觀眾很多。

大丈夫 だいじょうぶ | 名詞 不要緊

例句 **下は深い水なので跳び降りても大丈夫だ。**
下面水還很深，跳水也沒關係。

大凡 おおよそ | 名詞 大概、大體；大約、差不多

例句 **家から学校まで大凡２０分くらいかかる。**
從家裡到學校大概要花二十分鐘。

大工 だいく | 名詞 木匠

例句 **大工の修行は簡単ではない。**
學做木匠不簡單。

大切 たいせつ | 名詞 重要；珍重

例句 **彼女は友達の写真を大切にしている。**
她很珍惜朋友的照片。

大文字 おおもじ | 名詞 大寫

油断大敵（ゆだんたいてき）

千萬不能輕忽大意

日文的「油断」是疏忽大意的意思。日本人經常使用（使う）「油断大敵」這個成語（熟語）來告誡大家不要掉以輕心，到處（至る所）都能看到類似小心火燭（油断大敵！火の用心！）這樣的提醒標語。

意義

大的；多的；稱讚語；大略的

常見發音

たい／だい／おお　**(2)**

例句　**英語では頭文字は大文字を使う。**
英文開頭首字須用大寫。

大目 おおめ | 名詞 | 份量稍多些；不深究、原諒；大眼睛

例句　**今回の失敗は反省しているので大目に見る。**
這次失敗好好反省就不追究。

大目玉 おおめだま | 名詞 | 大眼珠；嚴厲斥責

例句　**社長に大目玉を食らった。**
老闆嚴厲斥責我。

大好き だいすき | 名詞 | 非常喜歡

例句　**私は辛い料理が大好きだ。**
我很喜歡吃辣的。

大見出し おおみだし | 名詞 | 大標題

例句　**新聞の大見出しに大統領選挙の結果が載っていた。**
報紙斗大標題刊載著總統選舉的結果。

大抵 たいてい | 名詞 | 大體上；適當地；普通；也許

例句　**大抵の困難は冷静に対処すれば克服できる。**
只要冷靜應對，大部分的困難都能克服的。

大晦日 おおみそか | 名詞 | 除夕

例句　**大晦日にはそばを食べるのが一般的だ。**
除夕夜一般會吃蕎麥麵。

大統領 だいとうりょう | 名詞 | 總統

例句　**史上初の黒人大統領が誕生した。**
歷史上出現第一位黑人總統。

大売出し おおうりだし | 名詞 | 大減價出售

例句　**今日はスーパーで大売出しをしている。**
今天超市有大特賣。

大変 たいへん | 名詞 | 非常；不得了

例句　**これ以上太ったら大変だ。**
要是再胖下去就糟了。

大黒柱 だいこくばしら | 名詞 | 頂樑柱

例句　**お父さんは一家の大黒柱だ。**
爸爸是一家的支柱。

大口注文 おおぐちちゅうもん | 名詞 | 大量訂貨

大出來 おおでき | 名詞 | 好成績；做得好

意義

女性；女兒

常見發音

じょ／にょ／にょう／おんな／め

女々しい めめしい | 名詞 像女人似的懦弱

例句 **いつまでも相手を許せないのは女々しい。**
永遠不能原諒對手像個女人一樣。

女天下 おんなでんか | 名詞 老婆當家

例句 **彼の家は女天下だ。**
在他家，老婆最大。

女性専用車（じょせいせんようしゃ）

女性專用電車廂

2000年起，日本的電車設置了「女性專用車廂」，這個措施可以**避免**（避ける）女性受到電車**色狼**（痴漢）的騷擾，還能遠離男性的**汗臭味**（臭い）。不過有些男性認為這是對男性的**差別待遇**（差別），所以也有人提出**設立**（設置する）「男性專用車廂」。

女好き おんなずき | な形 喜好女色

例句 **彼は女好きなので有名スターになってからはスキャンダルが絶えない。**
他喜好女色，成為明星後醜聞不斷。

女房 にょうぼう | 名詞 老婆

例句 **収入が少ないと女房に苦労をかける。**
（男人）收入少，老婆更加辛苦。

女湯 おんなゆ | 名詞 女浴池

例句 **オカマは女湯に入れない。**
人妖不能進入女浴池。

女運 おんなうん | 名詞 桃花運

例句 **彼は女運が悪い。**
他女人緣不好。

女優 じょゆう | 名詞 女演員

例句 **ハリウッドでは女優のギャラが男優より大幅に少ない。**
在好萊塢女演員的演出費比男演員少很多。

女将 おかみ | 名詞 老闆娘

例句 **この旅館は女将が仕切っている。**
這個旅館由老闆娘結帳。

小

意義

小的；年幼的；少的；謙稱自己；短暫的

常見發音

しょう／お／こ／ちい **(1)**

小さい ちいさい｜い形 度量、心胸小

例句 **彼は度量が小さい。**
他肚量小。

小切手 こぎって｜名詞 現金支票

例句 **代金は小切手で支払います。**
開支票支付款項。

小田巻蒸し おだまきむし

烏龍麵茶碗蒸

「小田巻蒸」起源於大阪，是**茶碗蒸**（茶碗蒸し）裡加入**烏龍麵**（うどん）的一道料理。所用的食材高檔（高価），而且製作相當費時。除了小田巻蒸之外，很多料理也是起源於大阪。例如有名的**綜合煎餅**（お好み焼き）、**章魚燒**（たこ焼き）等。

小包 こづつみ｜名詞 小包；包裹、郵包

例句 **田舎から小包が届いた。**
從故鄉寄包裹來。

小皿 こざら｜名詞 小碟子

例句 **小皿に料理をとって食べる。**
菜放在小碟子上吃。

小回り こまわり｜名詞 繞路、繞道；拐小彎；身體的小動作

例句 **住宅地で自転車は小回りが利く。**
在住宅區騎自行車很俐落、方便。

小忙しい こぜわしい｜名詞 有點忙

例句 **事務所が小さく小忙しい。**
辦公室太小、動作忙亂。

小利口 こりこう｜名詞 小聰明

例句 **彼は小利口だが聡明ではない。**
他雖有小聰明，但不算真正的聰明。

小坊主 こぼうず｜名詞 小和尚；小伙子

例句 **小坊主がおつかいにいった。**
小和尚被派去辦事。

意義

小的；年幼的；少的；謙稱自己；短暫的

常見發音

しょう／お／こ／ちい (2)

小豆 あずき | 名詞 紅豆

例句 **和菓子の餡は小豆で作る。**（わがし、あん、あずき、つく）
和菓子的豆沙餡是紅豆做的。

小商い こあきない | な形 小本經營

例句 **小商いなので現金しか受け付けない。**（こあきな、げんきん、う、つ）
因為是小本生意，只收現金。

小荷物 こにもつ | 名詞 小件行李

例句 **小荷物が多いのでコインロッカーに預ける。**（こにもつ、おお、あず）
小行李太多，寄放到寄物櫃。

小量 しょうりょう | 名詞 度量小

例句 **猛毒は小量でも危ない。**（もうどく、しょうりょう、あぶ）
劇毒即使量少也很危險。

小遣い こづかい | 名詞 零用錢

例句 **日本の夫は妻から小遣いをもらう。**（にほん、おっと、つま、こづか）
日本丈夫是從妻子那裏拿零用錢。

小売り こうり | 名詞 零售

例句 **小売店では値段が高い。**（こうりてん、ねだん、たか）
零售店的商品單價貴。

小学校 しょうがっこう | 名詞 小學、國小

例句 **小学校の算数は難しい。**（しょうがっこう、さんすう、むずか）
國小的算術很難。

小麦粉 こむぎこ | 名詞 麵粉

例句 **小麦粉から麺を作る。**（こむぎこ、めん、つく）
從麵粉製作麵條。

小身 しょうしん | 名詞 身份低、身分低的人

小突き回す こづきまわす | 動詞 推擠

小楊枝 こようじ | 名詞 牙籤

小過 しょうか | 名詞 小錯誤

意義

山；事物的頂點

常見發音

さん／やま

山分け やまわけ | 名詞 平分

例句 **儲けはみんなで山分けにします。**
利潤大家平分。

山車 だし | 名詞 日本廟會、節日用的花車

例句 **お祭りの時には山車を引きます。**
舉行祭典時會拉花車。

山の幸 やまのさち | 名詞 山貨

例句 **この辺は山の幸がたくさん捕れます。**
這裡可以捕獲許多山產。

山場 やまば | 名詞 事物的高潮、最緊要關頭

例句 **物語は大きな山場を迎えます。**
故事進入最高潮。

山葵 わさび | 名詞 芥末

例句 **山葵には殺菌作用があります。**
芥末有殺菌功能。

山積み やまづみ | 名詞 堆積如山

例句 **休んでいたので仕事が山積みです。**
因為休假，工作堆積如山。

山奥 やまおく | 名詞 深山

例句 **山奥にダムを作りました。**
在深山裡蓋水庫。

山彦 やまびこ | 名詞 回音

例句 **叫ぶと山彦が返ってきます。**
喊叫的話會有回音。

山門 さんもん | 名詞 寺院的正門；禪宗寺院；指日本的延歷寺

山気 やまけ | 名詞 投機心；冒險心

日本の山の手

日本的高級住宅區

日文裡，「山の手」是指高級住宅區（住宅街）。相對於「山の手」，一般的住商混合區則稱為下町（下町）；在東京地區，「下町」是指淺草一帶（あたり）。有些高級住宅區的居民覺得「下町」讓人心浮氣躁（落ち着かない），不過也有人認為「下町」很有人情味。

意義

五個；數量；順序

常見發音

ご／いっ／いつ

五十路 いそじ | 名詞 五十歲；五十年

例句 **五十路はまだまだ若い。**
五十歲還算年輕。

五十歩百歩 ごじっぽひゃっぽ | 名詞 五十步笑百步

例句 **彼女は自分がデブなのに人を笑っている。五十歩 百 歩だ。**
她自己胖還笑別人胖，簡直是五十步笑百步。

五月雨 さみだれ | 名詞 梅雨

例句 **五月雨がしとしと降っている。**
梅雨淅瀝淅瀝地下著。

五月蝿い うるさい | い形 話多；吵雜

例句 **お母さんは五月蝿い。**
我媽很囉唆。

五目飯 ごもくめし | 名詞 什錦炒飯

例句 **中 華鍋で五目飯を作った。**
用中華炒菜鍋做什錦炒飯。

五目焼きそば ごもくやきそば | 名詞 什錦炒麵

例句 **昼に五目焼きそばを食べた。**
午餐吃什錦炒飯。

五体満足 ごたいまんぞく | 名詞 身體健全

例句 **五体満足でいられるだけで 幸せだ。**
只要身體健全，就是幸福。

五割 ごわり | 名詞 五成

例句 **ニグロリーグには五割を打った打者がいた。**
在黑人聯盟有打擊率五成的打擊者。

五割引き ごわりびき | 名詞 打對折

例句 **在庫一掃で五割引だ。**
出清庫存，全面五折優惠。

五輪大会 ごりんたいかい | 名詞 奧林匹克運動會

例句 **彼は五輪で金メダルを取った。**
他在奧運會奪得金牌。

五線 ごせん | 名詞 五線譜

五風十雨 ごふうじゅうう | 名詞 風調雨順

意義

天空；地位最高的神；神明居住處；命運；丈夫的尊稱

常見發音

てん／あま／あめ

天の川 あまのがわ | 名詞 銀河

例句 **天の川を隔てて、彦星と織姫は対面しています。**
牛郎星和織女星隔著銀河遙望。

天井 てんじょう | 名詞 天花板

例句 **彼は天井に頭がつくほどの大男です。**
他身材高大，幾乎快頂到天花板。

ホコ天

行人徒步區

「**ホコ天**」是**步行者天国**（歩行者天国）的**簡稱**（略），意指「行人徒步區」。日本在1960年代末期，開始於**假日**（休日）等特定時段將**原本**（元々）屬於車輛行駛的馬路規劃為行人專用。這個措施除了可以確保行人用路安全，還能減少汽車排氣量，讓空氣更清新。

天手古舞 てんてこまい | 名詞 忙得不可開交

例句 **毎年年度末は決算に天手古舞です。**
每年年度到結算時，忙得不可開交。

天丼 てんどん | 名詞 炸蝦蓋飯

例句 **天丼の露はご飯ととてもよく合います。**
炸蝦蓋飯的醬汁用來配飯，非常對味。

天地無用 てんちむよう | 名詞 不可以顛倒放置

例句 **この荷物は逆さにすると壊れるので天地無用でお願いします。**
這件行李倒著放會破掉，請不要上下顛倒。

天邪鬼 あまのじゃく | 名詞 故意與人作對的人；脾氣彆扭的人

例句 **彼女は天邪鬼で、必ず人と反対のことを言います。**
她脾氣彆扭，一定會故意和人作對。

天罰 てんばつ | 名詞 上天的懲罰

例句 **悪いことをすると今に天罰が下ります。**
做壞事早晚會遭天譴。

意義

表示否定

常見發音

ふ／ぶ

(1)

不幸せ ふしあわせ ｜ 名詞 不幸、倒霉

例句　**感謝の心がないと、何をしても不幸せになります。**
沒有感謝的心，作什麼事都會覺得不幸。

不出 ふしゅつ ｜ 名詞 不拿出去外面

例句　**少し前まで、太極拳は中国の田舎で門外不出の武術でした。**
在不久之前的年代，太極拳在中國鄉村是不對外公開的武術。

不本意 ふほんい ｜ な形 並非有意；無可奈何

例句　**今回は不本意な成績だった。**
這次考這樣的成績，我自己也不滿意。

不正行為 ふせいこうい ｜ 名詞 違法行為

例句　**試験で不正行為をした。**
考試作弊。

不正乗車 ふせいじょうしゃ ｜ 名詞 搭車不買票

例句　**キセル乗車はよくある不正乗車の一種である。**
煙囪逃票是常見的逃票方式之一。

不行き届き ふゆきとどき ｜ 名詞 不周到

例句　**部下への監督不行き届きで減俸処分になった。**
疏於管理屬下，減薪處分。

不似合い ふにあい ｜ 名詞 不相稱、不相配

例句　**あんな背の高い美人にちびでぶは不似合いです。**
那樣身材高挑的美女和矮胖的人不相配。

不快指数 ふかいしすう

氣候悶熱指數

日本的**氣象預報**（天気予報）中有許多**奇特的**（変な）指數，例如**啤酒指數**（ビール指数）、**洗衣指數**（洗濯指数）、**流汗指數**（汗かき指数）等，其中最常見的就是根據溫度和濕度所呈現的「不快指數」，65到70之間表示「舒適」。

意義

表示否定

常見發音

ふ／ぶ

(2)

不作 ふさく | 名詞 收成不好

例句 **今年は米が不作なので米価が高いです。**
今年稻米收成不好，米價高漲。

不体裁 ふていさい | 名詞 不體面；體格不好

例句 **表紙が不体裁だと本の売れ行きに影響します。**
封面不好看，會影響書籍的銷售量。

不承知 ふしょうち | 名詞 不贊成

例句 **社長が不承知では計画が進行しない。**
老闆不答應，計畫就無法進行。

不況 ふきょう | 名詞 不景氣

例句 **この不況の波で多くの人が人員削減の対象となった。**
這波不景氣中，很多人被裁員。

不知不識（知らす知らず） しらずしらず | 名詞 不知不覺

例句 **赤ちゃんは知らず知らずのうちに言葉を覚えていく。**
小孩子在不知不覺間記住語彙。

不勉強 ふべんきょう | 名詞 不用功

例句 **日本人は中国について非常に不勉強だ。**
日本人對於中國的知識非常不足。

不思議 ふしぎ | な形 奇怪；難以想像

例句 **不思議なことに、ピラミッドは物が腐りにくい。**
不可思議的是，金字塔裏的東西不容易腐壞。

不時着 ふじちゃく | 動詞 飛機迫降

例句 **飛行機は海に不時着した。**
飛機迫降到海上。

不評 ふひょう | 名詞 風聲不好

例句 **新作映画は不評だった。**
新拍的電影評價不好。

不審者 ふしんしゃ | 名詞 可疑的人

例句 **不審者がビルに出入りしています。**
有可疑人物進出大樓。

不仲 ふなか | 名詞 不合

例句 **あの俳優夫婦は不仲説が流れています。**
那對銀色夫妻外傳失和。

意義

返回；相反；翻過來；反叛；田地、布料的單位

常見發音

たん／はん／ほん／そ

反り身 そりみ | 名詞 身體後仰，旁若無人的姿態

例句　**反り身になってパンチをかわす。**
身體後仰，躲拳頭。

反っくり返る そっくりかえる | 動詞 身體後仰；擺起架子

例句　**社長は反っくり返って偉そうだ。**
社長身體後仰，一副很了不起的樣子。

反目 はんもく | 動詞 不和

例句　**彼らは恋敵なので反目している。**
他們互為情敵，反目成仇。

反吐／嘔吐 へど | 名詞 嘔吐；嘔吐物

例句　**車酔いで反吐が出た。**
暈車吐了。

反面 はんめん | 名詞 另一方面

例句　**彼女は仕事熱心な反面、よく遊ぶ。**
她熱心工作，另一方面也很會玩。

反側 はんそく | 名詞 翻身；背叛；違反

例句　**ボクシングで蹴りは反則だ。**
在拳擊中，踢人算犯規。

反義語 はんぎご | 名詞 相反詞

例句　**高いの反義語は低いと安いだ。**
昂貴的相反詞是低價跟便宜。

反発／反撥 はんぱつ | 動詞 排斥反駁

例句　**彼女は自分が仕事しないのに批判ばかりするから反発される。**
她自己不工作卻批評別人，引發反感。

反り橋 そりはし | 名詞 拱橋

反っ歯 そっぱ | 名詞 暴牙

反落 はんらく | 名詞 股市回跌

反語 はんご | 名詞 反問法；譏諷、反話

反噬 はんぜい | 名詞 動物反咬飼主；忘恩負義

意義

中央；中間；裡面；進行中途；命中

常見發音

ちゅう／なか

中る（当たる） あたる | 動詞 成功；達到預期效果；受歡迎

例句　**この製品(せいひん)は当(あ)たった。**

這產品賣得好。

中身 なかみ | 名詞 內容；刀刃

例句　**彼(かれ)の話(はなし)は中身(なかみ)がない。**

他的話很空洞、沒內容。

中華料理(ちゅうかりょうり)

中華料理

中華料理在日本相當受歡迎，走在街頭都可看到許多中華料理店。尤其是橫濱、長崎、神戶三地的中華街，幾乎都能品嚐（味(あじ)わう）到口味道地、多樣的（様々(さまざま)な）中華料理，像是炒飯（チャーハン）、燒賣、麻婆豆腐等。

中卒 ちゅうそつ | 名詞 國中畢業生

例句　**中卒(ちゅうそつ)でもできる仕事(しごと)はある。**

也有國中畢業能做的工作。

中直り（仲直り） なかなおり | 動詞 久病；重修舊好

例句　**ケンカしたが仲直(なかなお)りした。**

吵架後又和好。

中退 ちゅうたい | 動詞 輟學

例句　**彼(かれ)は大学(だいがく)を中退(ちゅうたい)した。**

他大學中途退學了。

中途半端 ちゅうとはんぱ | 名詞 半途而廢；半吊子

例句　**やるからには中途半端(ちゅうとはんぱ)ではダメだ。**

既然要做就別半途而廢。

中間試験 ちゅうかんしけん | 名詞 期中考

例句　**中間試験(ちゅうかんしけん)の成績(せいせき)はよくなかった。**

期中考的成績不好。

中腰 ちゅうごし | 名詞 半蹲

例句　**捕手(ほしゅ)は中腰(ちゅうごし)で疲(つか)れる。**

捕手一直半蹲很累。

意義

手；親自；工作；手段；具某技藝的人

常見發音

しゅ／た／て

(1)

手の平（掌） てのひら | 名詞 手掌

例句 **手の平を返したように冷たくなった。**
他忽然態度冷漠。

手切れ てぎれ | 名詞 贍養費

例句 **妻子ある 男 から手切れ金をもらって分かれた。**
跟有婦之夫拿贍養費分手。

熊手（くまで）

熊手

「熊手」是日本早期用來打掃（掃除する）、或集中穀物的道具，後來則變成招攬生意及幸運（運）的吉祥物（縁起物）。日本人每年都會將前一年購買的舊的（古い）熊手交還（返納する）神社，再購買比去年更大的熊手，以祈求新的一年可以獲得更多的財富或幸運。

手引 てびき | 名詞 嚮導；介紹

例句 **観光案内がいい手引きになった。**
觀光導覽成為好幫手。

手心 てごころ | 名詞 斟酌、酌量

例句 **試験に手 心 を加えて合格にしてやった。**
考試時斟酌給分讓他及格。

手付金 てつけきん | 名詞 訂金

例句 **手付金として一万円を払った。**
我付了訂金一萬日幣。

手出し てだし | 名詞 動手；招惹；挑逗

例句 **これは 私 のことなので手出しは無用です。**
這是我的私事，請不要插手。

手加減 てかげん | 動詞 分寸；手下留情

例句 **相手が 女 なので手加減した。**
因為對方是女人就手下留情。

手打 てうち | 名詞 手工麵條；和解；成交

例句 **手切れ金で愛人と手打ちにした。**

意義

手；親自；工作；手段；具某技藝的人

常見發音

しゅ／た／て

(2)

拿了分手費算是和解。

手先 てさき | 名詞 走狗；手邊；偵探

例句 **ロビンはバットマンの手先だ。**
羅賓是蝙蝠俠的手下。

手近 てぢか | 名詞 身旁；身邊常見的

例句 **ジャッキーチェンは手近にあるものを武器にする。**
成龍拿手邊的東西當武器。

手振り てぶり | 名詞 揮手；侍從

例句 **身振り手振りで意思を伝える。**
比手畫腳表達意思。

手紙 てがみ | 名詞 寫信

例句 **本の作者に手紙を書いた。**
我寫信給作者。

手帳 てちょう | 名詞 筆記本

例句 **手帳に詳細を書き記す。**
把細節記在筆記本上。

手荷物 てにもつ | 名詞 隨身行李

例句 **飛行機の手荷物に刃物は禁止だ。**
帶上飛機的隨身行李中，不可攜帶有利刃物品。

手話 しゅわ | 名詞 手語

例句 **聾唖の人は手話を習う。**
聾啞人士學習手語。

手薄 てうす | な形 人手不足

例句 **警備が手薄なところは危ない。**
警衛人手不足很危險。

手癖 てくせ | 名詞 偷東西；手的習慣動作

例句 **彼は手癖が悪い。**
他會偷東西。

手洗い てあらい | 名詞 洗手；廁所

手合 てあい | 名詞 對手；同類朋友

手水 ちょうず | 名詞 洗手水；廁所；解手

手札 しゅさつ | 名詞 信箋；親筆信

手跡／手蹟 しゅせき | 名詞 筆跡

意義

花紋；修飾；文字；文章

常見發音

ぶん／もん／ふみ

文句 もんく | 名詞 不平；牢騷

例句 **あの客(きゃく)はすぐに文句(もんく)を言(い)う。**
那客人動不動就抱怨。

文句無し もんくなし | 名詞 無話可說

例句 **彼女(かのじょ)は文句無(もんくな)しにいい仕事(しごと)をした。**
她工作做得好，令人無話可說。

顔文字(かおもじ)

好痛	(>_<)
嗨	(^O^)／
睡覺	(-_-)zzz
鞠躬	<(_ _)>
哭泣	(T_T)
賓果	!(^ ^)!

表情符號

日本的年輕人經常在**手機簡訊**（携帯電話(けいたいでんわ)のメール）或**電子郵件**（メール）中使用「顔文字」。顏文字的「顏」在日語中是「臉龐」的意思。顏文字就是指利用文字和**符號**（記号(きごう)）**組成**（組(く)み合(あ)わせる）的表情圖案，可以表現出無法用文字傳達的心情。

文字通り もじどおり | 名詞 照字面上看；不折不扣；的的確確

例句 **米大(べいだい)リーグは文字通(もじどお)りの世界最高峰(せかいさいこうほう)だ。**
美國大聯盟是棒球界中最頂尖的。

文房具 ぶんぼうぐ | 名詞 文具

例句 **文房具屋(ぶんぼうぐや)で定規(じょうぎ)を買(か)った。**
在文具行買尺。

文型 ぶんけい | 名詞 句型

例句 **明日英語(あしたえいご)の文型試験(ぶんけいしけん)がある。**
明天有英文句型的考試。

文無し もんなし | 名詞 一文不值、沒有錢；特大號的日本襪子

例句 **博打(ばくち)に負(ま)けて文無(もんな)しになった。**
賭博輸光了所有財產。

文様／紋様 もんよう | 名詞 花樣、花紋

例句 **土器(どき)に文様(もんよう)がついている。**
土器上面有花紋。

文案 ぶんあん | 名詞 草稿

文楽 ぶんらく | 名詞 配合「義太夫」歌謠演出的「淨琉璃」木偶戲

意義

公共的；不偏頗；主人

常見發音

こう／おおやけ

公刊 こうかん | 動詞 公開出版、刊行

例句 雑誌(ざっし)を全国(ぜんこく)に公刊(こうかん)しました。

發行全國性的雜誌。

公式 こうしき | 名詞 正式；公式

例句 公式(こうしき)に当(あ)てはめて問題(もんだい)を解(と)きます。

套用公式解答。

公廷 こうてい | 名詞 法庭

例句 公廷(こうてい)で決着(けっちゃく)をつけることになりました。

最後上法庭解決。

公私混同 こうしこんどう | 動詞 公私不分

例句 教師(きょうし)は公私混同(こうしこんどう)して処罰(しょばつ)をしてはいけません。

老師不該公私不分。

公金 こうきん | 名詞 公款

例句 彼(かれ)は公金(こうきん)を横領(おうりょう)しました。

他盜用公款。

公許 こうきょ | 名詞 政府批准

例句 公許(こうきょ)により取締(とりしま)りをします。

政府推行取締。

公衆浴場 こうしゅうよくじょう | 名詞 公共澡堂

例句 公衆浴場(こうしゅうよくじょう)では水着(みずぎ)は禁止(きんし)です。

在公共澡堂禁止穿泳衣。

公定相場 こうていそうば | 名詞 牌價

公開状 こうかいじょう | 名詞 公開信

公園(こうえん)デビュー

帶寶寶到公園亮相

日本媽媽會在**小孩子搖搖晃晃**（ヨチヨチ）學**走路**（歩(ある)く）時，帶小孩子到公園與同社區的小朋友認識玩耍。除了讓小朋友可以自然的融入人群，媽媽們彼此之間也能結為好友，互相交流**各種**（いろいろ）**育兒**（子育(こそだ)て）資訊。

意義

切、剪；把脈

常見發音

さい／せつ／き

切る きる | 動詞 切、割；砍、伐；斬；突破；去掉水分

例句　**麵を茹でた後に水をよく切る。**
煮麵後把水濾乾。

切り出す きりだす | 動詞 提出

例句　**相手から和解を切り出した。**
對方提出和解。

切手 きって

切手

「切手」是「切取手形」的簡稱，是指用來換取商品的**兌換券**（引換券）。例如「米切手」、「小麦切手」等。貼在**郵件**（郵便物）上的郵票也是一種「切手」，視為已經繳納**費用**（料金）的證明。

切り紙 きりがみ | 名詞 剪紙

例句　**彼は切り紙で昆虫を作れる。**
他能用剪紙剪出昆蟲模樣。

切り替える きりかえる | 動詞 轉換、變換

例句　**休みが終わったので気持ちを切り替えて仕事する。**
假期結束，轉換心情工作。

切り抜く きりぬく | 動詞 剪下

例句　**雑誌を切り抜いて記事を集める。**
剪下雜誌收集報導。

切手収集 きってしゅうしゅう | 名詞 集郵

例句　**彼の趣味は切手収集だ。**
他的興趣是收集郵票。

切符 きっぷ | 名詞 車票；船票；飛機票；入場券；票

例句　**往復切符を買いました。**
買來回票。

切符売場 きっぷうりば | 名詞 售票口

例句　**切符売り場で入場券を買う。**
在售票口買入場卷。

切符の自動販売機 きっぷのじどうはんばいき | 名詞 自動售票機

意義

裡面；家裡；朝廷；妻子；祕密；進入

常見發音

だい／ない／うち

内所（内緒） ないしょ | 名詞 秘密

例句 **彼は妻に内緒で愛人を囲ってる。**
他背著老婆(在外面)養小老婆。

内約 ないやく | 名詞 私下約定

例句 **映画の配役はすでに内約で決まっている。**
電影的角色分配已經內定了。

内親王（ないしんのう）

内親王

「內親王」是日本女性皇族的封位，用來稱呼天皇的**子女**（子）和**孫子**（孫）之中的女性皇族，男性皇族則稱為「親王」。過去，**天皇**（天皇）是日本的國家君王，但是現在**日本憲法**（日本国憲法）裡明確規範，天皇是**日本國家**（日本国）的精神象徵。

内庭 うちにわ | 名詞 中庭；裡院

例句 **子供が内庭で遊んでいる。**
孩子在中庭玩耍。

内紛 ないふん | 名詞 內鬨

内密 ないみつ | 名詞 秘密；不公開

例句 **この件は内密にしてほしい。**
這件事請保密。

内緒話 ないしょばなし | 名詞 悄悄話

例句 **女の子は内緒話が好きだ。**
女孩子喜歡說悄悄話。

内気 うちき | 名詞 靦腆

例句 **彼女は内気なので恋人ができない。**
她內向所以沒交男朋友。

内装業者 ないそうぎょうしゃ | 名詞 裝潢公司

例句 **内装業者に頼んで店を改装する。**
請裝潢公司重新裝潢店面。

内訳 うちわけ | 名詞 明細；分類

例句 **資金運用の内訳を記す。**
記錄資金運用的明細。

引

意義
拉；牽；承受

常見發音
いん／ひ

引く ひく | 動詞 抽回；拉回

例句 **すっぴんがブスだったので引いた。**
因為素顏很醜，讓我一點興趣也沒有。

引き下がる ひきさがる | 動詞 退出；離開

例句 **法廷で判決が出たので引き下がった。**
法庭已判決所以就離開了。

引き分ける ひきわける | 動詞 平局；平手

例句 **5対5で引き分けた。**
五比五平手。

引き出し ひきだし | 名詞 抽屜；抽出

例句 **引き出しに定規をしまった。**
把尺收到抽屜。

引き寄せる ひきよせる | 動詞 靠近；挪近

例句 **彼女の美貌は多くの人を引き寄せた。**
她的美貌吸引了不少人。

引き連れる ひきつれる | 動詞 帶領

例句 **子分を引き連れて町を闊歩している。**
他帶領很多手下在街上大搖大擺地走。

引き換え券 ひきかえけん | 名詞 兌換券

例句 **商品の引き換え券をもらった。**
我拿到商品兌換券了。

引き攣る ひきつる | 動詞 抽筋

例句 **あきれて顔が引き攣った。**
驚訝到臉都抽筋了。

引き抜く ひきぬく | 動詞 拔出、選拔；挖角、拉攏

例句 **他の会社から優秀な人材を引き抜いた。**
從別家公司挖角優秀人才。

引越し ひっこし | 名詞 搬家

例句 **友達の引越しの手伝いをする。**
我去幫朋友搬家。

引き入る ひきいる | 動詞 隱藏；引退

引手 ひきて | 名詞 把手

引き合人 ひきあいにん | 名詞 作證人

引き移る ひきうつる | 動詞 遷移

引当金 ひきあてがね | 名詞 抵押品

意義

心臟；精神；胸部；事物中心

常見發音

しん／こころ

心の友 こころのとも｜名詞 知心朋友

例句　**スネ夫はジャイアンの心の友だ。**
阿福是技安的心靈之友。

心外 しんがい｜名詞 意外；遺憾

例句　**彼が裏切るとは心外だ。**
沒想到他出賣我。

心地 ここち｜名詞 感覺、心情

例句　**雪の降る夜にお風呂に浸って夢見心地だ。**
在下雪的夜晚泡熱水澡，如作美夢般的好心情。

心地好い ここちよい｜い形 愉快、舒適

例句　**バーで聴くジャズは心地好い。**
在酒吧聽爵士樂很舒服。

心拍音 しんぱくおん｜名詞 心跳的聲音

例句　**美女を見て心拍音が上がった。**
看見美女心跳加快。

心待ち こころまち｜名詞 期待、盼望

例句　**退院を心待ちにしている。**
希望趕快出院。

心配 しんぱい｜名詞 擔心；不安

例句　**この構造では地震が心配だ。**
這房子結構擔心(耐不住)地震。

心配り こころくばり｜名詞 注意

例句　**部長は部下一人に心配りをする。**
部長對於每一個屬下都會很用心。

心配事 しんぱいごと｜名詞 心事

例句　**彼女の顔は心配事があるようだ。**
從他的表情看來似乎有心事。

心做し こころなし｜名詞 心理作用

例句　**彼女は心做しか痩せて見える。**
是不是心理作用，她看起來瘦了許多。

心構え こころがまえ｜名詞 心理準備

例句　**心構えによって結果が変わる。**
結果因心理建設而不同。

心遣い こころづかい｜名詞 關懷；照顧

例句　**周りの心遣いがうれしい。**
周遭人對我的照顧，我很高興。

心変わり こころがわり｜動詞 變心

例句　**恋人が心変わりした。**
男朋友變心了。

意義

太陽；一天；天數；日本的簡稱；星期天的簡稱

常見發音

じっ／にち／か／ひ

日本一 にっぽんいち | 名詞 在日本屬第一

例句　**富士山は日本一高い。**
富士山是日本最高。

日射病 にっしゃびょう | 名詞 中暑

例句　**炎天下で帽子をかぶらないと日射病になる。**
大熱天不戴帽子會中暑。

日雇い ひやとい

按日計費的臨時工作

日本有各種勞動型態，例如**正式職員**（正社員）、**派遣人員**（派遣）、**約聘人員**（契約社員）等。一般而言，**建築工地**（工事現場）或**搬家**（引越し）等工作，幾乎都是雇用臨時工。失業者只要到派遣公司登記，有工作時公司就會以**手機簡訊**（携帯電話のメール）通知。

日常茶飯事 にちじょうさはんじ | 名詞 家常便飯

例句　**柔道では気絶は日常茶飯事だ。**
柔道練習中暈倒是常有的事。

日給 にっきゅう | 名詞 一日工資

例句　**日給で人夫を雇う。**
以日薪雇用勞工。

日暮れ ひぐれ | 名詞 傍晚

例句　**日暮れ時に眠くなる。**
我在傍晚的時候想睡覺。

日課 にっか | 名詞 每天要做的工作

例句　**私は運動を日課にしている。**
運動是我每天的例行活動。

日曜日 にちようび | 名詞 星期日

例句　**日曜日は暇で退屈だ。**
禮拜天閒著無聊。

日帰り ひがえり | 名詞 當天來回

正誤漢字　帰 ○　歸 ×

例句　**日帰りで温泉に行く。**
去泡溫泉當天來回。

意義

月亮；月分；星期一的簡稱

常見發音

がつ／げつ／つき

月世界 げっせかい | 名詞 月球

例句 **月世界を旅行してみたい。**
我想去月球旅行看看。

月末 げつまつ | 名詞 月底

例句 **月末なので金が苦しい。**
因為是月底手頭很緊。

六月の花嫁（ろくがつのはなよめ）

六月新娘

歐洲有一個古老**傳說**（伝説），認為在6月舉行**婚禮**（結婚式）就會幸福。因為June（6月）這個字來自**羅馬神話**（ローマ神話）中掌管婚姻的女神—Juno。許多日本女性也深受影響，6月因此成為**最受歡迎**（一番人気）的結婚月份。

月見 つきみ | 名詞 賞月

例句 **月見をしながら一杯やる。**
邊賞月，邊喝酒。

月並み／月次み つきなみ | な形 按月；平凡

例句 **あまりに月並みなストーリーなので面白くない。**
太過平凡的故事情節很無聊。

月明かり つきあかり | 名詞 月光

例句 **月明かりの下、蛍が舞っている。**
月光下螢火蟲飛舞。

月給日 げっきゅうび | 名詞 發薪日

例句 **月給日にはリッチな気分だ。**
發薪日時，心情就像是個富翁一樣。

月極め つきぎめ | 名詞 按月、論月立契約

例句 **月極めの駐車場を契約した。**
我租了以月計費的停車場。

月曜日 げつようび | 名詞 星期一

例句 **月曜日は一番憂鬱だ。**
禮拜一心情最憂鬱。

意義

樹木；五行之一；木星的簡稱；星期四的簡稱

常見發音

ぼく／もく／き／こ

木肌 きはだ | 名詞 樹皮

例句 **昔の家は木肌がむき出しだった。**
以前的房屋看得到木材的紋理。

木食い虫 きくいむし | 名詞 蛀蟲

例句 **柱が木食い虫に食われている。**
柱子被蟲咬。

木の実 このみ | 名詞 果實

正誤漢字 実○ 實×

例句 **リスが木の実を食べている。**
松鼠在吃果實。

木の下 きのした | 名詞 樹蔭；樹下

例句 **木の下で涼む。**
在樹下乘涼。

木偶の坊 でくのぼう | 名詞 蠢貨、木頭人

例句 **彼はでかいだけで木偶の坊だ。**
他大而無用。

木訥（朴訥） ぼくとつ | 名詞 樸實木訥

例句 **彼は朴訥で寡黙だ。**
他木訥寡言。

木陰／木蔭 こかげ | 名詞 樹蔭

例句 **木陰に座って休む。**
坐在樹蔭下休息。

木曜日 もくようび | 名詞 星期四

例句 **木曜日に会う約束をした。**
約好禮拜四見面。

木末 こぬれ | 名詞 樹梢

木目／杢目 もくめ | 名詞 木紋

木石 ぼくせき | 名詞 木石；不懂人情；不懂人情的人

木挽 こびき | 名詞 伐木；伐木者

木深い こぶかい | 名詞 樹木茂密

水

意義

水；五行之一；水星的簡稱；星期三的簡稱

常見發音

みず／すい

水の泡 みずのあわ ｜ 名詞 水泡；比喻前功盡棄

正誤漢字	泡○	泡×

例句 **台風(たいふう)で作物(さくもつ)がやられ、せっかくの苦労(くろう)が水(みず)の泡(あわ)だ。**
農作物被颱風破壞，好不容易辛苦種植都前功盡棄了。

水引(みずひき)

日本紅白包或贈品上的紙繩

日本從「室町時代」開始，就會在**贈品**（贈(おく)り物(もの)）的盒子或信封上裝飾紙繩。不同的場合，紙繩的顏色、數量、或**打結方式**（結(むす)び方(かた)）也大不相同。例如，祝賀婚禮等喜慶時，會打上**蝴蝶結**（蝶結(ちょうむす)び），象徵好事成雙。

水太り みずぶとり ｜ 名詞 虛胖

例句 **彼(かれ)は水太(みずぶと)りなので運動(うんどう)すればすぐにやせる。**
他身材虛胖，作運動就會馬上瘦下來。

水火の仲 すいかのなか ｜ 名詞 水火不容

例句 **彼女(かのじょ)は部長(ぶちょう)と水火(すいか)の仲(なか)だ。**
他和部長水火不容。

水代 みずだい ｜ 名詞 水費

例句 **公園(こうえん)の水(みず)を汲(く)めば水代(みずだい)を節約(せつやく)できる。**
到公園取自來水，就能節省水費。

水汲み みずくみ ｜ 名詞 提水

例句 **以前(いぜん)は水汲(みずく)みして薪割(まきわり)をしてお風呂(ふろ)を沸(わ)かした。**
以前要提水劈柴，才能燒熱洗澡水。

水泳 すいえい ｜ 名詞 游泳

例句 **日本(にほん)では夏(なつ)になると水泳(すいえい)の授業(じゅぎょう)がある。**
日本每到夏天就有游泳課程。

意義

火；五行之一；火星的簡稱；星期二的簡稱

常見發音

か／ひ／ほ

火の元 ひのもと | 名詞 起火地點；引火物

例句 **お出かけの際は火の元をお確かめください。**
出門時請注意關閉火源。

火付け役 ひつけやく | 名詞 肇事者

例句 **彼の安打が火付け役となり、反撃して逆転しました。**
從他的安打開始，反擊後局勢逆轉。

火加減 ひかげん | 名詞 火候

例句 **料理は火加減が難しいです。**
煮菜最重要的是火候(的拿捏)。

火災報知器 かさいほうちき | 名詞 火災警報器

例句 **火災報知機は料理の煙にも反応します。**
火災警報器有時感應到煮菜的油煙。

火事 かじ | 名詞 火災

例句 **日本の冬は火事が多いです。**
日本冬天火災多。

火事場泥棒 かじばどろぼう | 名詞 趁火打劫

例句 **火事場泥棒は醜い人間の本性です。**
趁火打劫是人類醜陋的本性。

火遊び ひあそび | 名詞 玩火；婚外情

例句 **彼女は若い男と火遊びをしています。**
她跟年輕男子有婚外情。

行火（あんか）

日本暖爐

「行火」是日本人冬天用來取暖的移動式**暖爐**（暖房具）。在鐵箱中放入點燃的**煤球**（豆炭），蓋上蓋子後，再用好幾層**布**（布）包覆起來，放在腳邊取暖。由於使用「行火」容易造成**一氧化碳**（一酸化炭素）中毒，所以當電暖爐發明後，就不大使用「行火」了。

意義

片狀；些許；單邊

常見發音

へん／かた

片手 かたて | 名詞 一隻手；一方面

例句 **インド人は食事(しょくじ)のときに片手(かたて)しか使(つか)わない。**

印度人用餐時只用一隻手。

片方 かたほう | 名詞 兩個中的一個；兩方當中的一方

例句 **双子(ふたご)は片方(かたほう)が怪我(けが)をするともう一人(ひとり)も同(おな)じ箇所(かしょ)を怪我(けが)することも多(おお)い。**

雙胞胎中有一個受傷，很多時候另一個也受同樣的傷。

片付ける かたづける | 動詞 解決；幹掉

例句 **邪魔者(じゃまもの)を片付(かたづ)ける。**

把礙事者解決掉。

片足とび かたあしとび | 名詞 單腳跳

例句 **三段跳(さんだんと)びは片足(かたあし)とびで跳(と)ぶ。**

三級跳是用單腳跳。

片思い かたおもい | 名詞 單相思

例句 **好(す)きな人(ひと)がいるが片思(かたおも)いだ。**

我有喜歡的人，但只是單戀。

片栗粉 かたくりこ | 名詞 太白粉

例句 **片栗粉(かたくりこ)は水(みず)に溶(と)かす。**

太白粉融於冷水。

片寄る（偏る） かたよる | 名詞 偏於；不公正

例句 **右手(みぎて)だけに偏(かたよ)った運動(うんどう)は体(からだ)によくない。**

運動偏重於右手，對身體不好。

片腕 かたうで | 名詞 左右手；幫手

例句 **彼(かれ)はボスの片腕(かたうで)だ。**

他是老大的左右手。

片隅 かたすみ | 名詞 角落

例句 **部屋(へや)の片隅(かたすみ)に掃除機(そうじき)を置(お)く。**

吸塵器放在房間的角落。

片腹痛い かたはらいたい | い形 可憐的；太可笑

例句 **あんな奴(やつ)が社長(しゃちょう)なんて片腹痛(かたはらいた)い。**

那種傢伙當老闆真是笑死人了。

片手落ち かておち | 名詞 有所疏忽

意義
晒乾；竿子；關係到…

常見發音
かん／ひ／ほ

干す ほす | 動詞 曬、晾；使之挨餓

例句　**あの俳優は態度が悪いので干されてしまった。**
那個演員因為態度不好，被冷落、減少工作量。

干し貝柱 ほしかいばしら | 名詞 干貝

例句　**ビールのつまみに干し貝柱を買う。**
買干貝當啤酒配菜。

干し物 ほしもの | 名詞 曬乾的東西；曬的衣服

例句　**庭に干し物を吊る。**
在庭院曬衣服。

干し柿 ほしがき | 名詞 柿餅

例句　**渋柿は干し柿にすると甘くなる。**
澀柿子曬乾後變甜的。

干渉 かんしょう | 動詞 干涉

例句　**私は子供の進路に干渉しない。**
我不會干涉孩子未來的選擇。

干害 かんがい | 名詞 旱災

例句　**干害により作物ができない。**
農作物因乾旱無法收成。

干菓子 ひがし | 名詞 乾菓子

例句　**干菓子は生菓子より日持ちがいい。**
乾菓子比生菓子更能保存。

干割れる ひわれる | 動詞 乾裂

干死に ひじに | 名詞 餓死

干し海苔 ほしのり | 名詞 紫菜乾

潮干狩り（しおひがり）

退潮撿拾魚貝

退潮時（干潮時）在淺灘（浜辺）挖（掘り当てる）貝類、抓小魚的休閒活動稱為「潮干狩り」。春夏是最適合「潮干狩り」的季節，日本人經常在退潮時段用耙子（熊手）挖出淺灘的蛤蠣，帶回家泡在鹽水中讓蛤蠣吐沙（砂）後，再做成料理。

意義

門戶；住家的單位

常見發音

こ／と

戸口 とぐち | 名詞 門口

例句 **戸口に人が立っている。**（とぐち・ひと・た）
門口有人站著。

戸主 こしゅ | 名詞 家長

例句 **戸籍調査で戸主の名を確認する。**（こせきちょうさ・こしゅ・な・かくにん）
戶籍調查時確認戶長名字。

水戸黄門（みとこうもん）

日本著名時代劇名

該劇主角「水戶黃門」是德川家康的孫子，「水戶」是藩主名，「黃門」則是官名。此劇是日本相當受歡迎的時代劇，雖然每集情節幾乎完全相同，例如，當主角拿出印盒（印籠（いんろう））表明自己身份的時間點，幾乎每集都一樣，但據說如果某一集沒有出現這段劇情，就會引起大批觀眾抗議。

戸別 こべつ | 名詞 每戶

例句 **戸別に調査をする。**（こべつ・ちょうさ）
做每戶調查。

戸板 といた | 名詞 戶窗板；門板

例句 **戸板のすべりが悪い。**（といた・わる）
護窗板不好滑動。

戸惑う とまどう | 動詞 不知所措；困惑；迷失方向

例句 **突然のことに戸惑った。**（とつぜん・とまど）
忽然發生事情不知所措。

戸棚 とだな | 名詞 櫥櫃

例句 **戸棚に菓子をしまう。**（とだな・かし）
點心收進櫥櫃裡。

戸締り とじまり | 名詞 關門、鎖門

例句 **出かける前に戸締りを確認する。**（で・まえ・とじま・かくにん）
出門前確認門鎖了沒。

戸障子 としょうじ | 名詞 門窗

意義

時代；世間；代代

常見發音

せ／せい／よ

世界一 せかいいち | 名詞 世界第一

例句　**エベレストは世界一高い山です。**
聖母峰是世界最高的山。

世界中 せかいじゅう | 名詞 全世界

例句　**マクドナルドは世界中にあります。**
麥當勞全世界都有。

世界選手権 せかいせんしゅけん | 名詞 世界錦標賽

正誤漢字　**権**○　權×

例句　**腕相撲は世界選手権まであります。**
比腕力有世界錦標賽。

世間並み せけんなみ | 名詞 普通

例句　**私は世間並みの暮らしで十分です。**
我過普通生活就很滿足了。

世間話 せけんばなし | 名詞 閒聊

例句　**隣の奥さんと世間話をする。**
跟隔壁太太閒聊。

世話 せわ | 名詞 照顧；幫助；介紹

例句　**犬は世話をよくする人になつく。**
狗會親近照顧他的人。

世話好き せわずき | 名詞 好管閒事；好幫助人

例句　**あのおばさんは世話好きだ。**
那太太喜歡幫助人。

世間体 せけんてい | 名詞 體面

例句　**医者の息子がフリーターでは世間体が悪い。**
醫生的兒子是打工族的話就不體面。

世論調査 よろんちょうさ | 名詞 民調

例句　**携帯電話について世論調査をする。**
針對手機做民調。

世界初演 せかいしょえん | 名詞 全球首映

世間口 せけんぐち | 名詞 閒言閒語

世辞 せじ | 名詞 奉承、巴結話

世間離れ せけんばなれ | 名詞 與眾不同

世話役 せわやく | 名詞 聯繫人；幹事；負責人

意義

平坦的；平定；穩定；平常

常見發音

びょう／へい／たい／ひら

平らげる たいらげる | 動詞 平定、平息；吃光

例句 **大皿の料理を平らげた。**
吃光了一大盤菜。

平たい ひらたい | い形 平坦的

例句 **山歩きに疲れて平たい石に腰掛けた。**
山路走累了，坐在平坦的石頭上。

甚平（じんべい）

男性、小孩子穿的和服

「甚平」是日本男性或小孩子在夏天穿的一種**日式服裝**（和装）。「甚平」的長度很短，袖口沒有**袖束**（袂），通常當作**居家服**（普段着）。原本只穿上半身，現在則會搭配成套的**短褲**（半ズボン）。另外，最近也開始販售**花樣**（柄）可愛的女用「甚平」。

平目 ひらめ | 名詞 比目魚

例句 **斜視の人は「ヒラメ」と言われます。**
斜視的人被稱作是「比目魚」。

平服 へいふく | 名詞 輕便日式便服

例句 **剣道は甲冑でなく平服が前提です。**
劍道不穿盔甲，而是以輕便日式便服為主。

平社員 ひらしゃいん | 名詞 普通職員

例句 **彼は平社員から重役にのし上がりました。**
他從普通員工升為幹部。

平気 へいき | 名詞 不在乎；不介意

正誤漢字 気○ 氣×

例句 **赤ちゃんのうちは水も平気です。**
嬰兒時期就不怕水。

平温 へいおん | 名詞 平均溫度

例句 **この食品は平温で保存できます。**
這食物能以常溫保存。

意義

根本；書本；書本的單位；源頭；真正的；自己的

常見發音

ほん／もと **(1)**

本の虫 ほんのむし | 名詞 書呆子

例句 **長門さんは本の虫だ。**
長門小姐是個書痴。

本の表紙 ほんのひょうし | 名詞 書皮；封面

例句 **本の表紙の設計は売れる売れないに影響する。**
書的封面設計會影響銷售。

日本の入学試験

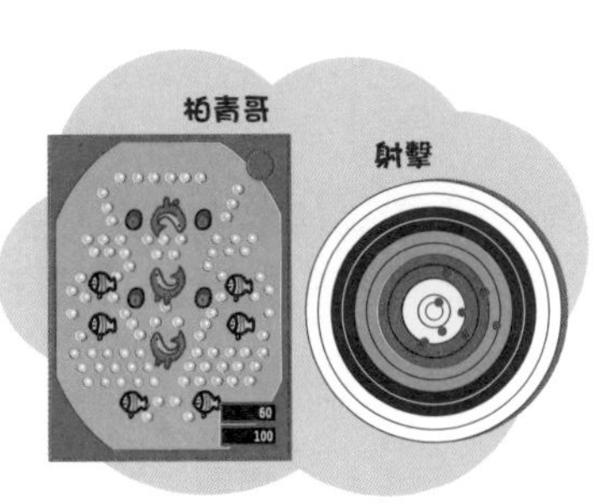

日本的入學考試

日本的高中**聯考**（入学試験）分為兩種，**公立高中**（公立高校）採聯合招生，依成績決定就讀的學校，這種式方宛如打**小鋼珠**（パチンコ）一般。私立學校則採獨立招生，一次報考一間，依成績決定合格與否，這種方式宛如打靶射擊，**靶**（的）越大越容易命中。

本元 ほんもと | 名詞 根源

例句 **空手は中国が本元だ。**
空手道源自中國。

本日 ほんじつ | 名詞 當天

例句 **本日は晴天だ。**
今天是晴天。

本代 ほんだい | 名詞 書本費

例句 **彼女の小遣いはほとんど本代だ。**
她的零用錢幾乎全拿去買書。

本末転倒 ほんまつてんとう | 名詞 本末倒置

正誤漢字	転 ○	轉 ×

例句 **人間のための規則であって、規則のための人間では本末転倒だ。**
規則因人而訂，如果死守規則，就本末倒置了。

本物 ほんもの | 名詞 真貨；道地

例句 **このローレックスは本物ではない。**
這支勞力士錶不是真品。

意義

根本；書本；書本的單位；源頭；真正的；自己的

常見發音

ほん／もと **(2)**

本社 ほんしゃ | 名詞 總公司；本公司

例句 **今日は本社の人が監察に来る。**
今天有總公司的人來勘查。

本屋 ほんや | 名詞 書店；書店老板

例句 **紀伊国屋はビルひとつが全部本屋だ。**
紀伊國屋書店整棟大樓都是書店。

本革 ほんかわ | 名詞 真皮

例句 **この財布はワニの本革だ。**
這皮夾是鱷魚真皮。

本音 ほんね | 名詞 真心話

例句 **日本人は本音より建前ばかり言う。**
日本人不說真心話，老說場面話。

本格 ほんかく | 名詞 正式；真正

例句 **彼は本格的にインド料理を習った。**
他真的學作印度菜。

本場 ほんば | 名詞 原產地；發源地

例句 **バレエの本場はヨーロッパだ。**
芭蕾舞起源於歐洲。

本棚 ほんだな | 名詞 書架

例句 **読んでない本を本棚に飾る。**
把不看的書擺到書架上。

本腰 ほんごし | 名詞 鼓起幹勁；認真

例句 **来年入試なので本腰を入れて勉強する。**
明年要考試，所以要認真讀書。

本調子 ほんちょうし | 名詞 原來的實力

例句 **彼は傷が治ったばかりでまだ本調子ではない。**
傷勢剛痊癒，無法展現真正的實力。

本当 ほんとう | 名詞 真正；真實

例句 **日本人は本当は個人主義です。**
日本人其實是個人主義者。

本気 ほんき | 名詞 認真；正經

例句 **犬は人間相手に本気にはなりません。**
狗不會把人類當成攻擊的對象。

本手 ほんて | 名詞 絕技；內行

本給 ほんきゅう | 名詞 基本工資

本箱 ほんばこ | 名詞 書櫃

本膳 ほんぜん | 名詞 日本料理中的主菜

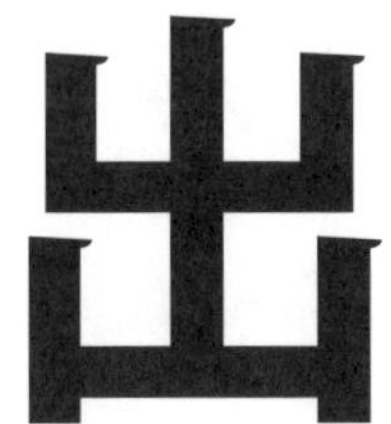

意義

出門；離開朝廷當地方官；超過範圍；支出；出產

常見發音

しゅつ／すい／だ／で **(1)**

出る でる | 動詞 出去；離開；出發；出席

例句 **結婚式に出るので正装する。**
因為參加婚禮就正式打扮。

出す だす | 動詞 拿出；出版；出現；出事；經營

例句 **じゃんけんでチョキを出して勝ちました。**
猜拳出剪刀贏了。

出前 でまえ

送外賣

「出前」是將料理好的食物迅速送到顧客手中的一種服務（サービス）。起源自日本「江戶時代」，以前**徒步**（徒歩）送達，現在則以**摩托車**（バイク）外送。以前，顧客吃完後會將**碗盤**（皿）放在大門口，店家則在幾天後來收回，現在則大多使用**免洗餐具**（使い捨ての容器）。

出不精／出無精 でぶしょう | 名詞 不愛出門

例句 **彼は出不精でどこにも出かけない。**
他不愛出門哪裡也不去。

出欠 しゅっけつ | 名詞 出席和缺席；出勤和缺勤

例句 **朝担任が出欠を取ります。**
早上導師點名。

出火 しゅっか | 動詞 發生火災

例句 **台所から出火した。**
從廚房起火。

出世作 しゅっせさく | 名詞 成名作

例句 **この作品は彼の出世作となった。**
這部作品成為他的成名作。

出任せ でまかせ | 名詞 信口、隨便說

例句 **彼はいつも口から出任せだ。**
他老是隨便說說。

出身校 しゅっしんこう | 名詞 畢業學校

例句 **私の出身校が甲子園に出場した。**
我畢業的學校參加甲子園棒球賽。

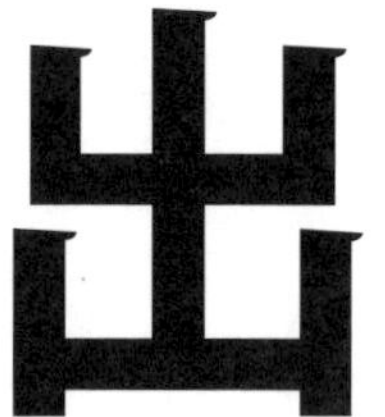

意義

出門；離開朝廷當地方官；超過範圍；支出；出產

常見發音

しゅつ／すい／だ／で **(2)**

出張 しゅっちょう | 名詞 出差

例句 **出張で名古屋に行った。**
出差到名古屋。

出涸らし でがらし | 名詞 泡到無味的茶葉茶渣

例句 **あの作家はネタが切れて出涸しになった。**
那個作家點子用盡，作品枯燥無味。

出荷日 しゅっかび | 名詞 出貨日

例句 **売れすぎて出荷日に生産が追いつきません。**
賣得太好，製作趕不上出貨日。

出番 でばん | 名詞 輪流值班；演員出場的順序；輪到上場

例句 **お姫様の出番になった。**
輪到公主上場。

出願 しゅつがん | 名詞 提出請求、申請

例句 **私の機械は特許出願中です。**
我的機器申請專利中。

出国カード しゅっこくカード | 名詞 出境登記卡

例句 **出国カードに記入する。**
要填出境登記卡。

出来る できる／でける | 動詞 完成；建立；出現；有才能

例句 **彼女は仕事ができる。**
她工作能力好。

出来ちゃった結婚 できちゃったけっこん | 名詞 奉子成婚

例句 **できちゃった結婚で子供が生まれた。**
奉子成婚生孩子。

出産 しゅっさん | 名詞 生孩子

例句 **出産の苦しみがあるから母性愛は強い。**
因為生產的痛苦，更顯現母愛的堅強偉大。

出産予定日 しゅっさんよていび | 名詞 預產期

例句 **出産予定日より早く生まれた。**
比預產期早生。

出身 しゅっしん | 名詞 出生地；畢業；出身

出放題 でほうだい | 名詞 信口開河、胡說八道

出荷 しゅっか | 名詞 運送；商品上市；出貨

意義

半數；分成一半

常見發音

はん／なか

半ズボン はんズボン｜名詞 短褲

例句　**若い女性に半ズボンはよく似合う。**
年輕女子很適合穿短褲。

半人前 はんにんまえ｜名詞 半人份；不能獨當一面

例句　**親の脛をかじっているうちは半人前だ。**
還和父母拿錢，不算獨當一面。

半分 はんぶん｜名詞 一半

例句　**経費を半分に削減する。**
經費刪減一半。

半日 はんじつ／はんにち｜名詞 半天

例句　**以前土曜日は半日だった。**
以前，禮拜六工作半天。

半日ツアー はんにちツアー｜名詞 半日遊

例句　**半日ツアーの観光バスに乗った。**
我搭乘半日遊的觀光巴士。

半可通 はんかつう｜名詞 一知半解的人

例句　**半可通ほど薀蓄を語りたがる。**
越是半調子的人，越喜歡炫耀。

半袖 はんそで｜名詞 短袖

例句　**半袖に日焼け跡がついている。**
身上有短袖的曬痕。

半額 はんがく｜名詞 半價

例句　**子供は半額だ。**
小孩子半價。

半銭 きなか｜名詞 半分、分文；少許

正誤漢字　銭 ○　錢 ×

半切 はんぎり｜名詞 半桶

半休 はんきゅう｜名詞 半天假

半額割引券 はんがくわりびきけん｜名詞 半票

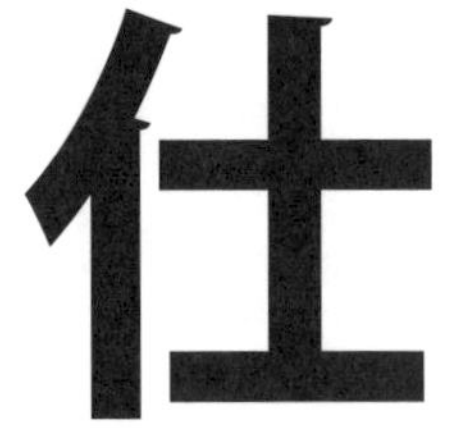

意義

侍奉

常見發音

し／じ／つか

仕入れる しいれる | 動詞 採購

例句 **食堂は材料を仕入れるのも保存するのも加工するのも大変だ。**

餐廳要負責食材的採購、保存及加工，十分辛苦。

仕入原価 しいれげんか | 名詞 進貨成本

例句 **仕入原価が高いので利益が上がらない。**

進貨成本高，所以利潤無法提高。

正誤漢字 価○ 價×

仕方 しかた | 名詞 方法；辦法

例句 **会社に入ると客の挨拶の仕方から教わる。**

一進公司，從對客人的打招呼方式學起。

仕事 しごと | 名詞 工作；職業

例句 **彼女は新しい仕事を探している。**

她正在找新工作。

仕事着 しごとぎ | 名詞 工作服

例句 **ガソリンスタンドの仕事着に着替える。**

換成加油站的工作服。

仕組む しくむ | 動詞 構築；計畫

例句 **これは敵が仕組んだ罠だ。**

這是敵人設下的陷阱。

仕舞う しまう | 動詞 完了；整理；收起來

例句 **彼女は契約書をかばんに仕舞った。**

她把契約書收進皮包。

仕事始め

新年後開始營業、工作。

新年後的開工日稱為「仕事始め」。為了**祈求**（祈願する）新的一年工作平安順利，有些日本公司會在開工當天舉行**新年初次出貨儀式**（初荷式），員工會將貨品包裝好，一邊**敲鑼打鼓**（はやしたる）一邊交貨給**顧客**（得意先）。

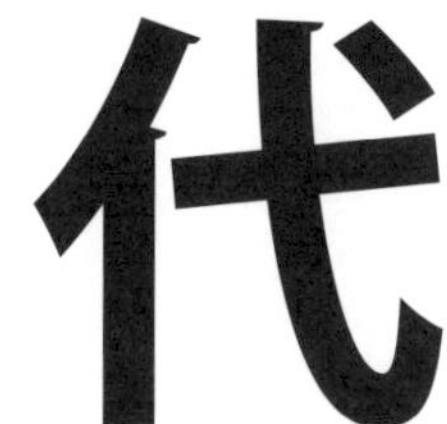

意義

代替；世代；朝代；輪流交替

常見發音

たい／だい／か／しろ／よ

代える かえる | 名詞 代替、代理；換

例句 **磨り減ったタイヤを代える。**
換掉磨損的輪胎。

代わる かわる | 名詞 代理

例句 **石油に代わる新しいエネルギーが必要だ。**
我們必須要有代替石油的新能源。

代金引換払い（だいきんひきかえばらい）

貨到付款

「貨到付款」是指利用網路（インターネット）或郵購（通信販売）訂購商品後，當送貨員將商品宅配（配達）到府後再付款的一種消費方式，可以避免利用信用卡刷卡或銀行轉帳後，卻收不到商品（商品が届かない）的風險（リスク）。

代り映え かわりばえ | 名詞 變得更好；變得起色

例句 **学校の授業方式は代わり映えしなくてつまらない。**
學校的上課方式都沒有變化很無聊。

代る代る かわるがわる | 名詞 輪流；依次

例句 **若くてきれいな子が代る代るアイドルになっては消えていく。**
年輕貌美的女子輪流當偶像後就消失。

代休 だいきゅう | 名詞 補假

例句 **運動会が日曜日なので月曜が代休となる。**
運動會是禮拜天，所以禮拜一補假。

代表取締役 だいひょうとりしまりやく | 名詞 總經理

例句 **代表取締役という肩書きは合コンで受ける。**
總經理的頭銜在聯誼很搶手。

代表電話 だいひょうでんわ | 名詞 總機

例句 **代表電話に問い合わせてみる。**
問看看總機。

意義

附著；交付；託付；附屬；帳單

常見發音

ふ／つ

付き合う つきあう | 動詞 交往；陪伴

例句 **友達に付き合って買い物に行く。**
陪朋友去買東西。

付き物 つきもの | 名詞 附屬品；附帶物；離不開的東西

例句 **お祭りに出店は付き物だ。**
有廟會祭典，一定有攤販。

付き添う つきそう | 動詞 服侍；伺候

例句 **日本では親は子供の入試（高校）に付き添わない。**
在日本父母親不會陪考(高中)。

付き纏う つきまとう | 動詞 糾纏

例句 **ストーカーに付き纏われて困っている。**
我被跟蹤狂騷擾。

付け入る つけいる | 動詞 抓住機會

例句 **彼女は付け入る隙を与えない。**
她不給我機會。

付け上がる つけあがる | 動詞 驕傲；得寸進尺

例句 **子供は甘やかすと付け上がる。**
縱容孩子，只會讓他更得寸進尺。

付け回す つけまわす | 動詞 尾隨；跟蹤

例句 **パパラッチはスターを付け回す。**
狗仔隊尾隨明星。

付け睫毛 つけまつげ | 名詞 假睫毛

例句 **付け睫毛で目が大きく見える。**
貼假睫毛，讓眼睛看起來大。

付け焼刃 つけやきば | 名詞 臨陣磨槍

正誤漢字 **焼** ○ 燒 ×

例句 **試験前の付け焼刃では合格できない。**
考前臨陣磨槍是無法及格的。

付け合せる つけあわせる | 動詞 搭配

例句 **カレーライスに福神漬けを付け合せる。**
咖哩飯配上福神漬醬菜。

付け薬 つけぐすり | 名詞 外用藥

付け火 つけび | 名詞 放火

付け足す つけたす | 動詞 補充；附加

付け元気 つけげんき | 名詞 虛張聲勢

意義

外面；遠方

常見發音

がい／げ／そと／はず／ほか

外出先 がいしゅつさき | 名詞 外出地點

例句 **外出先(がいしゅつさき)から連絡(れんらく)する。**
我從外面打電話回來。

外交官 がいこうかん | 名詞 外交官

例句 **外交官(がいこうかん)の荷物(にもつ)は税関(ぜいかん)では検査(けんさ)されない。**
外交官的行李在海關不用被檢查。

外在批評 がいざいひひょう | 名詞 社會評論

例句 **外在批評(がいざいひひょう)は意(い)に介(かい)さない。**
我不介意外在的批評。

外見 がいけん | 名詞 外表；外觀

例句 **女性(じょせい)にとって外見(がいけん)は大切(たいせつ)です。**
對女人來說外表很重要。

外泊 がいはく | 名詞 外宿、在外過夜

例句 **未婚女性(みこんじょせい)の外泊(がいはく)はよくない。**
未婚女子在外過夜不好。

外食 がいしょく | 名詞 在外用餐

例句 **日本(にほん)では外食(がいしょく)は贅沢(ぜいたく)だ。**
在日本在外用餐是奢華的。

外交員 がいこういん | 名詞 推銷員

外貨両替 がいかりょうがえ | 名詞 換外幣

正誤漢字 **両** ○ 兩 ×

例句 **外貨(がいか)を両替(りょうがえ)する。** 兌換外幣。

外聞 がいぶん | 名詞 名譽、面子；被別人知道

例句 **彼女(かのじょ)は恥(はじ)も外聞(がいぶん)もない。**
她不顧顏面。

外国人労働者 がいこくじんろうどうしゃ | 名詞 外籍勞工

例句 **外国人労働者(がいこくじんろうどうしゃ)が工場(こうじょう)にたくさんいる。**
工廠很多外籍勞工。

外来患者 がいらいかんじゃ | 名詞 門診病人

例句 **外来患者(がいらいかんじゃ)の受付(うけつけ)はあちらです。**
門診掛號在那邊。

外注 がいちゅう | 名詞 工作外包

外字新聞 がいじしんぶん | 名詞 外文報紙

外股 そとまた | 名詞 外八字

外郭 がいかく | 名詞 輪廓

外国郵便 がいこくゆうびん | 名詞 國際郵件

外来診察 がいらいしんさつ | 名詞 門診

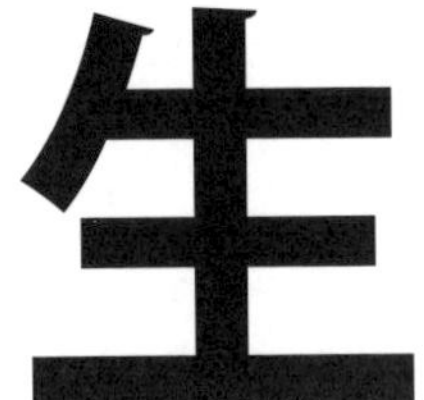

意義

生活；生產；生長；新鮮的

常見發音

しょう／せい／い／う／お／き／なま／は　(1)

生 なま | 名詞 生的；未加工的

例句　**生放送(なまほうそう)で野球(やきゅう)を中継(ちゅうけい)します。**
以現場直播的方式轉播棒球賽。

生きる いきる | 動詞 活著；謀生

例句　**生(い)きるためには水(みず)だけでなく塩(しお)が必要(ひつよう)です。**
生物生存，除了水還需要鹽份。

生放送(なまほうそう)

現場播出

「生放送」是指電視或廣播節目不採預錄方式，而是節目在**攝影棚**（スタジオ）進行時，做同步**播放**（放送(ほうそう)）的現場播出。而利用**轉播車**（中継車(ちゅうけいしゃ)）將攝影棚以外的畫面同步傳回電視台，則稱為**實況轉播**（生中継(なまちゅうけい)）。許多運動節目就是以實況轉播的方式播出。

生まれる うまれる | 動詞 出生；出現

例句　**犬(いぬ)は妊娠(にんしん)二(に)ヶ月(かげつ)で生(う)まれます。**
狗是懷胎兩個月就出生。

生やす はやす | 動詞 使草木生長

例句　**彼(かれ)は髭(ひげ)を生(は)やしました。**
他留鬍子。

生き字引 いきじびき | 名詞 活字典；萬事通

生き写し いきうつし | 名詞 一模一樣

正誤漢字　**写** ○　寫 ×

例句　**彼女(かのじょ)は双子(ふたご)の姉(あね)と生(い)き写(うつ)しです。**
她和雙胞胎的姊姊一模一樣。

生花（活花） いけばな | 名詞 插花

例句　**活花教室(いけばなきょうしつ)に通(かよ)い始(はじ)めました。**
我開始去插花教室學插花。

生ビール なまビール | 名詞 生啤酒

例句　**夏(なつ)は生(なま)ビールが一番(いちばん)です。**
夏天喝生啤酒最棒了。

生爪 なまづめ | 名詞 指甲

例句　**あまり伸(の)ばしてると生爪(なまづめ)を剥(は)がします。**

意義

生活；生產；生長；新鮮的

常見發音

しょう／せい／い／う／お／き／なま／は (2)

指甲如果留太長，勾到東西就會翻起。

生々しい なまなましい | い形 非常新的；生動的

例句 **あまりに生々しい事故現場の写真は使われません。**
太過寫實的車禍照片，不會被採用。

生命保険 せいめいほけん | 名詞 人壽保險

例句 **生命保険に入りました。**
我投保人壽保險。

生物 なまもの | 名詞 生鮮的食物

例句 **生物ですからお早めにお召し上がりください。**
因為是生的，請盡快食用。

生徒 せいと | 名詞 中學、高中的學生；老師自稱自己的學生

例句 **本校の生徒として自覚ある行動をしてください。**
作為本校學生的一份子，言行舉止請謹慎。

生徒心得 せいとこころえ | 名詞 學生守則

例句 **生徒手帳には生徒心得が書いてあります。**
學生手冊上面寫著學生須知。

生真面目 きまじめ | 名詞 非常認真；死心眼

例句 **彼は生真面目なので冗談が通じません。**
他太過認真不解幽默。

生番組 なまばんぐみ | 名詞 實況轉播節目

例句 **生番組なのでＮＧは出せません。**
因為是現場直播，NG的話無法重拍。

生演奏 なまえんそう | 名詞 現場演奏

例句 **ジャズの生演奏を聴きながらお酒を飲みます。**
邊聽爵士樂的現場演奏邊喝酒。

生憎 あいにく | 名詞 不湊巧

例句 **生憎店がお休みでした。**
不湊巧店家沒開。

生原稿 なまげんこう | 名詞 手稿

例句 **生原稿は印刷物より迫力があります。**
手寫稿比印刷稿更生動。

意義

老舊；從前

常見發音

こ／ふる

古本 ふるほん｜名詞 舊書

例句 **高い古本は数十万する。**
值錢的舊書有數十萬。

古本屋 ふるほんや｜名詞 舊書攤

例句 **神田の古本屋街は有名だ。**
神田的舊書街很有名。

古希／古稀 こき｜名詞 七十歲

例句 **今の時代、古希で死んだら若死にだ。**
以現代來說，七十歲過世算是早逝。

古株 ふるかぶ｜名詞 老樹幹；老手

例句 **彼は会社の古株だ。**
他是公司的老鳥。

古狸 ふるだぬき｜名詞 老狐狸；老奸巨猾的人

例句 **政治の世界は古狸ばかりだ。**
政界的人都是老狐狸。

古臭い ふるくさい｜い形 陳舊；落後、過時

正誤漢字 **臭**○ 臭×

例句 **今の時代、スポ根（スポーツ根性）モノは古臭い。**
現在看來，運動毅力片太老套了。

古新聞 ふるしんぶん｜名詞 舊報紙

例句 **日本では古新聞はちり紙と交換する。**
在日本舊報紙回收可以換成面紙。

古顔 ふるがお｜名詞 資歷深的人

例句 **私はこの店の古顔なのでつけがきく。**
我是這家店的老顧客，可以記帳。

古血 ふるち｜名詞 瘀血、不新鮮的血

古着 ふるぎ｜名詞 舊衣服

古馴染 ふるなじみ｜名詞 老友、舊識

古屋 ふるや｜名詞 舊房子

古豪 こごう｜名詞 老手；經驗豐富的人

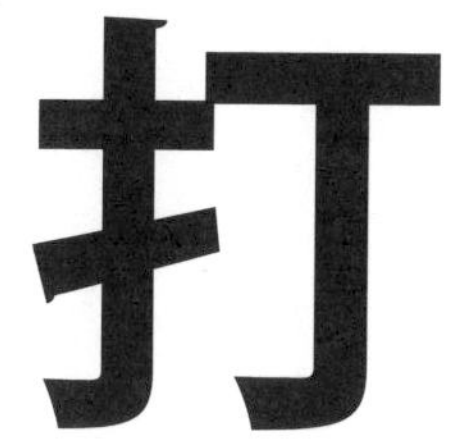

意義

敲打

常見發音

だ／う

打つ うつ | 動詞 敲、拍、打

例句　**ホームランを打った。**
打出全壘打。

打ち上げ うちあげ | 名詞 演出結束；殺青

例句　**ドラマの打ち上げパーティーをやった。**
舉行連續劇的殺青派對。

打ち水

潑水

在**庭院**（庭）或**道路**（道路）**灑水**（水をまく），是日本人既有的**習俗**（風習）。作法很簡單，只要拿著**臉盆**（洗面器）或**水桶**（バケツ），一邊灑水即可。主要的目的除了夏季**降溫**（温度を下げる），還有**環境保護**（環境保護）的意義。

打ち上げ花火 うちあげはなび | 名詞 煙火

例句　**日本の夏は川辺で打ち上げ花火をやる。**
日本的夏天在河邊施放煙火。

打ち切る うちきる | 動詞 停止；砍；腰斬

例句　**不人気番組が打ち切りになった。**
不受歡迎的節目遭到停播。

打ち出す うちだす | 動詞 提出、定出

例句　**わが社は新しい方針を打ち出す。**
我們公司要訂定出新的方針。

打ち明ける うちあける | 動詞 說出心裡話

例句　**友達に、好きな人の名前を打ち明けた。**
我告訴朋友我暗戀的人是誰。

打ち倒す うちたおす | 動詞 推翻；打垮

例句　**孫文は清朝政府を打ち倒した。**
孫文推翻滿清政府。

打ち込む うちこむ | 動詞 投進；熱衷

例句　**学生時代はスポーツに打ち込んだ。**
我學生時代熱衷運動。

意義

正確的；改正；純的；主要的

常見發音

しょう／せい／ただ／まさ

正しい ただしい | [い形] 正直；合理；正確；合乎標準；端正

例句 **正(ただ)しい発音(はつおん)でやらないと言語(げんご)は身(み)につきません。**
如不用正確發音，語言學不好。

正月 しょうがつ | [名詞] 新年；正月

例句 **日本(にほん)では正月(しょうがつ)に鏡餅(かがみもち)を供(そな)えます。**
日本過年會供奉鏡餅(圓形年糕)。

正念場 しょうねんば | [名詞] 重要場面；緊要關頭

例句 **九回(きゅうかい)の裏(うら)二死(にし)なのでここが正念場(しょうねんば)です。**
到九局後半場二人出局，正是緊要關頭。

正直 しょうじき | [名詞] 誠實

例句 **正直(しょうじき)に生(い)きるだけでは騙(だま)されます。**
人老實就會被騙。

正真正銘 しょうしんしょうめい | [名詞] 不折不扣

例句 **これは正真正銘(しょうしんしょうめい)の純金(じゅんきん)です。**
這是不折不扣的純金。

正解 せいかい | [名詞] 正確答案

例句 **買収(ばいしゅう)した試験(しけん)には正解(せいかい)がついてないので合格(ごうかく)できません。**
買來的考卷沒有付正確答案，所以無法及格。

正誤表 せいごひょう | [名詞] 勘誤表

正誤漢字	誤 ○	誤 ×

例句 **正誤表(せいごひょう)にあわせて校正(こうせい)します。**
對照勘誤表校對。

正装 せいそう | [名詞] 正式服裝；禮服

例句 **このレストランは正装(せいそう)でないと入(はい)れません。**
這間餐廳要打扮正式才能進去。

正札 しょうふだ | [名詞] 標出價錢的標籤；實價

正味重量 しょうみじゅうりょう | [名詞] 淨重

正訓 せいくん | [名詞] 正確讀法

正覚坊 しょうがくほう | [名詞] 綠蠵龜的別稱；酒鬼

意義

白色；變明亮的；事情明朗；空白的；白費；沒有裝飾的

常見發音

はく／びゃく／しら／しろ

白々しい しらじらしい | い形 佯裝不知的；掃興的樣子

白夜 びゃくや | 名詞 極地夏天的夜晚天空有散亂的陽光，宛如白夜

例句 **白夜(びゃくや)の時(とき)にはオーロラが見(み)える。**
在極地白夜時可看到極光。

白波／白浪 しらなみ | 名詞 白浪；小偷

例句 **白波(しらなみ)に青(あお)い空(そら)が映(は)えます。**
白色海浪與青空輝映。

白雪姫 しらゆきひめ | 名詞 白雪公主

例句 **白雪姫(しらゆきひめ)はキスで目覚(めざ)めました。**
白雪公主被吻醒。

白熊 しろくま | 名詞 北極熊

例句 **白熊(しろくま)は最大(さいだい)の肉食動物(にくしょくどうぶつ)です。**
北極熊是體積最大的肉食動物。

白墨 はくぼく | 名詞 粉筆

正誤漢字	墨 ○	墨 ×

例句 **白墨(はくぼく)で板書(ばんしょ)します。**
用粉筆寫在黑板上。

白寿 はくじゅ | 名詞 九十九歲

例句 **彼(かれ)は白寿(はくじゅ)を迎(むか)えました。**
他迎接九十九大壽。

白几帳面 しらきちょうめん | 名詞 一本正經；過份認真

白紙答案 はくしとうあん | 名詞 白卷

白描 はくびょう | 名詞 素描

白蜜 しろみつ | 名詞 蜂蜜

白熱電灯 はくねつでんとう | 名詞 日光燈

白雨 はくう | 名詞 陣雨；西北雨

意義

眼睛；看；標記；孔洞；表示順序

常見發音

ぼく／もく／ま／め

目玉 めだま｜名詞 眼球；招白眼；怒罵

例句　**社長（しゃちょう）からお目玉（めだま）を食（く）らいました。**
我被老闆嚴厲指責。

目玉焼き めだまやき｜名詞 荷包蛋

正誤漢字	焼 ○	燒 ×

目玉焼き丼（めだまやきどん）

荷包蛋蓋飯

蓋飯（丼物（どんぶりもの））是大家熟悉的日本美食，其中作法**最簡單**（一番簡単（いちばんかんたん））的就是「荷包蛋蓋飯」。將煎好的**荷包蛋**（目玉焼き（めだまやき））放在飯上，加上海苔、**高麗菜絲**（キャベツ）、**火腿**（ハム）等，再依個人**喜好**（お好み（このみ））淋上醬油、蕃茄醬或美乃滋，就完成了。

例句　**目玉焼き（めだまやき）は蒸（む）し焼（や）きにすると黄身（きみ）が熟（じゅく）しておいしいです。**
荷包蛋用蒸的，蛋黃蒸熟很好吃。

目印／目標 めじるし｜名詞 記號；標記

例句　**台北（たいほく）の１０１（いちまるいち）ビルは高（たか）いのでいい目印（めじるし）になります。**
台北101大樓很高，成為明顯的地標。

目茶苦茶 めちゃくちゃ｜名詞 亂七八糟

例句　**彼（かれ）の料理（りょうり）は自己流（じこりゅう）なので目茶苦茶（めちゃくちゃ）です。**
他的菜是自己隨興做的，不是很精緻。

目新しい めあたらしい｜い形 新鮮的；耳目一新

例句　**あの映画（えいが）の続編（ぞくへん）は目新（めあたら）しいものは何（なに）もありません。**
那部電影的續集沒有什麼令人新奇的內容。

目覚め めざめ｜名詞 睡醒；萌動；覺悟

例句　**たっぷり寝（ね）た後（あと）は目覚（めざ）めがいいです。**
睡飽了，醒來就很舒服。

石

意義

石頭；無法耕作；容量的單位

常見發音

こく／しゃく／せき／いし

石弓／弩 いしゆみ | 名詞 石弓；守軍從城牆上落石的設備；彈弓

例句 **石弓は古代からある古典的な武器です。**
彈弓是從古代就有的傳統武器。

石切場 いしきりば | 名詞 採石場

例句 **取った石は石切り場で加工します。**
採集的石頭在採石場加工。

石木 いわき | 名詞 岩石和樹木；比喻無感情的人

例句 **水墨画で岩木を書きます。**
用墨汁畫岩石和大樹。

石油ショック せきゆショック | 名詞 石油危機

例句 **石油ショックのとき、多くの人が買占めしようとしました。**
在石油危機時很多人想壟斷收購。

石垣 いしがき | 名詞 石牆

例句 **忍者が石垣を登ります。**
忍者躍上石牆。

石段 いしだん | 名詞 石台階

例句 **石段を登ると神社に着きます。**
走石階到神社。

石高道 いしだかみち | 名詞 凹凸不平多石的道路

例句 **石高道では躓かないように気をつけてください。**
走石頭路小心不要絆倒。

石偏 いしへん | 名詞 漢字的石字偏旁

石焼いも（いしやき）

烤地瓜

一到冬天，就會在日本街頭看到賣地瓜的攤販和移動小貨車（軽トラック）。賣地瓜的小販將地瓜埋（埋める）在燒熱的石頭中悶烤，地瓜烤熟後內含的澱粉（でん粉）會轉化為葡萄糖（ブドウ糖），會讓地瓜變得又甜（甘い）又好吃（おいしい）。

意義
站立；樹立

常見發音
りつ／りゅう／た

立つ たつ | 動詞 站立；離開；引人注目

例句 **映画の中で彼女はキャラが立ってる。**
她在電影裡的角色個性突出。

立てる たてる | 動詞 直立；維持

例句 **日本の妻は夫を立てるのが美徳だ。**
日本妻子的美德是顧及丈夫面子。

立ち往生（たちおうじょう）

進退不得

這個詞的原意是「站著就死亡了」。日本「鎌倉時代」有位名叫「弁慶」的豪傑，他是武將 — 源義經的屬下。據說義經被敵人（敵）圍攻時，弁慶為了保護（守る）義經慘遭萬箭（矢）射中，在還沒倒地之前就死了。後人將這事件稱為「弁慶の立ち往生」。

立ち聞き たちぎき | 動詞 偷聽

例句 **おばさんは噂を立ち聞きするのが好きだ。**
太太們喜歡偷聽八卦。

立入禁止 たちいりきんし | 名詞 禁止進入

例句 **ここは関係者以外立ち入り禁止だ。**
此處閒人勿近。

立て札 たてふだ | 名詞 告示牌

例句 **立て札の文字が消えていて読めない。**
告示牌的文字消失看不懂。

立ち飲み たちのみ | 動詞 站著喝

例句 **自動販売機のジュースを立ち飲みする。**
買自動販賣機的果汁站著喝。

立ち食い たちぐい | 名詞 站著吃

例句 **忙しいので立ち食いのそばで済ます。**
因為忙碌，就在立食蕎麥麵店解決一餐。

意義

末尾；最後；細微；變小；謙稱

常見發音

ばつ／まつ／すえ

末っ子 すえっこ | 名詞 老么

例句　**末っ子はみんなにかわいがられる。**
老么受到大家的疼愛。

末日 まつじつ | 名詞 最後一天

例句　**月の末日までに代金を振り込みます。**
在月底前就會匯款。

お粗末でございました

一點小東西不成敬意

送禮物給他人、或幫助別人時，當**對方**（相手）表達**謝意**（感謝）後，日本人會以謙遜的心情回答「お粗末でございました」，表示自己只是做了**微不足道的**（つまらない）小事。日本人一向認為謙虛才是**有禮貌的**（礼儀正しい）行為。

末成り／末生り うらなり | 名詞 臉色蒼白

例句　**台北はメガネの末生りが多いです。**
台北很多戴著眼鏡、臉色蒼白的學生。

末恐ろしい すえおそろしい | い形 前途令人擔心、不堪設想

例句　**子供なのに詐欺をするなんて末恐ろしい。**
這麼小就會詐騙，將來前途不堪設想。

末期 まつご | 名詞 臨終

例句　**悪人の末期は哀れだ。**
壞人到最後都是悲慘的下場。

末裔 まつえい | 名詞 子孫

例句　**孔の姓は孔子の末裔だ。**
姓孔的是孔子的後代。

末輩 まっぱい | 名詞 無名小卒；沒地位、沒技術的人

例句　**末輩の私がリーダーでは心もとない。**
身為晚輩的我當領袖有些不安。

末枯れる うらがれる | 動詞 枯萎

意義

使用；資金；作用；道具

常見發音

よう／もち

用いる もちいる | 動詞 使用；採納；錄用

例句 **体操(たいそう)は器具(きぐ)を用(もち)いて練習(れんしゅう)すると上達(じょうたつ)が早(はや)い。**
練習體操以器具輔助，進步快速。

用心棒 ようじんぼう | 名詞 保鏢

例句 **バーには必(かなら)ず用心棒(ようじんぼう)がいる。**
酒吧裡一定有保鑣。

土用(どよう)

土用

「土用」是基於五行思想所區分出來的節氣，一般是指「立夏前十八天」的「土用之日」。日本人習慣在當天食用（食(た)べる）鰻魚（鰻(うなぎ)），這是因為民間流傳，只要食用日文中有「う」字的食物，便能安然渡過（乗(の)り切(き)れる）酷暑（暑(あつ)い夏(なつ)）。

用水池 ようすいいけ | 名詞 水庫

例句 **用水池(ようすいいけ)に水(みず)がたまっている。**
水庫蓄水。

用次ぎ ようつぎ | 名詞 傳達；回話

例句 **社長(しゃちょう)に御用次(ごようつ)ぎください。**
請通知社長。

用事 ようじ | 名詞 事情；工作

例句 **彼(かれ)は用事(ようじ)で先(さき)に帰(かえ)りました。**
他有事先走。

用例 ようれい | 名詞 實例；例句

例句 **語句(ごく)の用例(ようれい)を示(しめ)す。**
列舉一下例句。

用意 ようい | 名詞 準備；預備

例句 **用意周到(よういしゅうとう)なので心配(しんぱい)ない。**
準備周到不用擔心。

用談 ようだん | 名詞 商量；洽談

例句 **社長(しゃちょう)は用談(ようだん)に応(おう)じない。**
社長不肯商量。

用材 ようざい | 名詞 木料；木材；材料

用人 ようにん | 名詞 執事；管家

意義

市場；買賣；城市；行政區

常見發音

し／いち

市外電話 しがいでんわ | 名詞 | 長途電話；外縣市電話

例句 **市外電話(しがいでんわ)は市外番号(しがいばんごう)を押(お)します。**
打外縣市電話要撥區域號碼。

市役所 しやくしょ | 名詞 | 市公所

例句 **市役所(しやくしょ)に婚姻届(こんいんとどけ)を出(だ)します。**
到市公所提出結婚證明書。

鬼灯市 ほおずきいち

販賣酸漿果盆栽的市集

日本有一種名為「酸漿果」的**黃花**（黄色(きいろ)い花(はな)），**花期**（開花時期(かいかじき)）是**6月**（6月(ろくがつ)）到**7月**（7月(しちがつ)），配合酸漿果的花期，日本各地都會舉辦慶祝市集，稱為「鬼灯市」。以7月**9日**（9日(ここのか)）和**10日**（10日(とおか)）東京淺草寺的「鬼灯市」最有名，每年大約有60萬人**參觀**（訪(おとず)れる）。

市街地図 しがいちず | 名詞 | 市內地圖

正誤漢字	図 ○	圖 ×

例句 **市街地図(しがいちず)を持(も)って散策(さんさく)します。**
拿著市區地圖去散步。

市電 しでん | 名詞 | 市營電車

例句 **市電(しでん)を使(つか)うと便利(べんり)です。**
坐市區電車很方便。

市議 しぎ | 名詞 | 市議會議員

例句 **最近(さいきん)は美人市議(びじんしぎ)が多(おお)いです。**
最近很多市議員美女。

市内郵便 しないゆうびん | 名詞 | 本地郵件

例句 **市内郵便(しないゆうびん)なら一日(いちにち)でつきます。**
市區郵件一天就到。

市税 しぜい | 名詞 | 市課徵的稅

市会 しかい | 名詞 | 市議會

市松 いちまつ | 名詞 | 「市松模様」、「市松人形」的略稱；小孩的通稱

市松模様 いちまつもよう | 名詞 | 黑白格交錯的花樣

意義

冬季

常見發音

とう／ふゆ

冬休み ふゆやすみ｜名詞 寒假

例句　**冬休みにはスキーに行く。**
寒假去滑雪。

冬景色 ふゆげしき｜名詞 冬天景色

例句　**東北地方の冬景色は美しい。**
東北地方的冬天景色很美。

冬籠り ふゆごもり｜名詞 在家過冬；冬眠

例句　**熊は冬籠りをする。**
熊會冬眠。

冬将軍 ふゆしょうぐん｜名詞 嚴冬

正誤漢字　将 ○　將 ×

例句　**今年は冬将軍が厳しい。**
今年是嚴冬。

冬着 ふゆぎ｜名詞 冬裝

例句　**冬着を箪笥から出した。**
把冬裝從衣櫃拿出來。

冬枯れ ふゆがれ｜名詞 冬季草木枯萎；冬天商業蕭條

冬木 ふゆき｜名詞 冬天的枯木；常青樹

冬営 とうえい｜名詞 冬令營；過冬的準備

正誤漢字　営 ○　營 ×

冬ふゆ

冬季

冬天是日本的雪季，許多地方都會**舉辦**（行う）和雪（雪）有關的活動。像北海道會配合雪季展示雪雕和冰雕作品，吸引來自日本及世界各地的**遊客**（観光客）參與。一些地方上的小城鎮則會舉辦堆雪人（雪だるま）比賽，讓在地居民一起享受玩雪的樂趣。

意義

布料；平鋪；古代貨幣的一種

常見發音

ふ／ぬの

布巾 ふきん ┃ 名詞 擦碗布；抹布

例句　**布巾で食器を拭く。**
用布擦碗盤。

布切れ ぬのきれ ┃ 名詞 剪掉的布

例句　**布切れで車を拭く。**
用剪下的布擦車子。

布石 ふせき ┃ 名詞 佈局；準備

例句　**今回の製品は市場開発の布石になる。**
這次的產品是市場開發的準備。

布地 ぬのじ ┃ 名詞 布料

例句　**布地に図案を描く。**
在布料上畫圖案。

布教 ふきょう ┃ 名詞 傳教

例句　**彼は布教活動に従事している。**
他從事傳教活動。

布袋 ほてい ┃ 名詞 七福神之一

例句　**彼は布袋さまのようにお腹が大きい。**
他像布袋神(如彌勒佛)一樣的肚子大。

布設（敷設） ふせつ ┃ 動詞 架設

例句　**会社には図書館が敷設している。**
公司有附設圖書館。

布靴 ぬのぐつ ┃ 名詞 布鞋

例句　**布靴は雨に濡れる。**
布鞋會淋雨濕掉。

布目 ぬのめ ┃ 名詞 編織的花樣

布衣 ほい／ほうい／ふい ┃ 名詞 平民

布団 ふとん

棉被

日文的「布団」是棉被的意思。如果家裡是**和室房間**（和室）的家庭，會在晚上就寢時將墊被和棉被從**壁櫥**（押入れ）拿出來，鋪在**榻榻米**（畳）上睡覺，隔天早上起床後，再將棉被折好放入壁櫥內。

意義

闔上；符合；集合；比賽的計算單位；容量的單位

常見發音

かっ／がっ／ごう／あ

合う あう | 動詞 合適

例句 **味醂は和風料理に合います。**

味醂很適合日式料理。

合す あわす | 動詞 吻合、一致

例句 **彼の諮問は犯行現場のものと合しました。**

他詢問的結果和犯罪現場相吻合。

付き合い

交際應酬

透過喝酒維繫感情，對於日本人來說是**稀鬆平常的事（日常茶飯事）**。從大學開始，就有喝酒的交際活動，社團和研究所也常舉辦**喝酒聯歡會（コンパ）**。雖然日本的法規定年滿**20歲（二十歳）**才能喝酒，不過如果是18歲的大學生喝酒，警察通常是不會取締的。

合わせる あわせる | 動詞 配合

例句 **料理に合わせて、異なったワインを合わせます。**

根據不同的料理，搭配不同的紅酒。

合せ持つ あわせもつ | 動詞 兼備

例句 **彼女は大人っぽさと子供っぽさを合せ持っています。**

她同時擁有成熟與孩子氣的個性。

合挽き あいびき | 名詞 由牛肉豬肉合絞成的肉

例句 **大体、和風ハンバーグは合挽きの肉を使います。**

大部分的和風漢堡排是用牛豬混和的絞肉所做的。

合鍵 あいかぎ | 名詞 備份鑰匙

例句 **家の合鍵を恋人に渡します。**

把家裡的備份鑰匙交給情人。

合図 あいず | 名詞 信號、暗號

正誤漢字  

例句 **私が合図をしたら、合唱を始めてください。**

我一下暗號就開始合唱。

意義
兩次；再次

常見發音
さ／さい／ふたた

再び ふたたび｜副詞 再；再次

例句 **彼(かれ)は再(ふたた)びオリンピックで金(きん)メダルをもらった。**
他再度拿到奧運金牌。

再刊 さいかん｜動詞 復刊；再版

例句 **雑誌(ざっし)を再刊(さいかん)することになった。**
決定讓雜誌復刊。

再生 さいせい｜名詞 利用廢物製新產品

例句 **環境(かんきょう)保護(ほご)のため再生紙(さいせいし)を使(つか)う。**
為了環保，使用再生紙。

再放送 さいほうそう｜名詞 重播

例句 **好評(こうひょう)のため再放送(さいほうそう)することになった。**
因頗受好評決定重播。

再起 さいき｜名詞 重整旗鼓；病人恢復健康；復出

例句 **怪我(けが)で再起不能(さいきふのう)と思(おも)われたが、リハビリで復活(ふっかつ)した。**
因為受傷原被視為一蹶不振，但是復健後就又復出。

再来年 さらいねん｜名詞 後年

例句 **再来年(さらいねん)にオリンピックが開(ひら)かれる。**
後年舉辦奧運會。

再来週 さらいしゅう｜名詞 下下星期

例句 **再来週(さらいしゅう)はゴールデンウィークだ。**
下下禮拜是日本的黃金假期。

再検討 さいけんとう｜名詞 重新研究、考慮

正誤漢字 **検** ○ 檢 ×

例句 **異動(いどう)は再検討(さいけんとう)することになった。**
人事調職要重新考慮。

再縁 さいえん｜名詞 婦女再婚

再販 さいはん｜名詞 零售；重新發售

再興 さいこう｜名詞 復興、重建

再録 さいろく｜名詞 廣播、錄音的複製；再次刊載的文章；重錄的東西

意義

兩個；雙方；車輛的單位；重量的單位

常見發音

りょう

両刀遣い りょうとうづかい | 名詞 雙性戀；兼具兩種才藝

例句 かのじょ　りょうとうづかい
彼女は両刀遣いだ。
她是雙性戀。

両天秤 りょうてんびん | 名詞 腳踏兩條船

例句 びじょ　りょうてんびん
美女を両天秤にかける。
腳踏兩條船（同時和兩位美女交往）。

両足飛び りょうあしとび | 名詞 雙腳跳

例句 りょうあしと　はばと　と
両足飛びでは幅跳びは飛べない。
雙腳跳無法跳很遠。

両替 りょうがえ | 名詞 兌換貨幣；兌換

例句 ばいてん　りょうがえ
売店では両替はしない。
小商店不能換錢。

両替所 りょうがえしょ | 名詞 兌幣處

例句 りょうがえじょ　りょうがえ
両替所で両替する。
在兌幣處換錢。

両腕 りょううで | 名詞 雙手；得力助手

例句 りょううで　ちから　さかだ
両腕の力で逆立ちする。
用兩手的力量倒立。

両親 りょうしん | 名詞 雙親、父母

例句 りょうしん　こうこう
両親に孝行する。
孝順父母。

両隣 りょうどなり | 名詞 左右鄰居

正誤漢字	隣 ○	鄰 ×

例句 りょうどなり　あいさつ
両隣に挨拶する。
和左右鄰居打招呼。

両舌 りょうぜつ | 名詞 佛教十惡之一，指說假話、離間的話

両虎 りょうこ | 名詞 兩虎，比喻兩個勢力相當的人

両前 りょうまえ | 名詞 雙排扣

両脚規 りょうきゃくき | 名詞 圓規

意義

交叉；交際；交付

常見發音

こう／か／ま／まじ

交る まじる | 動詞 混；夾雜

例句 **子供(こども)に交(ま)じって遊(あそ)んだ。**
跟孩子玩在一起。

交わる まじわる | 動詞 交叉；交際、交往

例句 **朱(しゅ)に交(まじ)われば赤(あか)くなる。**
近朱者赤。

交差点（こうさてん）

十字路口

「交差点」是十字路口，由於日本人經常以**腳踏車**（自転車(じてんしゃ)）為**交通工具**（交通機関(こうつうきかん)），所以日本十字路口區的**斑馬線**（横断歩道(おうだんほどう)），多半會分成「行人專用斑馬線」和「腳踏車專用斑馬線」。

交ぜる まぜる | 動詞 摻入；攪拌

例句 **レベルの高(たか)い人(ひと)をチームに交(ま)ぜる。**
讓高水準的人加入團隊。

交わす かわす | 動詞 交叉；交換

例句 **初対面(しょたいめん)なので名刺(めいし)を交(か)わした。**
初次見面交換名片。

交代／交替 こうたい | 動詞 輪流

例句 **見張(みは)りを交代(こうたい)する。**
輪流把風。

交通手段 こうつうしゅだん | 名詞 交通工具

例句 **自転車(じてんしゃ)は住宅街(じゅうたくがい)には最適(さいてき)の交通手段(こうつうしゅだん)だ。**
在住宅區裡，自行車是最方便的交通工具。

交通渋滞 こうつうじゅうたい | 名詞 交通阻塞

例句 **交通渋滞(こうつうじゅうたい)に巻(ま)き込(こ)まれて遅刻(ちこく)した。**
因為交通阻塞的影響而遲到。

交番 こうばん | 名詞 派出所；輪流、交替

例句 **交番(こうばん)で道(みち)を聞(き)いた。**
在派出所問路。

意義
全部；保有完全

常見發音
ぜん／まった

全日制 ぜんにちせい | 名詞 整天

例句 **全日制にいけないので夜学に入った。**
我無法上日間部學校，所以上夜間部。

全生涯 ぜんしょうがい | 名詞 一輩子

例句 **シェークスピアの全生涯は謎だ。**
莎士比亞的生涯是個謎。

全米 ぜんべい | 名詞 全美國

例句 **シャラポワは全米オープンを制した。**
莎拉波娃贏了全美公開賽。

全快 ぜんかい | 動詞 痊癒

例句 **病は全快した。**
病好了。

全身不随 ぜんしんふずい | 名詞 全身癱瘓

正誤漢字 随○ 隨×

例句 **脳が麻痺すると首から下が全身不随になる。**
腦部麻痺時，從脖子以下全身都癱瘓。

全身衰弱 ぜんしんすいじゃく | 名詞 身體衰弱

例句 **全身衰弱で休養する。**
身體衰弱休息。

全然 ぜんぜん | 副詞 下接否定，一點也

例句 **この本は全然面白くない**
這本書一點都不好看。

全線開通 ぜんせんかいつう | 動詞 全線通車

例句 **内湖線は全線開通した。**
內湖線全線通車。

全訳 ぜんやく | 名詞 全部譯出；全部譯文

例句 **水滸伝１２０回の全訳本は日本で出ている。**
日本有出版水滸傳120回全譯本。

全納 ぜんのう | 名詞 繳完

全幅 ぜんぷく | 名詞 所有一切；最大限度

全量 ぜんりょう | 名詞 全部重量

意義

如果；借用；暫時；休假

常見發音

か／け／かり

仮出獄 かりしゅつごく | 名詞 假釋出獄

例句 **彼(かれ)は仮出獄中(かりしゅつごくちゅう)にまた犯罪(はんざい)を犯(おか)した。**
他在假釋期間又犯罪。

仮死状態 かしじょうたい | 名詞 昏迷狀態

正誤漢字	状 ○	狀 ×

例句 **冬眠(とうみん)は仮死状態(かしじょうたい)だ。**
冬眠是假死狀態。

仮免許 かりめんきょ | 名詞 臨時執照

例句 **仮免許(かりめんきょ)を取(と)って路上教習(ろじょうきょうしゅう)に入(はい)る。**
拿到練習駕照才能在馬路上練車。

仮病 けびょう | 名詞 裝病

例句 **彼女(かのじょ)は仮病(けびょう)で休(やす)んだ。**
她裝病請假。

仮眠 かみん | 名詞 打盹

例句 **しばらく仮眠(かみん)を取(と)る。**
我小睡片刻。

仮寓 かぐう | 動詞 臨時住的

例句 **このアパートは留学生(りゅうがくせい)が仮寓(かぐう)している。**
這棟公寓是留學生的臨時住處。

仮想 かそう | 名詞 假想

例句 **仮想敵(かそうてき)と練習(れんしゅう)する。**
跟假想敵練習。

仮装舞踏会 かそうぶとうかい | 名詞 化妝舞會

例句 **仮装舞踏会(かそうぶとうかい)に招待(しょうたい)された。**
被邀請參加化妝舞會。

仮託 かたく | 名詞 假託；藉口

仮泊 かはく | 名詞 臨時停泊

仮停車場 かりていしゃじょう | 名詞 臨時停車場

先

意義

先後順序；以前；祖先；首先

常見發音

せん／さき

先入観 せんにゅうかん | 名詞 成見

正誤漢字 観○ 觀×

例句 **先入観を持たないで見ることが大切だ。**
重要的是不要以先入為主的觀念看待。

先勝 せんかち

6月 June 2009年(平成21年)

日	月	火	水	木	金	土
31	1 先勝	2 友引	3 先負	4 仏滅	5 大安	6 赤口
7	8	9	10	11	12	13
14	15	16	17	18	19	20
21	22	23	24	25	26	27
28	29	30				

吉日

日本人舉行**婚喪喜慶**（冠婚葬祭）前，會根據「六曜」來**決定**（決める）**何時**（いつ）舉行。「六曜」就是「先勝、友引、先負、仏滅、大安、赤口」。例如「大安之日」最適合結婚。「仏滅之日」則不宜舉行婚禮、**喪禮**（葬式）、法會等等。

先夫 せんぷ | 名詞 前夫

例句 **先夫から養育費をもらう。**
跟前夫拿養育費。

先手必勝 せんてひっしょう | 名詞 先下手為強

例句 **戦いは先手必勝。**
戰爭先下手為強。

先日 せんじつ | 名詞 前幾天

例句 **先日は婚礼にお越しいただき、ありがとうございました。**
上次您來參加婚禮，非常感謝。

先生 せんせい | 名詞 對老師、醫生、律師等的尊稱

先妻／前妻 せんさい | 名詞 前妻

例句 **先妻に養育費を払う。**
付前妻養育費。

先週 せんしゅう | 名詞 上星期

例句 **先週は雨が降り続きだった**
上禮拜一直下雨。

先導 せんどう | 動詞 嚮導；帶路

例句 **案内役が先導して洞窟に入る。**
導遊帶領進入洞穴。

意義

一起；總共；隨著…；共有

常見發音

きょう／とも

共に ともに | 副詞 一同、都；同時

例句 **日本も韓国もともに漢字文化圏だ。**
日本與韓國都是漢字文化圈的一國。

共白髪 ともしらが | 名詞 白頭偕老

正誤漢字	髪○	髮×

例句 **共白髪まで仲のいい夫婦だ。**
他們夫妻感情好直到白頭偕老。

共同経営 きょうどうけいえい | 名詞 聯營

正誤漢字	営○	營×

例句 **友人と共同経営で法律事務所を立ち上げた。**
跟朋友共同經營法律事務所。

共食い ともぐい | 動詞 同類相殘；兩敗俱傷

例句 **多くの動物は共食いする。**
很多動物會吃同類。

共働き ともばたらき | 名詞 夫婦都在外工作

例句 **最近は共働きの家庭が増えた。**
最近雙薪家庭增多。

共学 きょうがく | 名詞 同校、同班

例句 **男女共学が自然の姿だ。**
男女同班才是正常常態。

共済組合 きょうさいくみあい | 名詞 互助會

例句 **同業で共済組合を作る。**
同業組織工會。

共同炊事 きょうどうすいじ | 名詞 團體伙食

共通の欠点 きょうつうのけってん | 名詞 通病

共通講義 きょうつうこうぎ | 名詞 共同科目

共催 きょうさい | 名詞 共同舉辦

共寝 ともね | 名詞 同床共枕

共済 きょうさい | 名詞 互助

共訳 きょうやく | 名詞 共同翻譯

意義

時間早的；快速的

常見發音

さっ／そう／はや

早い はやい｜い形 早；還不到時候

例句 **新聞配達は朝早いうちから仕事します。**
送報生早上很早就開始工作。

早める はやめる｜動詞 提前

例句 **人が混むので時期を早めて忘年会をします。**
因為人多就提早辦尾牙。

早乙女（さおとめ）

扮演田地之神的女性

為了祈求**豐收**（豊作），日本人會在每年的6月到7月舉行插秧**慶典**（祭り）。慶典中**扮演**（演じる）田地之神的女性稱為「早乙女」，早乙女會一邊唱插秧歌，一邊**插秧**（田植えをする）。日本有些地區的插秧慶典甚至被指定為國家重要的民俗文化財。

早口言葉 はやくちことば｜名詞 繞口令

例句 **アナウンサーは早口言葉を練習します。**
播音員練習繞口令。

早耳 はやみみ｜名詞 消息靈通

例句 **彼は早耳でなんでもしっています。**
他消息靈通什麼都知道。

早便 はやびん｜名詞 早班郵件；早班機

例句 **早便で荷物を送ります。**
用早班郵件寄東西。

早速 さっそく｜副詞 立即

例句 **買ったパソコンを早速使ってみます。**
買來的電腦馬上用看看。

早道 はやみち｜名詞 捷徑

例句 **何度も繰り返すのが上達の早道です。**
反覆練習是進步最快的捷徑。

早寝早起き はやねはやおき｜名詞 早睡早起

例句 **早寝早起きは健康の基本です。**
早起早睡是健康的基礎條件。

意義

呼吸氣息；非固體、氣態狀；人的活力生氣；四季節氣

常見發音

き／け **(1)**

気の毒 きのどく | 名詞 可憐；可惜；遺憾

例句 **遠くから花火を見に来たのに、雨で気の毒だった。**
遠道而來看煙火卻下雨，真是可惜。

気に入り きにいり | 名詞 喜歡

例句 **私はお気に入りの曲を編集してMDで聴いている。**
我編輯自己喜歡的歌曲，用MD聆聽。

気まずい きまずい | い形 不愉快；不融洽

例句 **彼女は空気を読まないのでいつも気まずい雰囲気になる。**
她不會判斷情勢，老是把場面弄僵。

気分 きぶん | 名詞 心情；氣氛；氣質

例句 **晴れの日はとてもいい気分になる。**
晴天讓人心情非常愉快。

気付く きづく | 動詞 甦醒；察覺

例句 **彼女はカメラに気づいて、急にファンに愛想よくし始めた。**
她察覺到有相機在拍攝，馬上親切地招呼影迷。

気乗り きのり | 名詞 感興趣；起勁

正誤漢字 **乗**○ 乘×

例句 **株の話はあまり気乗りがしません。**
對股票沒什麼興趣。

気安い きやすい | い形 不拘束；不客氣

一気飲み（いっきのみ）

乾杯喝完

日文的「乾杯」是「請喝酒、喝酒吧」的意思，並不是指「全部喝光」。喝酒時如果說「一気」，才是要對方「乾杯、一飲而盡」的意思。

意義

呼吸氣息；非固體、氣態狀；人的活力生氣；四季節氣

常見發音

き／け

(2)

例句　**彼女はお高いので、気安く話しかけられません。**
她很高傲，讓人無法隨意和她聊天。

気味 きみ｜名詞 樣子；心情；傾向

例句　**ストーカーは気味が悪いです。**
跟蹤狂令人毛骨悚然。

気長 きなが｜な形 慢性子；有耐心；遲鈍

例句　**まだ開演まで時間があるから気長に待ちましょう。**
離開演還有一段時間，就耐心等待吧。

気前 きまえ｜名詞 慷慨；大方

例句　**社長は気前がいいのでよくおごってくれます。**
社長為人慷慨，常常請客。

気後れ きおくれ｜動詞 畏縮；膽怯

例句　**彼女は社長相手にも気後れせずはっきりとものを言います。**
她就算和社長面對面，也毫不畏懼有話直說。

気持 きもち｜名詞 心情；情緒

例句　**受付の態度がいいと来客も気持ちがいいです。**
櫃檯人員態度良好的話，客人的心情也會很好。

気弱 きよわ｜名詞 懦弱；怯懦；心軟

例句　**彼女は実力があるのに気弱で損をしています。**
她明明有實力卻膽怯，相當吃虧。

気配 きけはい｜名詞 安排；操心；景氣；行情

例句　**インパラはライオンの気配を感じて逃げてしまいました。**
黑斑羚羊發現獅子的動靜而逃跑。

気張る きばる｜動詞 使勁；慷慨

例句　**あまり気張ると失敗するのでもっと楽にしてください。**
用力過頭就會失敗，請放鬆一點。

気短 きみじか｜な形 急性

例句　**社長は気短なので要点だけをハッキリ言ってください。**
社長個性急躁，請將重點說清楚。

意義

年；年齡

常見發音

ねん／とし

(1)

年の功 としのこう | 名詞 年紀大有經驗；多年來的功勞

例句 **老けて見えた同級生はよく「年の功」とからかわれた。**

看起來蒼老的同學常被說年紀大很懂事。

年の暮れ としのくれ | 名詞 歲暮、年底

例句 **年の暮れは新年の準備で忙しい。**

年底為了迎接新年而忙碌。

年下 としした | 名詞 年齡較小

例句 **彼女は年下の男が好きだ。**

她喜歡年紀小的男人。

年上 としうえ | 名詞 年長

例句 **彼は年上の男が好きだ。**

他喜歡年紀大的女人。

年中行事 ねんじゅうぎょうじ／ねんちゅうぎょうじ | 名詞 一年中的例行節日和活動

例句 **花火大会は夏の年中行事だ。**

放煙火是夏天的例行活動。

年中無休 ねんじゅうむきゅう | 名詞 全年無休

例句 **コンビニは年中無休です。**

便利商店是全年無休。

年玉 としだま | 名詞 壓歲銭

例句 **子供たちはお年玉が楽しみだ。**

小朋友們期盼拿壓歲錢。

年次有給休暇 ねんじゆうきゅうきゅうか | 名詞 年度休假

例句 **日本の会社員は年次有給休暇をあまり使えない。**

日本的上班族（因為不好意思）不太能請年假。

年忘れ としわすれ | 名詞 忘年會，為酬謝一年的辛勞而設的酒宴

例句 **年忘れのために友達とパーティーをやる。**

過年前跟朋友開派對。

年忌 ねんき | 名詞 逝世週年

例句 **年忌や周忌では「二」の数字は使わない。**

日本的周年忌日和周忌日不使用「二」。(因為代表複數)

年取る としとる | 動詞 長歲數；年老、上了年紀

例句 **彼は年取って丸くなった。**

他上了年紀，個性變溫和了。

意義

年；年齡

常見發音

ねん／とし

(2)

年明け としあけ | 名詞 新年

例句 **年明け(としあ)に昭和天皇(しょうわてんのう)が崩御(ほうぎょ)した。**
一過完年，昭和天皇過世了。

年金 ねんきん | 名詞 每年支付的定額養老金

例句 **彼(かれ)は年金(ねんきん)で生活(せいかつ)している。**
他靠老人年金生活。

年俸 ねんぼう | 名詞 年薪

例句 **イチローの年俸(ねんぽう)は天文学的数字(てんもんがくてきすうじ)だ。**
鈴木一郎的年薪是天文數字。

年賀 ねんが | 名詞 拜年

例句 **年賀(ねんが)の挨拶(あいさつ)をする。**
去拜個年。

年賀状 ねんがじょう | 名詞 賀年卡

例句 **最近(さいきん)の年賀状(ねんがじょう)は電子(でんし)メールで出(だ)す。**
最近的賀年卡都用電子郵件。

年齢 ねんれい | 名詞 年齡

例句 **彼(かれ)は年齢不詳(ねんれいふしょう)だ。**
他的年齡是未知數。

年越し としこし | 名詞 過年；除夕

例句 **日本(にほん)は年越(としこ)しそばを食(た)べる。**
在日本吃過年蕎麥麵。

年末賞与 ねんまつしょうよ | 名詞 年終獎金

正誤漢字 **与** ○ 與 ×

年商 ねんしょう | 名詞 年銷售量

年若 としわか | 名詞 年輕的

年寄る としよる | 名詞 上年紀

年給 ねんきゅう | 名詞 年薪

年越餅 としこしもち | 名詞 年糕

年間所得 ねんかんしょとく | 名詞 全年收入

意義

相同；一起

常見發音

どう／おな

同じ おなじ | な形 相同；一樣

例句 **鯨は人間と同じ哺乳類だ。**（くじら、にんげん、おな、ほにゅうるい）

鯨魚跟人類一樣是哺乳類。

同舟相救う どうしゅうあいすくう | 名詞 同舟共濟

同性愛 どうせいあい | 名詞 同性戀

例句 **彼女は同性愛者だ。**（かのじょ、どうせいあいしゃ）

她是女同性戀。

同時通訳 どうじつうやく | 名詞 同步翻譯；口譯

正誤漢字 訳○ 譯×

例句 **同時通訳は非常に疲れる。**（どうじつうやく、ひじょう、つか）

口譯很累。

同級生 どうきゅうせい | 名詞 同班同學

例句 **小学校の同級生で同窓会を開く。**（しょうがっこう、どうきゅうせい、どうそうかい、ひら）

國小同學開同學會。

同族会社 どうぞくがいしゃ | 名詞 家族企業

同棲 どうせい | 名詞 男女同居

例句 **彼女たちは同棲を始めた。**（かのじょ、どうせい、はじ）

他們開始同居。

同視 どうし | 名詞 一視同仁

同僚 どうりょう | 名詞 同事

例句 **仕事帰りに同僚と一杯やる。**（しごとがえ、どうりょう、いっぱい）

下班後跟同事喝一杯。

同調者 どうちょうしゃ | 名詞 贊同者

例句 **彼の意見には同調者が多かった。**（かれ、いけん、どうちょうしゃ、おお）

他的意見很多人贊同。

同職組合 どうしょくくみあい | 名詞 同業公會

同額 どうがく | 名詞 金額相同

例句 **同額ならば外見のいいほうを選ぶ。**（どうがく、がいけん、えら）

如果價格相同，應該要選外觀好的。

同点 どうてん | 名詞 同分

例句 **同点により引き分けとなった。**（どうてん、ひ、わ）

以同分平手。

意義

休息；停止；禁止

常見發音

きゅう／やす

休む やすむ | 動詞 休息；停歇；缺席；公休

例句 **疲(つか)れたら少(すこ)し休(やす)んでください。**
累了的話請休息一下。

休日 きゅうじつ | 名詞 休假日

例句 **休日(きゅうじつ)には郊外(こうがい)に行(い)きます。**
假日到郊外去。

休日出勤 きゅうじつしゅっきん | 動詞 假日上班

例句 **忙(いそが)しいときには休日出勤(きゅうじつしゅっきん)します。**
忙碌時就假日上班。

休刊 きゅうかん | 名詞 停刊

例句 **売(う)れ行(ゆ)きが悪(わる)くてあの雑誌(ざっし)は休刊(きゅうかん)になりました。**
賣不好那雜誌停刊了。

休校 きゅうこう | 名詞 學校停課

例句 **日本(にほん)では、創立記念日(そうりつきねんび)は休校(きゅうこう)です。**
在日本校慶是休假日。

休暇 きゅうか | 名詞 休假

例句 **数日休暇(すうじつきゅうか)を取(と)ってハワイに行(い)きます。**
請幾天假到夏威夷玩。

休業 きゅうぎょう | 動詞 歇業

例句 **明日(あした)は休業(きゅうぎょう)します。**
明天歇業。

休電 きゅうでん | 名詞 停電

休講 きゅうこう | 名詞 教師因故停課

例句 **教授(きょうじゅ)の都合(つごう)で（大学(だいがく)の授業(じゅぎょう)が）休講(きゅうこう)になった。**
因為教授有事而停課。

意義

聚會；見面；機會；都市；領悟

常見發音

え／かい／あ

会う あう | 動詞 見面、會面；遇到

例句 **会社のお偉いさんに会った。**（かいしゃ・えら・あ）
我和公司的幹部見面。

会心 かいしん | 名詞 滿意

正誤漢字  ○ 會 ×

例句 **今回のは会心の出来だ。**（こんかい・かいしん・でき）
這次是我自己很滿意的作品。

会心の作 かいしんのさく | 名詞 得意作品

例句 **彼は会心の新作を発表した。**（かれ・かいしん・しんさく・はっぴょう）
他發表了得意新作品。

会同 かいどう | 名詞 集會；聚會

会社員 かいしゃいん | 名詞 公司職員

例句 **会社員は仕事が大変だ。**（かいしゃいん・しごと・たいへん）
上班族工作很辛苦。

会食 かいしょく | 動詞 聚餐

例句 **重役と会食した。**（じゅうやく・かいしょく）
跟幹部聚餐。

会釈 えしゃく | 動詞 點頭；打招呼

例句 **知り合いに会釈した。**（し・あ・えしゃく）
跟熟人打招呼。

会葬者 かいそうしゃ | 名詞 參加葬禮的人

会談要録 かいだんようろく | 名詞 會議記錄

会戦 かいせん | 名詞 交戰；比賽

意義

名字；內容；評判；有名氣；命名；人數的單位

常見發音

みょう／めい／な

名付ける なづける｜動詞 命名

例句 **発明者(はつめいしゃ)の名(な)を取(と)って「ベル」と名付(なづ)けた。**
用發明者的名字取名為貝爾（電鈴）。

名札 なふだ｜名詞 名牌

例句 **幼稚園児(ようちえんじ)は名札(なふだ)をつけている。**
幼稚園兒童掛著名牌。

名目 みょうもく／めいもく｜名詞 名義、名稱；藉口

例句 **政治家(せいじか)は接待費(せったいひ)の名目(めいもく)で税金(ぜいきん)を使(つか)って贅沢(ぜいたく)ばかりしている。**
政客以招待費的名目浪費稅金。

名所 めいしょ｜名詞 名勝

例句 **故宮博物館(こきゅうはくぶつかん)は台北(たいほく)の観光名所(かんこうめいしょ)だ。**
故宮博物院是台北的觀光名勝地。

名高い なだかい｜い形 聞名

例句 **彼(かれ)は心臓外科医(しんぞうげかい)の権威(けんい)として名高(なだか)い。**
他是知名的心臟外科權威醫生。

名実相伴う めいじつあいともなう｜名詞 名實相符

正誤漢字 **実** ○ 實 ×

例句 **エジソンは名実相伴(めいじつあいともな)う世界(せかい)の偉人(いじん)です。**
愛迪生是名實相符的世界偉人。

名残惜しい なごりおしい｜い形 依依不捨

例句 **名残惜(なごりお)しいが別(わか)れのときです。**
雖然不捨，可是該要告辭。

名誉毀損罪 めいよきそんざい｜名詞 毀謗罪

例句 **根拠(こんきょ)のない中傷(ちゅうしょう)をすると名誉毀損罪(めいよきそんざい)で訴(うった)えられます。**
沒有根據的毀謗會被依毀謗罪起訴。

名宛 なあて｜名詞 收信人姓名、住址

名店 めいてん｜名詞 著名的商店

名残狂言 なごりきょうげん｜名詞 演員告別影壇的最後演出

意義

旋轉；圍繞；返回；次數

常見發音

え／かい／まわ

回す／廻す まわす | 動詞 旋轉；傳遞；派遣；圍繞

例句 **ジェットコースターで目(め)を回(まわ)した。**
坐雲霄飛車頭暈了。

回る／廻る まわる | 動詞 旋轉

例句 **回転木馬(かいてんもくば)が回(まわ)っている。**
旋轉木馬轉動著。

回し者 まわしもの | 名詞 間諜、偷取情報者

例句 **彼(かれ)はセールス会社(かいしゃ)の回(まわ)し者(もの)だ。**
他是推銷公司的間諜。

回り道／回り路 まわりみち | 名詞 繞遠路

例句 **ここは工事中(こうじちゅう)なので回(まわ)り道(みち)をする。**
這裡施工中需繞路而行。

回数 かいすう | 名詞 次數

例句 **反復(はんぷく)の回数(かいすう)が多(おお)いと自然(しぜん)に覚(おぼ)える。**
反覆多次，自然就記起來。

回覧／廻覧 かいらん | 名詞 傳閱

例句 **回覧板(かいらんばん)が近所(きんじょ)を回(まわ)る。**
左鄰右舍輪流傳看傳閱板。

回転／廻転 かいてん | 名詞 旋轉；腦筋轉的快

正誤漢字	**転** ○	轉 ×

例句 **彼(かれ)は頭(あたま)の回転(かいてん)が速(はや)い。**
她的頭筋轉得快。

回転ドア かいてんドア | 名詞 旋轉門

例句 **回転(かいてん)ドアに服(ふく)をはさまれた。**
衣服被旋轉門夾到了。

回転式 かいてんしき | 名詞 旋轉式

例句 **回転式拳銃(かいてんしきけんじゅう)は故障(こしょう)が少(すく)ない。**
輪轉槍比較少故障。

回り気 まわりぎ | 名詞 多心、疑心

回り合せ まわりあわせ | 名詞 運氣

回り持ち まわりもち | 名詞 輪流負責

回り灯籠 まわりどうろう | 名詞 走馬燈

回診 かいしん | 名詞 醫師巡查病房

回り番 まわりばん | 名詞 輪班；輪流巡視

地

意義

土地；國土；耕地；居住處；衣服的質料

常見發音

じ／ち

地元の名士 じもとのめいし｜名詞 當地名人

例句 **彼は地元の名士だ。**
他是本地名人。

地元の新聞 じもとのしんぶん｜名詞 當地報紙

例句 **彼は地元の新聞に載った。**
他上過本地報紙。

地下足袋 じかたび

工作用膠底鞋

「足袋」是將**腳趾**（足の指）的大**拇指**（親指）和其他腳趾分成二**邊**（二股）的日式**襪子**（靴下），「地下」兩字的意思是直接穿上襪子當作鞋子。明治時代時出現了**膠底**（ゴム底）的地下足袋，經過改良，成為農業和鑛業的工作膠底鞋。

地毛 じげ｜名詞 真髮

例句 **彼のは地毛じゃなくて髷だ。**
他不是真髮是假髮。

地味 じみ｜名詞 樸素；樸實

例句 **彼女は美人だが地味なので目立たない。**
她很漂亮，但是過於樸素而不起眼。

地階 ちかい｜名詞 地下室

例句 **この家には暖炉の奥に地階に続く階段がある。**
這間房子的暖爐後方，有條通往地下室的樓梯。

地道 じみち｜な形 穩健；誠懇

例句 **彼の地道な努力が開花した。**
他踏實的努力開花結果。

地顔 じがお｜名詞 沒化妝的臉；本來的表情

正誤漢字 **顔** ○ 顏 ×

例句 **彼は地顔でも怒ってるように見える。**
他平常的表情，看起來像在生氣。

意義

存在於某處

常見發音

ざい／あ

在日 ざいにち | 名詞 住在日本；駐日

例句 **昨今在日外国人にも選挙権を与える法案が進んでいる。**
最近在推行外籍人士賦予選舉權的法案。

在日華僑 ざいにちかきょう | 名詞 旅日華僑

例句 **在日華僑は中国語がしゃべれない。**
在日本的華僑無法說中文。

在米 ざいべい | 名詞 旅居美國

例句 **在米邦人は数多い。**
在美國有很多日本人。

在籍 ざいせき | 動詞 掛名

例句 **私は茶道部に在籍している。**
我掛名在茶道社。

在庫 ざいこ | 名詞 庫存；存貨

例句 **在庫の有無を確認する。**
確認有沒有庫存。

在留 ざいりゅう | 動詞 臨時居住；僑居

例句 **現地に在留して仕事する。**
留在本地工作。

在来 ざいらい | 名詞 原有；通常

正誤漢字 **来**○ 來×

例句 **在来の文化と中国文化が融合して日本文化となった。**
原有的文化與中國文化融合成日本文化。

在方 ざいかた | 名詞 鄉下

在廷 ざいてい | 名詞 出庭；在庭

在宿 ざいしゅく | 名詞 在家

在米 ざいまい／ありまい | 名詞 庫存米

在職年数 ざいしょくねんすう | 名詞 工作年數

在学者数 ざいがくしゃすう | 名詞 在校人數

在庁 ざいちょう | 名詞 在公家機關工作

意義

多數的

常見發音

た／おお

(1)

多く おおく | 副詞 多；多半

例句 **日本には古い中国文化の原型が多く残っている。**
日本留存許多古老中國文化的原始樣貌。

多い おおい | い形 多；眾多

例句 **沖縄には石垣が多い。**
沖繩有很多石牆。

多人数 たにんずう／たにんず | 名詞 許多人；多數人

正誤漢字	数 ○	數 ×

例句 **多人数で遊んだほうが楽しい。**
人數多一起玩比較好玩。

多大 ただい | な形 很大；極大

例句 **台風のために多大な被害をこうむった。**
因為颱風損失慘重。

多才 たさい | 名詞 發揮各方面的才能

例句 **彼女は多芸多才だ。**
她多才多藝。

多分 たぶん | 名詞 多、很；大概

例句 **多分中国が金メダルを一番多く取るだろう。**
大概是中國拿的金牌最多。

多少 たしょう | 名詞 多少

例句 **多少の欠点は仕方がない。**
缺點多多少少難免有。

多方面 たほうめん | 名詞 多方面

例句 **彼は多方面で名を知られている。**
他在各方面都很有名。

多毛 たもう | 名詞 身體的毛髮太過茂密

例句 **彼女は多毛なのが悩みだ。**
她的煩惱是毛髮多。

多目 おおめ | 名詞 比一般的情況稍多

例句 **中国人は数を多目に言う。**
中國人會將數量說多一點。

多目的 たもくてき | 名詞 一個東西可以使用在很多地方

例句 **今携帯は多目的機能を果たしている。**
現在的手機功能多樣化。

多多 たた | 名詞 數目不少

意義

多數的

常見發音

た／おお

(2)

例句 **携帯による人体への影響は多々ある。**
手機對人體的影響不少。

多忙 たぼう | 名詞 | 繁忙

例句 **彼は多忙を極めている。**
他非常忙碌。

多作 たさく | 名詞 | 作品、農作很多

例句 **彼は多作なだけに駄作も多い。**
他的作品很多，所以不好的作品也很多。

多岐 たき | 名詞 | 複雜；分歧、歧路

例句 **パソコンの用途は多岐にわたる。**
電腦有很多功能。

多角 たかく | 名詞 | 多方面

例句 **彼は多角的経営をしている。**
他多方位經營。

多雨 たう | 名詞 | 降雨量多

例句 **台湾は多雨の地域だ。**
台灣是多雨的地區。

多重 たじゅう | 名詞 | 不只一種

例句 **音声多重で放送している。**
以多重聲道播放。

多面 ためん | 名詞 | 多方面

例句 **アメリカは多面で強者だ。**
美國在很多方面上都是一大強國。

多神教 たしんきょう | 名詞 | 信奉複數神祇的宗教

例句 **日本は多神教だ。**
日本是多神教的國家。

多彩 たさい | 名詞 | 五顏六色；豐富多彩

例句 **マイケルジャクソンの才能は多彩だ。**
麥可傑克遜才華洋溢。

多欲 たよく | 名詞 | 慾望多

例句 **金持ちは多欲だ。**
有錢人慾望多。

多量 たりょう | 名詞 | 分量很多

例句 **多量の防腐剤は体に害だ。**
大量的防腐劑對身體有害。

多細胞 たさいぼう | 名詞 | 多細胞

例句 **人間は多細胞からできている。**
人是多細胞組成的。

多勢 たぜい | 名詞 | 很多人

好

意義
喜好；好的

常見發音
こう／この／す

好ましい このましい | い形 令人喜歡；令人滿意、理想

例句 **彼には控えめな女性が好ましい。**
含蓄的女人比較適合他。

好む このむ | 動詞 愛好、喜歡

例句 **彼は激しい運動を好む。**
他喜歡做劇烈運動。

好き すき | な形 愛好、嗜好；愛情；任意；好色

例句 **彼女は優しい男が好きだ。**
她喜歡個性溫柔的男性。

好い気 いいき | 名詞 我行我素；得意忘形

正誤漢字 気○ 氣×

例句 **彼女は若くして売れたから好い気になってる。**
他年紀輕輕就出名，得意忘形。

好き好き すきずき | 名詞 各有所好

例句 **音楽は好き好きだ。**
(每個人)對音樂各有所好。

好き放題 すきほうだい | 名詞 隨心所欲的樣子

例句 **ハルヒは好き放題にやっている。**
（涼宮）春日為所欲為。

好き者 すきもの | 名詞 好管閒事的人；好色、風流者

例句 **彼は好き物だ。**
他是個好色鬼。

好き勝手 すきかって | 名詞 隨心所欲

例句 **ここは好き勝手に使ってください。**
這些請自由取用。

好き嫌い すききらい | 動詞 偏心、偏食

例句 **好き嫌いすると栄養が偏る。**
偏食會營養不均衡。

好調 こうちょう | 名詞 順利

例句 **好調のときは球がよく見える。**
狀況好的話，球道看得很清楚。

好悪 こうお | 名詞 偏心、偏食

例句 **彼女は好悪の念が激しい。**
她愛恨分明。

好き者／数奇者 すきもの | 名詞 好管閒事的人

意義

便宜的；安心

常見發音

あん／やす

安い やすい | い形 價錢便宜；安靜

例句 **それはお安いご用だ。**
那輕而易舉（由我包辦）。

安全ピン あんぜんピン | 名詞 別針

例句 **安全ピンで名札を留める。**
用別針別上名牌。

安物 やすもの | 名詞 便宜貨

例句 **この茶碗は安物なので割れても平気だ。**
這碗是便宜貨，破了也沒關係。

安宿 やすやど | 名詞 小客棧；便宜的旅店

例句 **若者は安宿で十分だ。**
年輕人住便宜的旅館就夠了。

安請合い やすうけあい | 動詞 輕易承諾

例句 **できないことは安請合いしないことだ。**
你做不到就不要輕易答應。

安値 やすね | 名詞 廉價；賤價

正誤漢字 **値** ○ 値 ×

例句 **在庫を安値で売る。**
庫存物品便宜賣出。

安売り やすうり | 動詞 便宜賣；賤賣

例句 **スーパーで安売りしている。**
在超市拍賣。

安楽椅子 あんらくいす | 名詞 搖椅

例句 **安楽椅子に座って編み物をする。**
坐在搖椅上編織。

安産 あんざん | 名詞 平安分娩；安產；順產

例句 **安産だったので母子ともに健康だ。**
平安生產母子均安。

安死術 あんしじゅつ | 名詞 安樂死

安逸／安佚 あんいつ | 名詞 安逸；遊手好閒

安気 あんき | 名詞 無憂無慮

安着 あんちゃく | 名詞 安全到達；鎮靜

意義

碰到面；相當於…；適合；當然

常見發音

とう／あ

当る あたる | 動詞 光線照射；中毒；適用；接觸

例句 **徳川家康は鯛の天婦羅が当って死んだといわれています。** 據說德川家康吃炸鯛魚中毒而死。

当てる あてる | 動詞 接觸、碰；貼近；曬

例句 **細いバットにボールを当てるのは大変です。**
細的球棒擊球不容易。

当り前 あたりまえ | 名詞 理所當然

例句 **食べ物に感謝するのは当り前です。**
對食物心存感謝是理所當然的。

当り屋 あたりや | 名詞 理髮店；製造假車禍騙錢的人

例句 **戦後の貧しい時代には当り屋が多かったです。**
戰後貧窮的時代，有很多以假車禍敲詐的事件。

当地 とうち | 名詞 本地、當地

例句 **当地では海産物がよく捕れます。**
在本地可以捕獲很多海產。

当店 とうてん | 名詞 本店

例句 **当店では代金前払いとなっております。**
在本店請先付款。

当て所 あてど | 名詞 目標

例句 **当て所もなくさまよっていました。**
我毫無目的地徘徊。

子供の弁当

小孩子的便當

日本的媽媽會利用米飯和配菜，替小孩裝飾出受歡迎的卡通人物（キャラクター）便當。有些媽媽對於製作（作る）這種特色便當非常得心應手，不過也有一些媽媽因為不擅長（苦手）而覺得頭痛。

意義

存在於某處；擁有

常見發音

う／ゆう／あ

有料道路 ゆうりょうどうろ | 名詞 收費道路

例句 **高速は有料道路です。**
高速公路是收費的。

有料駐車場 ゆうりょうちゅうしゃじょう | 名詞 收費停車場

例句 **ここの有料駐車場は一時間ごとに払う。**
這個收費停車場是以每小時計費。

有終 ゆうしゅう | 名詞 圓滿結束

例句 **引退して有終の美を飾った。**
退休並圓滿地畫下句點。

有頂天 うちょうてん | 名詞 欣喜若狂；得意洋洋

例句 **デートの約束をして有頂天になった。**
有邀約到就很高興。

有給休暇 ゆうきゅうきゅうか | 名詞 年假

例句 **有給休暇を使って旅行に行く。**
請年假去旅遊。

有り触れる ありふれる | 動詞 常有；司空見慣

正誤漢字	触 ○	觸 ×

例句 **有り触れた展開なので意外性がない。**
太老套的故事情節沒有創新。

有線放送 ゆうせんほうそう | 名詞 有線電視

例句 **日本では有線放送はあまり普及していない。**
在日本有線電視不太普及。

有り難い ありがたい | い形 值得感謝的；寶貴的

例句 **五体満足は有り難いことです。**
身體健全是很珍貴的。

有り難み ありがたみ | 名詞 恩惠；好處

例句 **健康な人には有り難みが実感しにくい。**
身體健康的人很難體會到健康的好處。

有期懲役 ゆうきちょうえき | 名詞 有期徒刑

有司 ゆうし | 名詞 官員

有配 ゆうはい | 名詞 有紅利

有給 ゆうきゅう | 名詞 有薪資

有限会社 ゆうげんがいしゃ | 名詞 有限公司

行

意義

行走；前往；旅行；舉辦；人或文字並列成行

常見發音

あん／ぎょう／こう／い／おこな／ゆ

行く いく ｜ 動詞 去；進展；成長；到達

例句 **その道を左に行くと病院に着きます。**
這條路往左走就到醫院。

行ける いける ｜ 動詞 可以；相當好

例句 **今は飛行機で世界中どこでも行けます。**
現在坐飛機能到世界各個角落。

行水（ぎょうずい）

用水盆洗澡、沖涼

夏天為了沖涼（涼を取る）或清潔身體，日本人會在庭院放置澡盆，倒入（入れる）煮沸的熱水（湯）和冷水後進行沐浴（入浴する）。這個習慣源自江戶時代，時至今日，也會在庭院或陽台（ベランダ）放置塑膠充氣泳池讓孩子泡水，這也算是「行水」的一種。

行う おこなう ｜ 動詞 舉行；實行、進行

例句 **明日は期末試験を行います。**
明天期末考。

行われる おこなわれる ｜ 動詞 實施；進行；盛行

例句 **大きな会社では入社式が行われます。**
大公司舉行新人入社典禮。

行方不明 ゆくえふめい ｜ 名詞 行蹤不明

例句 **洪水で行方不明の人が救助されました。**
救援因水災失蹤的人。

行事 ぎょうじ ｜ 名詞 慣例

例句 **花見は会社の年中行事です。**
賞花是公司一年的例行活動之一。

行儀 ぎょうぎ ｜ 名詞 舉止；禮貌

例句 **女性が足を広げて座るのは行儀が悪いです。**
女性坐著腳打開是不雅的。

行き当り ゆきあたり ｜ 名詞 道路的盡頭

正誤漢字 当 ○　當 ×

意義

第一人稱代名詞；剩下的；多餘的

常見發音

よ／あま

余る あまる | 動詞 剩餘；超過

例句 **彼の傲慢さは目に余る。**
對他的傲慢實在是看不下去了。

余地 よち | 名詞 空地；餘地

例句 **これだけ証拠がそろっていては反論の余地はない。**
這麼多證據，沒有反駁的餘地。

余所目 よそめ | 名詞 從局外人來看；冷眼旁觀

例句 **自分の子供は余所目にはそれほどかわいくない。**
自己的孩子在別人眼中沒那麼可愛。

余所行き よそゆき／よそいき | 名詞 出門；到別處去

例句 **余所行きの服を着て出かける。**
穿正式服裝出門。

余計 よけい | 名詞 多餘；更加

例句 **彼は長髪なので余計暑苦しく感じる。**
他的長頭髮看起來更加悶熱、煩躁。

余暇 よか | 名詞 餘暇；業餘時間

例句 **余暇をうまく過ごすと明日への活力になる。**
休假好好休息，才有活力迎接明天。

余儀無い よぎない | い形 不得已的；無可奈何的

例句 **予算の変更を余儀無くされた。**
不得不變更預算額度。

余談 よだん | 名詞 廢話；多餘的話

例句 **余談になるが、彼は未婚だ。**
順帶一提，他是單身。

余病 よびょう | 名詞 併發症

余色 よしょく | 名詞 互補色

余喘 よぜん | 名詞 殘喘；快死

余輩／予輩 よはい | 名詞 我們；吾輩；吾們

余震 よしん | 名詞 餘震

余禄 よろく | 名詞 額外的收入

意義

製作；成為；變成；作品

常見發音

さ／さく／つく

作る つくる | 動詞 做；加工；生產

例句 **彼は子供をたくさん作った。**

他生了很多孩子。

作り事 つくりごと | 名詞 編造的事；虛構的故事

例句 **ドラマは作り事です。**

連續劇是編造的。

作り出す つくりだす | 動詞 製造出來；創造；創作；寫出

例句 **アイディアが新しいものを作り出します。**

有靈感才能做出新東西。

作り笑い つくりわらい | 名詞 假笑；強笑

例句 **彼は作り笑いで社長にゴマをすります。**

他假笑拍老闆馬屁。

作り上げる つくりあげる | 動詞 造成；做完；偽裝；虛構

例句 **ライト兄弟はついに飛行機を作り上げた。**

萊特兄弟終於製造出飛機。

作為 さくい | 名詞 偽造；人為

例句 **彼の親切は作為に満ちている。**

他的親切別有用心。

作業現場 さぎょうげんば | 名詞 工地

例句 **作業現場ではヘルメットをかぶってください。**

在工地請戴安全帽。

作業着 さぎょうぎ | 名詞 工作服

正誤漢字 **着**○ 著×

例句 **汚れてもいい作業着でペンキを塗ります。**

穿上不怕髒的工作服塗油漆。

作り身 つくりみ | 名詞 切妥的生魚肉；生魚片

作り付け つくりつけ | 名詞 固定；安裝

作意 さくい | 名詞 別有用心；創意；構思

作付け さくづけ | 名詞 種植；播種

意義

開始；最初

常見發音

しょ／うい／そ／はじ／はっ

初めて はじめて | 副詞 初次；之後才…

例句 **初(はじ)めてファーストクラスに乗(の)った。**
我第一次坐頭等艙。

初心者 しょしんしゃ | 名詞 初學者；生手

例句 **彼(かれ)は初心者(しょしんしゃ)のうちから傑出(けっしゅつ)していた。**
他從初學時期，就已經很傑出。

初日の出 はつひので | 名詞 元旦日出

例句 **阿里山(ありさん)から初日(はつひ)の出(で)を拝(おが)む。**
從阿里山見識元旦日出。

初診料 しょしんりょう | 名詞 初診費

例句 **初診料(しょしんりょう)は少(すこ)し高(たか)い。**
初診費稍貴了一些。

初っ端 しょっぱな | 名詞 開頭

例句 **初(しょ)っ端(ぱな)からホームランを浴(あ)びた。**
一開始就被打出全壘打。

初舞台 はつぶたい | 名詞 初次登台；首次露面

例句 **初舞台(はつぶたい)なので緊張(きんちょう)した。**
因為是初次上台很緊張。

初優勝 はつゆうしょう | 動詞 首次獲得冠軍

例句 **初参加(はつさんか)で初優勝(はつゆうしょう)した。**
第一次參加就得冠軍。

初対面 しょたいめん | 名詞 初次見面

正誤漢字 **対**○ 對×

例句 **初対面(しょたいめん)のときから好(す)きになった。**
從第一次見面就很喜歡。

初子 はつご | 名詞 頭一個孩子

初刷り本(初版本) しょずりぼん | 名詞 首刷本

初映 しょえい | 名詞 首次上映

初給 しょきゅう | 名詞 第一次領的薪水

初参り はつまいり | 名詞 新年第一次參拜寺廟

初学び ういまなび | 名詞 初學、初學者

意義

涼的；冷靜的；冰水

常見發音

れい／さ／つめ／ひ

冷たい つめたい | い形 冰冷；冷淡、無情

例句 彼(かれ)は人間的(にんげんてき)に冷(つめ)たい。
他的個性很無情。

冷える ひえる | 動詞 變冷；覺得冷、涼；冷淡

例句 今晩(こんばん)は冷(ひ)える。
今晚會冷。

冷 ひや | 名詞 冰酒；冰水

例句 日本酒(にほんしゅ)は冷(ひや)がおいしい。
冰的日本酒很好喝。

冷かす ひやかす | 動詞 冷卻；挖苦；逛

例句 彼(かれ)は女(おんな)の子(こ)を冷(ひや)かした。
他嘲笑女人。

冷え込む ひえこむ | 動詞 氣溫驟降；身體著涼

例句 砂漠(さばく)の朝(あさ)は冷(ひ)え込(こ)む。
沙漠的早晨氣溫驟降。

冷奴 ひややっこ | 名詞 用醬油、調味料拌的涼拌豆腐

例句 冷奴(ひややっこ)でビールを飲(の)む。
喝啤酒配涼拌豆腐。

冷や冷や ひやひや | 動詞 涼；擔心

例句 観客(かんきゃく)が大勢(おおぜい)の前(まえ)での演奏(えんそう)に冷(ひ)や冷(ひ)やした。
在很多聽眾前演奏，提心吊膽。

冷え性 ひえしょう | 名詞 因血液循環不好，容易著涼的體質

例句 女性(じょせい)は冷(ひ)え性(しょう)が多(おお)い。
女性大多手腳冰冷。

冷房 れいぼう | 名詞 冷氣

例句 冷房(れいぼう)はあまり体(からだ)によくない。
冷氣對身體不太好。

冷蔵庫 れいぞうこ | 名詞 冰箱

正誤漢字 蔵 ○ 藏 ×

例句 冷蔵庫(れいぞうこ)に水羊羹(みずようかん)を入(い)れる。
水羊羹冰在冰箱。

冷眼視 れいがんし | 名詞 冷眼看人

冷血漢 れいけつかん | 名詞 冷血動物

意義

面向著；朝著…；回答；對方

常見發音

たい／つい

対する たいする | 動詞 面對；對照；對待；對於

例句 **目上(めうえ)に対(たい)するときは敬語(けいご)で話(はな)す。**
對長輩說話要用敬體。

対人恐怖 たいじんきょうふ | 名詞 怕生

例句 **対人恐怖(たいじんきょうふ)を克服(こくふく)してセールスマンとして成功(せいこう)した。**
克服怕生，成為成功的推銷員。

対局 たいきょく | 名詞 正式的對局、下棋

例句 **対局中(たいきょくちゅう)はトイレに行(い)けない。**
下棋時不能上廁所。

対校試合 たいこうじあい | 名詞 校際比賽

例句 **サッカーの対校試合(たいこうじあい)でシュートを決(き)めた。**
在校際足球賽中，射門成功。

対等 たいとう | 名詞 平等

例句 **彼女(かのじょ)は大人(おとな)とも対等(たいとう)に対局(たいきょく)できる。**
他能夠跟大人下棋。

対談 たいだん | 動詞 交談

例句 **彼(かれ)はハリウッドスターと対談(たいだん)した。**
他跟好萊塢明星對談。

対処 たいしょ | 名詞 對待、應付

正誤漢字 **処**○ 處×

例句 **トラブルに対処(たいしょ)できないと顧客係(こきゃくがかり)は務(つと)まらない。**
無法處理客訴，就沒辦法當好客服人員。

対戦 たいせん | 動詞 對戰；比賽

例句 **ネットゲームで対戦(たいせん)した。**
用線上遊戲對戰。

対岸の火事 たいがんのかじ | 名詞 隔岸觀火

対論 たいろん | 名詞 面對面辯論

対晤 たいご | 名詞 會面

対校 たいこう | 名詞 學校對學校；校對稿子；校勘

対語 たいご | 名詞 反義詞；對義詞；對聯

対当 たいとう | 名詞 相配、適合；相對

折

意義

折起；中斷；彎曲；死亡；損失；折扣

常見發音

せつ／おり／お

折る おる｜動詞 折、彎；折斷

例句　**話(はなし)の腰(こし)を折(お)らないでください。**
請不要打斷話題。

折れ目 おれめ｜名詞 折縫、折口、折痕

例句　**折(お)れ目(め)に沿(そ)って曲(ま)げます。**
沿著折線折。

折れ合う おれあう｜動詞 妥協

例句　**双方(そうほう)折(お)れ合(あ)って和解(わかい)します。**
雙方各退一步和解。

折好く おりよく｜名詞 湊巧

例句　**必要(ひつよう)なところに折好(おりよ)く臨時(りんじ)収入(しゅうにゅう)があった。**
在需要的時候，剛好有臨時收入。

折角 せっかく｜副詞 特意；難得；盡力

例句　**せっかく来(き)たのに留守(るす)だった。**
我特地來，他卻不在家。

折り返す おりかえす｜動詞 折疊；返回

例句　**中間地点(ちゅうかんちてん)で折(お)り返(かえ)す。**
在中間點折返。

折檻 せっかん｜動詞 痛斥；體罰

例句　**子供(こども)を折檻(せっかん)する。**
體罰孩子。

折悪しく おりあしく｜副詞 不湊巧

例句　**折悪(おりあ)しく雨(あめ)が降(ふ)ってきた。**
不湊巧開始下雨了。

折込む おりこむ｜動詞 折入；夾進

例句　**広告(こうこく)を新聞(しんぶん)に折込(おりこ)む。**
把廣告DM夾進報紙。

折込(おりこみ)チラシ

夾報紙的廣告DM

日本的**家庭主婦**（主婦(しゅふ)）每天都會**研究**（調(しら)べる）夾在**報紙**（新聞(しんぶん)）裡的宣傳單、折價券，了解今天哪一家店、哪些東西在優惠促銷後，才去購物。這樣的消費**方式**（スタイル）和習慣在週末一次**大量採購**（買(か)い込(こ)む）的人相當不同。

意義

回來；將來

常見發音

らい／きた／く

来る くる | 動詞 到來；由於、起因於

例句 **重い荷物を挙げて腰に来ました。**
搬重物傷到腰。

来日 らいにち | 名詞 外國人來到日本

正誤漢字 来○ 來×

例句 **伝説のロックバンド、ローリングストーンズが来日しました。**
傳說中的搖滾樂團-滾石合唱團來到日本。

来月 らいげつ | 名詞 下個月

例句 **支払いは来月の十日になります。**
付款日是下個月十號。

来年 らいねん | 名詞 明年

例句 **来年はさらに飛躍します。**
明年鴻圖大展。

来客 らいきゃく | 名詞 來訪的客人

例句 **来客がベルを押しました。**
有訪客按鈴。

来場 らいじょう | 名詞 出席

例句 **ご来場の皆様に申し上げます。**
各位來賓請注意。

来週 らいしゅう | 名詞 下星期

例句 **来週の予告編を見ます。**
我看下禮拜的預告片。

来襲 らいしゅう | 名詞 來襲

例句 **蒙古来襲のときに神風（台風）が吹きました。**
蒙古來襲時颳起神風(颱風)。

来観 らいかん | 名詞 前來參觀

来し方 こしかた | 名詞 過往；經過的方向、地點

来校 らいこう | 名詞 到校

来寇 らいこう | 名詞 入侵

意義

說話；言語

常見發音

げん／ごん／い／こと

言う いう | 動詞 說；講；叫

例句 **彼は言うだけでやらない。**
他光說不練。

言い出す いいだす | 動詞 開始說；說出口

例句 **言い出した人が実行する。**
第一個說的人要實際執行。

言い合う いいあう | 動詞 口角；爭吵

例句 **夫婦で言いたいことを言い合う。**
夫妻彼此暢所欲言地吵架。

言い返す いいかえす | 動詞 反覆說；頂嘴

例句 **彼女は社長に言い返した。**
她和老闆頂嘴。

言い掛り いいがかり | 名詞 藉口；找碴

例句 **彼女は言い掛りをつけて若い後輩をいじめる。**
她找藉口欺負年輕晚輩。

言い損う いいそこなう | 動詞 說錯；忘了說

言葉 ことば | 名詞 語言；單詞；說法

例句 **言葉を話し始める年齢はどこの国でも一緒だ。**
（小孩）開始說話的年紀，不管哪一國都一樣。

言い争う いいあらそう | 動詞 口角；爭論

正誤漢字 争 ○ 爭 ✕

例句 **多少言い争っても接点を見つけて折衷する。**
就算小吵架，也要找平衡點妥協。

言い尽す いいつくす | 動詞 說盡；說完

例句 **いいたいことはすべて言い尽くした。**
該說的都說了。

言い広める いいひろめる | 動詞 宣傳；宣揚

例句 **新しい流行語を言い広めた。**
流傳新的流行語。

言い当てる いいあてる | 動詞 說中；猜中

例句 **彼は株価の上昇を言い当てた。**
他猜中股票會上漲。

言い難い いいにくい | い形 難說的；不好說

例句 **目上の人のミスは言い難い。**
不好說長輩的錯誤。

言い違う いいちがう | 動詞 說錯

意義

看到；見面；思考的見解；目前、現在

常見發音

けん／み

(1)

見る みる | 動詞 看；閱讀；觀察；估計

例句 **私は今年は景気が回復すると見る。**
我看今年景氣會回升。

見せる みせる | 動詞 給…看；表示決心和意志

例句 **商品を綺麗に見せるために工夫する。**
設法讓商品看起來漂亮。

お見合い

相親

日本的相親起源自**鎌倉時代**（鎌倉時代），當時的相親是貴族和武士間以家族聯姻的方式**締結**（結ぶ）婚姻，並藉此壯大家族。相親之後結婚與否的決定權在男方，女方無權決定。自**江戶時代**（江戸時代）起，日本**民間**（庶民の間）也開始出現相親結婚。

見える みえる | 動詞 看得見；好像

例句 **家の窓から海が見える。**
從家裡窗戶看出去可看到海。

見方 みかた | 名詞 看法

例句 **見方を変えると新しいものが見えてくる。**
改變想法能發現新東西。

見出し みだし | 名詞 標題；目錄；選拔

例句 **新聞の大きな見出しが目に入った。**
看到報紙斗大的標題。

見本 みほん | 名詞 樣品

例句 **これは蝋で作った見本品なので食べられない。**
這是用蠟作的樣品不能吃。

見本市 みほんいち | 名詞 展覽會

例句 **国際見本市が開かれた。**
舉辦國際展覽會。

見初める みそめる | 動詞 初次見面；一見鍾情

例句 **美しい女性を見初めた。**
我對一位美女一見鍾情。

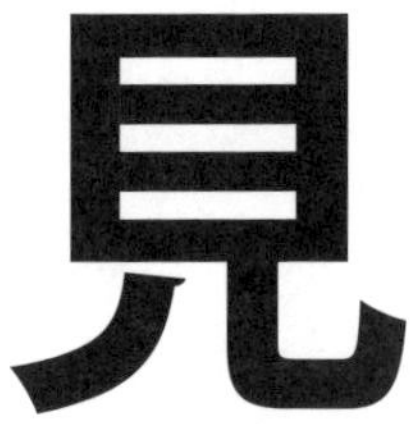

意義

看到；見面；思考的見解；目前、現在

常見發音

けん／み

(2)

見事 みごと | な形 漂亮；好看；精采

例句 **彼は見事なシュートを決めた。**

他成功了，漂亮的射門。

見学 けんがく | 名詞 參觀教學

正誤漢字	学○	學×

例句 **チョコレート工場を見学に行く。**

去參觀巧克力工廠。

見物人 けんぶつにん | 名詞 觀眾

例句 **火事の見物人が消火活動の邪魔だ。**

火災看熱鬧的人會妨礙救火。

見物客 けんぶつきゃく | 名詞 遊客

例句 **多くの見物客で芝居小屋がごった返した。**

有很多觀眾在戲場湊熱鬧。

見物席 けんぶつせき | 名詞 觀眾席

例句 **見物席から双眼鏡で見る。**

從觀眾席用(雙眼)望遠鏡看。

見映え／見栄え みばえ | 名詞 漂亮

例句 **この製品は性能はいいが見栄えがしない。**

這產品性能好，但不起眼。

見習中 みならいちゅう | 名詞 實習期間

例句 **見習中なので給料が低い。**

現在實習期間薪水很低。

見間違い みまちがい | 名詞 看錯

例句 **友達かと思ったら見間違いだった。**

我以為是朋友結果是我看錯。

見舞う みまう | 動詞 探望；遭受不幸

例句 **馬場は相手にチョップを見舞った。**

馬場給對方一記劈掌。

見舞金 みまいきん | 名詞 憮卹金

例句 **見舞金を被害者に渡した。**

給被害者慰問金。

見積り書 みつもりしょ | 名詞 估價單

例句 **見積り書を送って落札した。**

給對方估價單來得標。

意義
腳；步伐、進展；足夠；添加

常見發音
そく／あし／た

足す たす | 動詞 增加；補；辦完

例句 **料理に砂糖を足すことで、旨味を出すことができます。**
煮菜加砂糖能夠提味。

足りる たりる | 動詞 足夠；值得；夠用

例句 **試験の準備をするのに、3日では足りません。**
準備考試，只有三天不夠。

足元 あしもと | 名詞 腳步；跟前

例句 **滑るので足元に注意してください。**
地板滑，請小心行走。

足代 あしだい | 名詞 車費；交通費

例句 **出張の足代をもらった。**
我拿到出差的交通費了。

足音 あしおと | 名詞 腳步聲

例句 **猫は足音をさせずに歩く。**
貓走路沒有聲音。

足算 たしざん | 名詞 加法

例句 **アメリカでは足算でおつりを数える。**
在美國，找錢用加法計算。

足踏み あしぶみ | 名詞 踏步；停滯不前、原地踏步

例句 **進歩が見られず、足踏み状態だ。**
妳沒進步，一直停滯不前。

足手纏い あしでまとい | 名詞 累贅；礙手礙腳；絆腳石

足の踏み場もない

房間雜亂，連走路的地方都沒有

「足の踏み場もない」用來形容很多東西散亂一地，連站（立つ）的地方都沒有，或是沒辦法走路，一走動就會踩（踏む）到東西。一旦媽媽進入小孩的房間（部屋），發現房間地上東西亂丟一地時，就會用這句話責罵（叱る）小孩。

赤

意義

紅色；紅的；空的、赤裸裸的；共產主義的象徵

常見發音

しゃく／せき／あか

赤い あかい | い形 紅的

例句　**寝不足で目が赤いです。**

因為睡眠不足，眼睛紅紅的。

赤ん坊 あかんぼう | 名詞 小嬰兒

例句　**赤ん坊は理解力がないのに言葉を覚えます。**

嬰兒沒有理解能力，卻能夠學會語言。

赤福餅 あかふくもち

伊勢神宮名產赤福餅

「赤福餅」發源於日本三重縣「伊勢神宮」前，擁有（持つ）300年的歷史，是日本皇室也曾採購的著名日式糕點（和菓子）。不過，2007年時赤福餅曾經被民眾舉發將賣剩（売れ残り）的商品重新加工製作，因而受到四個月的停業處分（営業停止処分）。

赤字 あかじ | 名詞 虧本；入不敷出；赤字

例句　**経営が赤字なので大変です。**

經營入不敷出很辛苦。

赤身 あかみ | 名詞 瘦肉；木心

例句　**マグロの赤身は脂肪が少ないですがおいしいです。**

鮪魚的赤身脂肪少，但很好吃。

赤信号 あかしんごう | 名詞 紅燈；危險信號；紅色信號

正誤漢字　**号** ○　號 ×

赤鼻 あかばな | 名詞 紅鼻子；酒糟鼻

赤点 あかてん | 名詞 成績不及格

例句　**テストで赤点を取ったら追試です。**

考試不及格就得補考。

赤手 せきしゅ | 名詞 空手

赤目 あかめ | 名詞 紅眼睛

赤電車 あかでんしゃ | 名詞 末班電車

意義

身體；物體中心；親自；懷孕

常見發音

しん／み

身一つ みひとつ | 名詞 獨自一人

例句 **松下幸之助は身一つでのし上がった。**
松下幸之助是白手起家。

身元／身許 みもと | 名詞 經歷；來歷

例句 **運転免許証は身元を証明できる。**
(在日本)駕照能夠證明身分證。

身元保証人 みもとほしょうにん | 名詞 保人

正誤漢字 証 ○ 證 ×

例句 **借金の身元保証人にはなってはいけない。**
不要當借款保人。

身分証明書 みぶんしょうめいしょ | 名詞 身分證

例句 **保険証は身分証明書となる。**
健保卡能當身分證(證明身分)。

身銭 みぜに | 名詞 私房錢；自己的錢

例句 **身銭を切ってパソコンを買った。**
自掏腰包忍痛買了電腦。

身体障害 しんたいしょうがい | 名詞 肢體殘障

例句 **身体障害を克服して成功した。**
克服肢體殘障，獲得成功。

身重 みおも | 名詞 懷孕

例句 **身重なので歩くのもきつい。**
懷孕時，連走路都辛苦。

身振り手振り みぶりてぶり | 名詞 比手畫腳

例句 **身振り手振りで意味を伝える。**
比手畫腳表達意思。

身許不詳 みもとふしょう | 名詞 來歷不明

例句 **被害者は身元不詳だ。**
被害者身分不明。

身勝手 みがって | な形 自私；任性

例句 **身勝手な行動は困る。**
不要擅自行動。

身震い／身振い みぶるい | 名詞 發抖

例句 **怖い話しで身震いがした。**
因為說恐怖的事而發抖。

身籠る みごもる | 動詞 懷孕

例句 **好きな人の子供を身籠った。**
我懷了喜歡的人的孩子。

花

意義

花朵；像花一樣的；花紋；華麗的樣子；紛亂的樣子

常見發音

か／はな

花火 はなび | 名詞 煙火

例句 **花火は日本では夏の風物詩だ。**
煙火是日本夏天的季節象徵。

花吹雪 はなふぶき | 名詞 櫻花落葉繽紛

例句 **花吹雪と散る桜の花弁が見事だ。**
櫻花散落就像雪片飛舞一樣的美。

花見 はなみ | 名詞 賞花

例句 **花見の季節は雨が降ると桜が散ってしまう。**
賞花季節時，要是一下雨花就謝了。

花見客 はなみきゃく | 名詞 賞花遊客

例句 **いい場所は花見客がいっぱいすぎて興冷めだ。**
好的場地人太多很掃興。

花婿 はなむこ | 名詞 新郎

例句 **花婿のタキシードは貸衣装だ。**
新郎的禮服是用租的。

花筐 はながたみ | 名詞 花籃

例句 **「花筐」は世阿弥の作った能の演目です。**
「花筐」是世阿彌編的能劇。

花嫁 はなよめ | 名詞 新娘

例句 **花嫁はまだ十八歳だ。**
新娘才十八歲。

花心 かしん | 名詞 花蕊

花生け／花活け はないけ | 名詞 花瓶

花作り はなつくり | 名詞 栽植花草；花匠

花粉症（かふんしょう）

花粉症

「花粉症」是由杉木花粉所引起（引き起こす）的過敏（アレルギー）現象。主要症狀是眼睛癢（かゆみ）、流鼻水，和猛打噴嚏（くしゃみ）。花粉症並非日本特有的疾病，聽說在美國及歐洲也有因為其他樹木的花粉所引起的「花粉症」。

意義

夜晚

常見發音

や／よ／よる

夜回り よまわり | 名詞 夜間巡邏

例句 **新撰組が夜回りをしている。**

新撰組在夜間巡邏。

夜毎 よごと | 名詞 每天晚上

例句 **お岩の声が夜毎に鳴り響いた。**

(四谷怪談)阿岩的聲音每夜響亮。

夜行列車 やこうれっしゃ | 名詞 夜車

例句 **夜行列車で上京した。**

坐夜車到東京。

夜更け／夜深け よふけ | 名詞 熬夜

例句 **夜更けまでかかってレポートを書き上げた。**

熬夜寫完報告。

夜直 やちょく | 名詞 值夜班

正誤漢字 直○ 直×

例句 **夜直の管理人がテレビを見ている。**

值夜班的管理員在看電視。

夜逃げ よにげ | 動詞 乘夜潛逃

例句 **彼は借金を苦に夜逃げした。**

他苦於欠債趁夜逃走。

夜通し よどおし | 名詞 整夜；通宵

例句 **雪は夜通し降り続けた。**

整夜下雪。

夜遊び よあそび | 名詞 晚上遊蕩

例句 **彼は夜遊びで貯金がない。**

他晚上太常出去遊蕩，所以沒什麼存款。

夜店 よみせ

夜市

日文的「夜店」，是指特殊的**宗教節慶**（縁日）祭典（祭り）晚上，擺設在**路邊**（路傍）的**攤位**（屋台），或是一般時候在路邊賣東西的攤位。通常，這些攤位都是販賣**章魚燒**（たこ焼き）、日式炒麵等各式小吃。

意義

拿取；奪取；採取

常見發音

しゅ／と

(1)

取って代る とってかわる | 動詞 頂替、取代

例句 **日本ではテープがMDに取って代られた。**

在日本錄音帶被MD（小光碟）取代。

取って置き とっておき | 名詞 珍藏品

例句 **諸葛孔明は取って置きの秘策を出した。**

諸葛孔明拿出秘招。

取って付けた様 とってつけたよう | 連語 做作、假惺惺；看起來很故意

例句 **台湾には取って付けた様な泣き女がいる。**

在台灣有刻意假哭的哭女。

取っ組み合い とっくみあい | 名詞 互毆、扭打

例句 **喧嘩は、殴り合いから取っ組み合いになった。**

打架從互毆變成互摔。

取り越し苦労 とりこしぐろう | 名詞 自尋煩惱、杞人憂天

例句 **病院の検査で取り越し苦労とわかってよかった。**

經過醫院檢查才知道是想太多，沒事的。

取り外し とりはずし | 名詞 摘下、卸下

例句 **冷房のネットは取り外しができる。**

冷氣的濾網可以拆下來。

取り巻き とりまき | 名詞 跟屁蟲

例句 **金持ちになって、嫌な取り巻きが出るようになった。**

自從發財後，就出現一些討厭的跟屁蟲。

取り寄せる とりよせる | 動詞 使接近、使靠近；索取、郵購

例句 **電話して在庫を取り寄せる。**

打電話訂貨。

取り交す とりかわす | 動詞 交換、互換

例句 **契約を取り交した。**

互換契約。

取り高 とりだか | 名詞 收成；俸祿；收入、所得；每一份的數量

例句 **会社の取り高で揉めた。**

因分配公司所得而起爭執。

正誤漢字	労 ○	勞 ×

意義

拿取；奪取；採取

常見發音

しゅ／と **(2)**

取り次ぐ とりつぐ | 動詞 轉達、回話；代辦、代銷；轉交

例句 **社長に取り次いでください。**
請轉告社長。

取り揃える とりそろえる | 動詞 準備齊全

例句 **うちでは各種の品を取り揃えています。**
本店機種很多、很齊全。

取り箸 とりばし | 名詞 公筷

例句 **取り箸を使ったほうが衛生的だ。**
用公筷比較衛生。

取り柄 とりえ | 名詞 優點

例句 **彼女は悩まないのが取り柄だ。**
不煩惱是她的優點。

取扱説明書 とりあつかいせつめいしょ | 名詞 使用說明書

例句 **取扱説明書をよく読んでください。**
請仔細看使用說明書。

取扱注意 とりあつかいちゅうい | 名詞 小心輕放

例句 **割れ物なので取扱注意です。**
易碎品小心輕放。

取引先 とりひきさき | 名詞 客戶；主顧

例句 **取引先で接待を受けました。**
接受客戶的招待。

取っ組み合う とっくみあう | 動詞 打成一團

取り運ぶ とりはこぶ | 動詞 暢行無阻

取り集める とりあつめる | 動詞 收集

取上げ婆 とりあげばば | 名詞 助產士、產婆

取り片付ける とりかたづける | 動詞 收拾、整理

取り放題 とりほうだい | 名詞 隨便拿、儘管拿

取扱高 とりあつかいだか | 名詞 營業額

取扱時間 とりあつかいじかん | 名詞 受理時間

取扱人 とりあつかいにん | 名詞 經辦人

意義
國家

常見發音
こく／くに

国の紋章 くにのもんしょう | 名詞 國徽

正誤漢字 国 ○ 國 ×

例句 **日本(にほん)では菊(きく)が国(くに)の紋章(もんしょう)だ。**
在日本菊花是國徽。

国手 こくしゅ | 名詞 名醫、醫師

例句 **彼(かれ)は国手(こくしゅ)と呼(よ)ばれる外科医(げかい)だ。**
他是一個被大家認同為名醫的外科醫生。

国文学 こくぶんがく | 名詞 日本文學

例句 **彼女(かのじょ)は大学(だいがく)の国文学部(こくぶんがくぶ)に入(はい)った。**
她進入(日本)大學的中文系就讀。

国外追放 こくがいついほう | 名詞 驅逐出境

例句 **違法滞在(いほうたいざい)の外国人(がいこくじん)は国外追放(こくがいついほう)となった。**
違法滯留的外國人被強制驅逐出境。

国訛 くになまり | 名詞 方言；鄉土腔

例句 **彼女(かのじょ)はあわてるとお国訛(くになまり)が飛(と)び出(だ)す。**
她一急就說出方言。

国連総会 こくれんそうかい | 名詞 聯合國大會

国民皆学制 こくみんかいがくせい | 名詞 普及教育制

国防色 こくぼうしょく | 名詞 枯草色；卡其色

国務長官 こくむちょうかん | 名詞 國務卿

国勢調査 こくせいちょうさ | 名詞 人口普查

国内為替 こくないかわせ | 名詞 國內匯兌

国民保健体操（こくみんほけんたいそう）

廣播體操

暑假期間（夏休(なつやす)み），有很多日本小朋友會在公園配合收音機的音樂做體操，體操結束後，孩子們會拿出（差(さ)し出(だ)す）卡片（カード）請老師蓋章（スタンプを押(お)す），這種體操就稱為「收音機體操」，是日本為了促進國民健康在1928年所制訂的措施。

意義

學習；學習者；學習的場所；學問

常見發音

がく／まな

学ぶ まなぶ | 動詞 學習、學

正誤漢字　学○　學×

例句　**日本はかつて中国に文化を学んだ。**
日本曾經向中國學習文化。

入学式（にゅうがくしき）

開學典禮

日本的**入學典禮**（入学式）是在每年的**四月**（四月）舉行。所以一到四月，就可以看到**精神奕奕的**（元気な）新生**背**（背負う）著書包，站在開滿**櫻花**（桜）的校門前，伴隨著「恭喜入學」等祝詞準備參加入學典禮。

学長 がくちょう | 名詞 指大學的校長

例句　**入学式以来卒業まで学長を見なかった。**
從開學典禮到畢業典禮沒看過校長。

学則 がくそく | 名詞 校規

例句　**学則は頭髪規制が厳しい。**
學校規定的髮禁很嚴。

学校給食 がっこうきゅうしょく | 名詞 學校午餐

例句　**学校給食は安くておいしくて栄養がある。**
學校午餐便宜好吃又營養。

学級担任 がっきゅうたんにん | 名詞 班主任

例句　**私たちの学級担任は若い女性だ。**
我們的導師是年輕女老師。

学生割引 がくせいわりびき | 名詞 學生特惠折扣

例句　**学生割引で特別鑑賞券を買った。**
我以學生票價買了特別優惠票。

意義

交通工具；象棋棋子之一

常見發音

しゃ／くるま

車引き くるまひき｜名詞 拉車；人力車夫

例句 **以前(いぜん)の車引(くるまひ)きは今(いま)のタクシーに当(あ)たる。**
以前的人力車伕等於是現在的計程車。

車代 くるまだい｜名詞 車費

例句 **歩(ある)いて車代(くるまだい)を節約(せつやく)する。**
我用走的節省車資。

電車(でんしゃ)

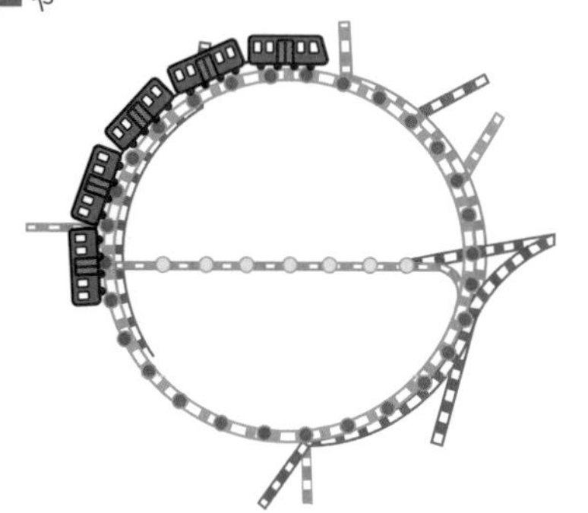

電車

日本國內有一種電車不以上行（上(のぼ)り）和下行（下(くだ)り）來區分電車的行駛方向，最有名的即為山手線（山手線(やまのてせん)）。「山手線」呈環狀（円形(えんけい)）行駛，如果一直乘坐沿途都不下車，就會回到搭乘的原點，所以「山手線」沒有所謂的起點和終點。

車座 くるまざ｜名詞 圍坐

例句 **一同(いちどう)が車座(くるまざ)になる。**
大家圍坐在一起。

車椅子 くるまいす｜名詞 輪椅

例句 **彼(かれ)は自動車事故(じどうしゃじこ)で車椅子(くるまいす)の生活(せいかつ)になった。**
他出車禍過著坐輪椅的生活。

車線変更 しゃせんへんこう｜名詞 變換車道

正誤漢字　変 ○　變 ×

例句 **トンネル内(ない)では車線変更禁止(しゃせんへんこうきんし)だ。**
隧道裡禁止變換車道。

車輪 しゃりん｜名詞 車輪；盡心竭力

例句 **車輪(しゃりん)は大(おお)きいほうが安定(あんてい)する。**
車子的輪胎越大，行車越穩定。

車窓 しゃそう｜名詞 車窗

例句 **車窓(しゃそう)を開(あ)けて風(かぜ)を受(う)ける。**
開車窗吹風。

車酔い くるまよい｜動詞 暈車

例句 **私(わたし)は車酔(くるまよ)いする。**
我會暈車。

意義
得到；考上

常見發音
じゅ／う

受かる うかる | 動詞 考上、考中

例句 **希望の東大に受かった。**
我如願考上東大。

受付 うけつけ | 名詞 櫃台；報名處；掛號處

例句 **受付で参加申し込みをする。**
在櫃台報名參加。

受け取り うけとり | 名詞 收、領；收據

例句 **受け取りを相手に渡す。**
把收據遞給對方。

受取人 うけとりにん | 名詞 收款人；受益人

例句 **遺産の受取人は妻だ。**
遺產的受益人是妻子。

受注 じゅちゅう | 動詞 接受訂貨

例句 **受注してから生産する。**
接訂單後生產製作。

受動 じゅどう | 名詞 被動

例句 **受動的回答では外語練習にならない。**
只是被動地回答，是無法練習說外文的。

受話器 じゅわき | 名詞 電話聽筒

例句 **受話器を置いたらおつりが出てきた。**
掛回話筒零錢就掉出來了。

受賞作 じゅしょうさく | 名詞 得獎作品

例句 **受賞作がベストセラーになった。**得獎作品成為暢銷書。

受賞者 じゅしょうしゃ | 名詞 得獎者

例句 **受賞者が台上で感想を述べる。**得獎人在台上發表感言。

受験 じゅけん | 動詞 應考、應試

正誤漢字 験 ○ 驗 ×

例句 **今年大学を受験する。**
今年要考大學。

受験生 じゅけんせい | 名詞 考生

例句 **受験生に「滑る」は禁句だ。**
對考生說「滑倒(失敗)」是禁忌。

受験票 じゅけんひょう | 名詞 准考證

例句 **受験票を忘れたら試験できない。**
忘了帶准考證就不能參加考試。

意義

制定；固定；穩定；規定

常見發音

じょう／てい／さだ

定休日 ていきゅうび | 名詞 公休日

例句 **デパートによって定休日が違います。**

每家百貨公司的公休日不同。

定年 ていねん | 名詞 退休年齡

例句 **以前の定年は６０歳でした。**

以前是六十歲退休。

定年退職 ていねんたいしょく | 動詞 退休

例句 **定年退職した後、再就職する人が多いです。**

很多人退休後再次找工作。

定刻 ていこく | 名詞 定時；準時

例句 **公務員なので定刻に帰れます。**

當公務人員能準時回家。

定食 ていしょく | 名詞 套餐

例句 **とんかつ定食を食べたいです。**

我想吃豬排套餐。

定期券 ていけん | 名詞 定期票

例句 **定期券は乗れば乗るほど得です。**

定期車票是坐越多越划算。

定期昇給 ていきしょうきゅう | 名詞 定期加薪

例句 **公務員は定期昇給があります。**

公務人員有定期加薪。

定期預金 ていきよきん | 名詞 定期存款

例句 **定期預金にすれば利子が高いです。**

存定期存款的話，利息比較高。

定収入 ていしゅうにゅう | 名詞 固定的收入

正誤漢字 **収**○ 收×

例句 **自由業なので定収入がないです。**

身為自由業沒有固定收入。

定日 ていじつ | 名詞 預定日

定期刊行物 ていきかんこうぶつ | 名詞 期刊

定期戦 ていきせん | 名詞 定期比賽

定め無い さだめない | 名詞 變幻無常

居

意義

住所；居住

常見發音

きょ／い

居心地 いごこち | 名詞 心情、感覺

居座る いすわる | 動詞 賴著不走；地位不變動、留任

例句 **彼(かれ)は食事(しょくじ)が済(す)んだのに居座(いすわ)って食堂(しょくどう)を出(で)ない。**
他吃完還坐著不離開餐廳。

居候 いそうろう | 名詞 食客、吃閒飯的

例句 **友人(ゆうじん)の家(いえ)に居候(いそうろう)をしている。**
我在朋友家吃閒飯。

居留守 いるす | 名詞 假稱不在家

例句 **借金取(しゃっきんと)りが来(く)ると居留守(いるす)を使(つか)って逃(に)げている。**
討債者一上門，就假裝不在家。

居眠り いねむり | 名詞 瞌睡、打盹

例句 **会議中(かいぎちゅう)に社長(しゃちょう)が居眠(いねむ)りをしている。**
老闆在開會時打瞌睡。

居酒屋 いざかや | 名詞 工人們聚集的小酒館

例句 **学生(がくせい)が居酒屋(いざかや)でアルバイトをしている。**
學生在居酒屋打工。

居間 いま | 名詞 起居室

例句 **居間(いま)に観葉植物(かんようしょくぶつ)を飾(かざ)る。**
在起居室擺放觀賞植物。

居残る いのこる | 動詞 留下；加班

例句 **学校(がっこう)に居残(いのこ)って宿題(しゅくだい)をやる。**
留在學校寫功課。

鳥居(とりい)

鳥居

「鳥居」所象徵的意義，是住在**俗世**（俗界(ぞっかい)）的人**類**(人間(にんげん))前往**神明**(神(かみ))居住的聖地時必經的分界點。「鳥居」的建材有木材、石頭、**水泥**（コンクリート）等，明治神宮的「大鳥居」就是使用台灣樹齡約1500年的**檜木**(檜(ひのき))所建造的。

意義

場所

常見發音

しょ／ところ

所存 しょぞん | 名詞 想法；意見

例句 **これからもたゆまず努力する所存です。**

今後也要努力不懈。

所持 しょじ | 名詞 攜帶

例句 **大麻の不法所持で逮捕されました。**

因非法持有大麻被逮捕。

所持人 しょじにん | 名詞 持有人

例句 **大麻の所持人に話を聞きます。**

向大麻持有者問話。

所持金 しょじきん | 名詞 身上所帶的錢

例句 **ほとんどカードで払うので所持金は余りありません。**

幾乎都用刷卡付款，沒帶現金。

所持品 しょじひん | 名詞 攜帶品；隨身物品

例句 **所持品の中に窃盗品があった。**

隨身物品中有偷來的東西。

所感 しょかん | 名詞 感想

例句 **新製品の所感を報告する。**

報告新產品的感想。

所詮 しょせん | 副詞 歸根究底；終究

例句 **彼は所詮なりあがりなので品がない。**

他畢竟是個暴發戶沒有品味。

所帯主 しょたいぬし | 名詞 戶主

例句 **戸籍の所帯主の名を確認する。**

確認戶長的名字。

相撲をとる所

舉行相撲的場地

舉行**相撲**（相撲）競賽的場所稱為「土俵」。由於相撲原是為了祭神而進行的**力氣**（力）競技，所以土俵的**大小**（大きさ）與**方位**（方角）擺設等，都有既定的規範。而且**女性**（女性）是禁止進入「土俵」的。

意義

放開；放任

常見發音

ほう／はな

放射 ほうしゃ｜動詞 輻射；放射

例句 **光線銃（こうせんじゅう）からビームを放射（ほうしゃ）した。**

從光線槍發射雷射光。

放校 ほうこう｜名詞 開除學籍

例句 **不祥事（ふしょうじ）により放校処分（ほうこうしょぶん）になった。**

因犯規被學校開除。

放浪 ほうろう｜名詞 流浪

例句 **外国（がいこく）に放浪（ほうろう）の旅（たび）に出（で）た。**

到外國去流浪。

放心 ほうしん｜名詞 無神；精神恍惚

例句 **彼女（かのじょ）はショックで放心状態（ほうしんじょうたい）になった。**

她受到打擊，整個人精神恍惚。

放送スタジオ ほうそうスタジオ｜名詞 播音室

例句 **放送（ほうそう）スタジオを見学（けんがく）した。**

去參觀播音室。

放送局 ほうそうきょく｜名詞 電台

例句 **放送局（ほうそうきょく）に抗議（こうぎ）した。**

到電台抗議。

放蕩 ほうとう｜名詞 放蕩

例句 **彼（かれ）は放蕩三昧（ほうとうざんまい）だ。**

他完全放縱自己。

放題 ほうだい｜名詞 隨便；無限制地

例句 **彼女（かのじょ）はやりたい放題（ほうだい）をやっている。**

她為所欲為。

放胆 ほうたん｜名詞 豪放大膽

放言 ほうげん｜名詞 信口開河；說大話

放れ馬 はなれうま｜名詞 脫韁之馬

放逐 ほうちく｜名詞 放逐；解雇

放漫 ほうまん｜名詞 散漫；隨便

意義
明亮的；事情明朗；光線

常見發音
みょう／め／あ／あか／あき

明かり あかり | 名詞 光亮；燈

例句 **暗(くら)くなり明(あ)かりがつき始(はじ)めた。**
天黑後開始亮燈。

明けっ広げ あけっぴろげ | 名詞 直率

正誤漢字	広 ○	廣 ×

例句 **彼女(かのじょ)は明(あ)けっ広(ぴろ)げな性格(せいかく)だ。**
她個性很坦率。

明ける あける | 動詞 天亮、天明

例句 **勉強(べんきょう)していたら夜(よる)が明(あ)けた。**
一直讀書天就亮了。

明るい あかるい | い形 明亮的；開朗的

例句 **彼女(かのじょ)は明(あか)るいので好(す)かれている。**
她開朗受人歡迎。

明日 あした | 名詞 明天

例句 **明日(あした)は朝早(あさはや)いので寝(ね)る。**
因為明天要早起，現在要睡了。

明後日 あさって | 名詞 後天

例句 **明後日(あさって)から夏休(なつやす)みだ。**
從後天開始放暑假。

明細 めいさい | 名詞 清單

例句 **経費(けいひ)の明細(めいさい)を報告(ほうこく)する。**
報告經費的明細。

明け暮れる あけくれる | 動詞 經常致力於…

例句 **受験生(じゅけんせい)は勉強(べんきょう)に明(あ)け暮(く)れる。**
考生一天到晚都在讀書。

明答 めいとう | 名詞 明確答覆

明け渡る あけわたる | 動詞 天亮

明かし暮す あかしくらす | 動詞 過日子

物

意義

物品；事務

常見發音

ぶつ／もつ／もの

物影 ものかげ | 名詞 影子；樣子

例句 **怪しい男が物影から見ている。**
有可疑男子從背後偷看。

物覚え ものおぼえ | 名詞 記性

正誤漢字 覚○ 覺×

例句 **年をとると物覚えが悪くなります。**
年記一大記性就不好。

物語 ものがたり | 名詞 傳奇；故事

例句 **民間に伝わる物語を「民話」と言います。**
流傳民間的故事叫做「民話」。

物乞い ものごい | 名詞 乞丐；乞討

例句 **インドは物乞いがすごくたくさんいます。**
印度有很多乞丐。

物差し／物指し ものさし | 名詞 尺；標準；尺度

例句 **人はみな価値観の物差しが違います。**
每人的價值觀念都有不同的標準。

物識り／物知り ものしり | 名詞 學問淵博；見多識廣

例句 **彼は物知りでトリビアをよく知っています。**
他見多識廣，知道很多冷知識。

干物女（ひものおんな）

干物女

這是日本近來的新興詞彙，是指覺得**戀愛**（恋愛）**很麻煩**（面倒），所以完全不想談戀愛的女性。這些女性的共同特徵包括：一回到家就**換穿**（着替える）寬鬆的衣服、在家不穿內衣也**不化妝**（ノーメーク）、頭髮隨便用**橡皮筋**（輪ゴム）束起來等等。

意義

筆直；個性正直；正值…；只有；馬上

常見發音

じき／ちょく／ただ／なお

直ぐ すぐ | 副詞 馬上；立刻

例句 **直ぐ(す)に救急車(きゅうきゅうしゃ)を呼(よ)ぶ。**
馬上叫救護車。

直す なおす | 動詞 訂正；修改

例句 **トイレで化粧(けしょう)を直(なお)す。**
在廁所補妝。

直火 じかび | 名詞 直接用火烤

例句 **肉(にく)を直火(じかび)で焼(や)く。**
直接用火烤肉。

直行便 ちょっこうびん | 名詞 直飛班機

例句 **台湾(たいわん)から中国(ちゅうごく)まで直行便(ちょっこうびん)が出(で)ている。**
從台灣到中國有直航飛機。

直面 ちょくめん | 動詞 面對；面臨

例句 **社会(しゃかい)の現実(げんじつ)に直面(ちょくめん)する。**
面對社會現實。

直送 ちょくそう | 名詞 直接運送

例句 **産地(さんち)直送(ちょくそう)の芋(いも)を食(た)べる。**
吃產地直送的洋芋。

直訴 じきそ | 動詞 越級報告

例句 **社長(しゃちょう)に直訴(じきそ)した。**
直接和老闆越級報告。

直営店 ちょくえいてん | 名詞 直營門市

正誤漢字	営○	營×

例句 **これは日本(にほん)の直営店(ちょくえいてん)だ。**
這家是日本的直營店。

直心 ひたごころ | 名詞 死心眼；專心一致

直往邁進 ちょくおうまいしん | 名詞 勇往直前

直物 じきもの | 名詞 現貨

直截 ちょくせつ | 名詞 當機立斷；直截了當

直売 ちょくばい | 名詞 直銷

意義

知道；通知；相識

常見發音

ち／し

知らせ しらせ | 名詞 通知、消息；預兆

例句　**虫の知らせがあった。**
我有預感。

知らせる しらせる | 動詞 通知

例句　**社長に計画を知らせた。**
讓社長知道計畫。

知る しる | 動詞 曉得；認識；懂得；體驗

例句　**彼は機械をよく知る。**
他精通機器。

知名 ちめい | 名詞 有名；出名

例句　**彼は知名人だ。**
他是個名人。

知り合う しりあう | 動詞 相識；結識

例句　**合コンで女性と知り合った。**
在聯誼認識女性。

知勇兼備 ちゆうけんび | 名詞 智勇雙全

例句　**関羽は知勇兼備だ。**
關羽智勇雙全。

知能指数 ちのうしすう | 名詞 智商

例句　**知能指数は能力とは一致しない。**
智商跟能力不相等。

知識人 ちしきじん | 名詞 知識份子

例句　**知識人階級は漢詩を習った。**
（日本以前的）知識分子學習漢詩。

知識欲 ちしきよく | 名詞 求知欲

知り人 しりびと | 名詞 相識；熟人

知恵負け ちえまけ | 名詞 聰明反被聰明誤

知恵歯 ちえば | 名詞 智齒

正誤漢字　数 ○　數 ×

空

意義

空洞；空虛；天空

常見發音

くう／あ／から／そら

空威張り からいばり | 名詞 虛張聲勢；外強中乾

例句 **彼は空威張りなので怖くないです。**
他只是虛張聲勢沒什麼可怕。

空室 くうしつ | 名詞 空屋、空房間

例句 **空室を貸します。**
我要出租空房。

空き巣 あきす

闖空門的小偷

「空き巣」是「空き巣狙い」的簡稱，是指趁屋主不在家時**偷偷潛入**（忍び込む）行竊的行為。近來日本闖空門事件逐漸增加，有些竊賊甚至使用**鎖匠**（鍵屋）的專業道具插入**鑰匙孔**（鍵穴），不用破壞門鎖，就能輕易打開**門鎖**（鍵）進入。

空席待ち くうせきまち | 名詞 等候補

例句 **予約がいっぱいなので空席待ちです。**
現在預約額滿要等候補。

空港 くうこう | 名詞 機場

例句 **空港から出発する飛行機を眺めるのは気持ちいいです。**
從飛機場看起飛的飛機很舒服。

空腹 くうふく | 名詞 空腹；空肚子

例句 **空腹の時には血糖値が下がります。**
空腹時，血糖指數會下降。

空気入れ くうきいれ | 名詞 打氣筒

正誤漢字 気○ 氣×

例句 **自転車のある家には必ず空気入れがあります。**
有腳踏車的家庭一定有打氣筒。

空泣き そらなき | 名詞 假哭

空席 くうせき | 名詞 空座位；空缺

意義

表面；表象；表格；顯現；稱呼母親的親戚

常見發音

ひょう／あらわ／おもて

表札 ひょうさつ | 名詞 門牌

例句 **表札には家長の名前を書く。**
在門牌寫戶長的名字。

表示価格 ひょうじかかく | 名詞 標價

例句 **表示価格には消費税が含まれている。**
商品標價內含消費稅。

表門 おもてもん | 名詞 正門；前門

例句 **表門は4時に閉まる。**
正門四點關閉。

表看板 おもてかんばん | 名詞 招牌；幌子

例句 **福沢諭吉は学問を表看板にしていた。**
福澤諭吉以學問為標榜。

表音 ひょうおん | 名詞 注音；標音

例句 **漢字以外は世界中が表音文字を使っている。**
除了漢字，全世界用的都是表音文字。

表紙 ひょうし | 名詞 封面，封皮

表通り おもてどおり | 名詞 主要街道；大馬路

例句 **表通りは人通りが多い。**
馬路上人來人往。

表彰台 ひょうしょうだい | 名詞 領獎台

例句 **金メダルの表彰台にあがった。**
（她）站上金牌的領獎台。

表彰式 ひょうしょうしき | 名詞 頒獎儀式

例句 **表彰式で国歌を演奏する。**
在頒獎典禮上演奏國歌。

表彰状 ひょうしょうじょう | 名詞 獎狀

正誤漢字 **状** ○ 狀 ×

例句 **表彰状を額に飾る。**
獎狀裱框。

表敬訪問 ひょうけいほうもん | 名詞 禮貌性拜訪

表題／標題 ひょうだい | 名詞 書名；標題；題目

表装 ひょうそう | 名詞 裱褙

意義

長度；高度；長的；優秀的；年紀大的；成長

常見發音

ちょう／なが

長ったらしい ながったらしい | い形 冗長

例句 **校長の話は、中身もないのに長ったらしい。**
校長說話沒有內容倒是很冗長。

長欠 ちょうけつ | 動詞 長期缺席；請長假

例句 **彼女は入院で長欠している。**
她因為住院，所以請長假。

長所 ちょうしょ | 名詞 優點；長處

例句 **長所を褒めて伸ばす。**
稱讚優點培育人才。

長物 ちょうぶつ | 名詞 無用之物；長的東西

例句 **ペーパードライバーなので車は無用の長物だ。**
因為空有牌照，車子一點用也沒有。

長者 ちょうじゃ | 名詞 有錢人、富翁

例句 **彼は長者番付に名を連ねた。**
他上了富翁排行榜。

長旅 ながたび | 動詞 長途旅行

例句 **三蔵法師はインドまで長旅した。**
唐三藏長途跋涉到印度。

長距離バス ちょうきょりバス | 名詞 長途巴士

例句 **長距離バスで帰省した。**
坐長途巴士回故鄉。

長っ尻 ながっちり | 名詞 久坐

長円形 ちょうえんけい | 名詞 橢圓形

長居客 ながいきゃく | 名詞 賴著不走的客人

長長しい ながながしい | い形 指時間很長；漫長

長病み ながやみ | 名詞 久病；老毛病

長逝 ちょうせい | 名詞 去世

意義

金屬總稱；黃金；金錢；金黃色的；像黃金堅硬的；像黃金漂亮的；金星；含黃金的單位

常見發音

きん／こん／かな／かね

金玉 きんたま｜名詞 睪丸

例句 **中国料理には鶏の金玉がある。**
中國菜裡有道雞睪丸。

金利 きんり｜名詞 利息；利率

例句 **サラ金の金利は高い。**
地下錢莊的利息高。

金持ち かねもち｜名詞 有錢人

例句 **金持ちになるほど、人はけちになる。**
人越有錢，就變得越小氣。

金看板 きんかんばん｜名詞 金字招牌

例句 **彼は横綱の金看板を背負っている。**
他擁有橫綱的金字招牌。

金時計 きんどけい｜名詞 金錶

例句 **成金は金時計をしたがる。**
暴發戶喜歡帶金錶。

金遣い かねづかい｜名詞 花錢的方式；浪費金錢（的人）

例句 **彼は金遣いが荒い。**
他亂花錢。

金儲け かねもうけ｜名詞 獲利；賺錢

例句 **金儲けにはアイディアが必要だ。**
想賺錢要有創意。

金曜日 きんようび｜名詞 星期五

例句 **週休二日制では金曜日の夜から暇になる。**
周休二日制度從禮拜五晚上開始有空。

金入れ かねいれ｜名詞 錢包；金庫

金平糖 こんぺいとう

金平糖

每個日本人幾乎都吃過「金平糖」。金平糖是表面**凹凸不平**（突起），直徑大約1公分的糖果。由**葡萄牙**（ポルトガル）傳教士在1550年左右**傳入**（伝わる）日本，一開始只在長崎、京都等地流傳製作。不過現在日本各地的**零嘴店**（駄菓子屋）都可以買到這種糖果。

意義

雨天；雨水；降雨；滋潤

常見發音

う／あま／あめ

雨乞い あまごい | 名詞 求雨；祈雨

例句 **運動会が嫌いなので雨乞いをする。**
我不喜歡運動會，所以就祈求老天下雨。

雨天決行 うてんけっこう | 名詞 風雨無阻

例句 **ラグビーの試合は雨天決行です。**
橄欖球比賽風雨無阻。

蝉時雨（せみしぐれ）

蟬齊聲鳴叫

「蝉時雨」是將夏蟬（蝉）齊聲鳴叫（鳴きたてる）的聲音（声），形容為秋（秋）、冬（冬）交替時節的雨（雨）聲。日本人習慣在詩歌、俳句中使用季節相關的語彙，表達寫作當時的時序，而「蝉時雨」即為夏季語彙之一。

雨合羽 あまがっぱ | 名詞 雨斗篷；雨衣

例句 **遠足の日には雨合羽を持参してください。**
遠足那天請攜帶雨衣。

雨宿り あまやどり | 名詞 避雨

例句 **傘がないのでコンビニで雨宿りする。**
因為沒有雨傘，只好在便利商店躲雨。

雨雲 あまぐも | 名詞 烏雲；俗稱「亂層雲」

例句 **雨雲が増えてきたので降りそうだ。**
烏雲密布快要下雨。

雨漏り あまもり | 名詞 漏雨

例句 **瓦葺の屋根は雨漏りがする。**
瓦片屋頂會漏雨。

雨曇り あまぐもり | 名詞 欲雨的陰天；陰暗的天空

例句 **今日は雨曇りの天気だから傘を持っていく。**
今天是陰雨天，要帶傘。

雨下 うか | 名詞 下雨

雨支度 あまじたく | 名詞 準備雨具

意義

平和狀態；混合一起；溫和的；數字加總

常見發音

お／わ／なご／やわ

和らぐ やわらぐ | 動詞 緩和；平靜下來

例句 **女性がいると場が和らぐ。**
有女性在，氣氛溫和。

和え物 あえもの | 名詞 涼拌菜

例句 **懐石料理は和え物が多い。**
懷石料理有很多涼拌菜。

和牛 わぎゅう | 名詞 日本牛

例句 **和牛は値段が高い。**
和牛價錢貴。

和式 わしき | 名詞 日本式

例句 **和式便所は年年少なくなっている。**
和式（蹲式）馬桶逐年減少。

和室 わしつ | 名詞 日式房間

例句 **旅館は和室の部屋のほうがくつろげる。**
和式的旅館房間比較能放鬆。

和風 わふう | 名詞 日本式；和風、溫暖的春風

例句 **和風カレーも洋風カレーもそれぞれおいしい。**
日式咖哩跟西式咖哩，都好吃。

和食 わしょく | 名詞 日式料理

例句 **和食はコレステロールが低い。**
日本料理膽固醇低。

和菓子 わがし | 名詞 日式點心

例句 **和菓子のほとんどは餡を使う。**
和菓子幾乎都用豆沙餡。

和字 わじ | 名詞 日文假名；日本造的漢字

和風建築 わふうけんちく | 名詞 日式建築

平和のシンボル

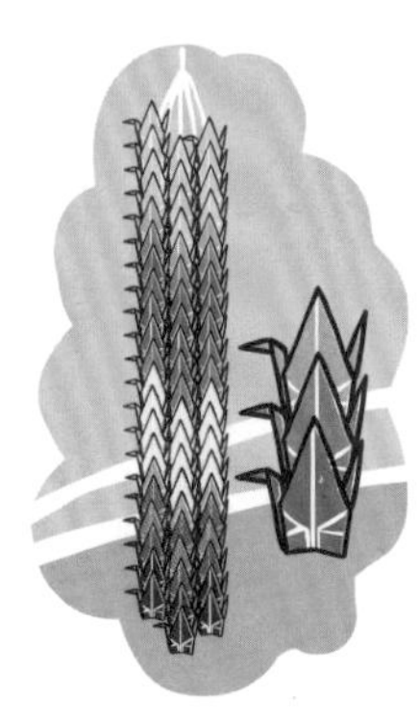

和平的象徵

在日本，**鶴**（鶴）是**吉祥的**（めでたい）象徵。日本人會折好**一千隻**（千羽）**紙鶴**（紙の鶴）用**線**（糸）串起**送給**（贈る）病人，表示祝對方早日康復。後來為了替廣島**原子彈爆炸**（原爆）受害的少女祈福，民眾送紙鶴到廣島和平紀念公園，千紙鶴也成了和平的象徵。

意義

自己；自然；從…

常見發音

し／じ／みずか

自ら みずから | 名詞 親自；自己

例句 **彼は自ら十段位を名乗っている。**
他自稱有十段位的能力。

自己流 じこりゅう | 名詞 自己獨特的做法；無師自通

例句 **所詮は自己流なので変な癖がついている。**
畢竟是自己學的，動作很怪。

自己紹介 じこしょうかい | 名詞 自我介紹

例句 **ハルヒの自己紹介にみんな唖然とした。**
對於春日的自我介紹，大家都鴉雀無聲。

自失 じしつ | 動詞 失魂落魄

例句 **まさかの敗北に茫然自失した。**
意想不到居然輸了，變得失魂落魄。

自由形 じゆうがた | 名詞 游泳的自由式

自慢料理 じまんりょうり | 名詞 拿手菜

自前持ち じまえもち | 名詞 費用自己負擔

自決 じけつ | 動詞 自己決定；辭職；自殺

例句 **西郷隆盛は自決した。**
西鄉隆盛自殺身亡。

自動車 じどうしゃ | 名詞 汽車

例句 **自動車産業は今不景気だ。**
汽車產業現在不景氣。

自業自得 じごうじとく | 名詞 自食其果

例句 **あれだけ不摂生なら病気をしても自業自得だ。**
如果不注重身體健康，生病也是自食惡果。

自腹 じばら | 名詞 自掏腰包

例句 **ギャル曽根は自腹を切っておやつを買う。**
辣妹曾根自掏腰包去買零嘴。

自画自賛 じがじさん | 動詞 自賣自誇；自吹自擂

正誤漢字 **賛** ○ 賛 ×

例句 **ハルヒは自作映画を自画自賛した。**
春日自我吹噓自己拍電影。

意義

顏色；情慾；表現於外的樣貌

常見發音

しき／しょく／いろ

色付け いろづけ｜動詞 著色；染色

例句 **水彩(すいさい)で色付(いろづ)けする。**
用水彩上色。

色仕掛け いろじかけ｜名詞 美人計

例句 **呂布(りょふ)は色仕掛(いろじか)けにやられた。**
呂布敗在美人計。

色白 いろじろ｜名詞 皮膚白

例句 **彼(かれ)は色白(いろじろ)のイケ面(めん)だ。**
他是皮膚白的帥哥。

色目 いろめ｜名詞 眼色；秋波；調逗

例句 **女(おんな)は金持(かねも)ちに色目(いろめ)を使(つか)う。**
女人色誘有錢人。

色狂い いろきちがい｜名詞 好色者；色情狂

例句 **西門慶(せいもんけい)は色狂(いろきちが)いだ。**
西門慶是個好色之徒。

色刷 いろずり｜動詞 彩色印刷

例句 **小冊子(しょうさっし)を色刷(いろず)りします。**
手冊印成彩色的。

色眼鏡 いろめがね｜名詞 有色眼鏡；偏見；成見

例句 **人(ひと)を色眼鏡(いろめがね)で見(み)てはいけません。**
不要用先入為主的觀念看人。

色落ち いろおち｜動詞 掉色

例句 **このシャツは洗(あら)うと色落(いろお)ちします。**
這襯衫洗了會褪色。

色柄 いろがら｜名詞 花樣；花紋

色抜き いろぬき｜名詞 脫色；漂白

正誤漢字	抜 ○	拔 ×

色悪 いろあく｜名詞 反派小生

色女 いろおんな｜名詞 美女；情人；情婦

色消し いろけし｜名詞 掃興；殺風景

色焼け いろやけ｜名詞 曬黑；褪色

意義

血液；血縁；流血

常見發音

けつ／ち

血塗ろ ちみどろ｜名詞 沾滿鮮血；拼命

例句 **人類の歴史は血塗ろの歴史だ。**
人類的歷史充滿鮮血。

血の繋がり ちのつながり｜名詞 血緣關係

正誤漢字	繋 ○	繫 ×

例句 **夫婦に血の繋がりはない。**
夫妻間沒有血緣關係。

血相 けっそう｜名詞 表情；神色

例句 **隣の人は血相を変えて「曾参は人を殺した」と言った。**
鄰居臉色發青地說曾參殺人了。

血迷う ちまよう｜動詞 發瘋；糊塗一時

例句 **社長は血迷って判断を誤った。**
老闆一時糊塗、判斷錯誤。

血液型 けつえきがた｜名詞 血型

例句 **血液型占いを多くの人は信じる。**
很多人相信血型算命。

血液検査 けつえきけんさ｜名詞 驗血

例句 **血液検査の結果は良好だった。**
抽血檢查的結果良好。

血痕 けっこん｜名詞 血跡

例句 **凶器には血痕が付着していた。**
兇器上面沾到血跡。

血腥い ちなまぐさい｜名詞 血腥的；殘酷的

例句 **血腥いスプラッター映画は嫌いだ。**
我不喜歡血腥的殘酷電影。

血路 けつろ｜名詞 血路；生路；引申為克服困難的道路

例句 **趙雲は大軍相手に血路を開いた。**
趙雲在千軍萬馬中殺出一條生路。

血達磨 ちだるま｜名詞 渾身是血；血人

例句 **ブッチャーは凶器攻撃で血達磨になった。**
劊子手（著名職摔選手）遭到凶器攻擊混身是血。

血の道 ちのみち｜名詞 婦女病；血脈

血液銀行 けつえきぎんこう｜名詞 血庫

意義

變化；不可思議的；異於平常的

常見發音

へん／か

変る かわる | 動詞 變化；區別、不同

正誤漢字	変 ○	變 ×

例句 **天才の出現で世界が変る。**
世界因天才而改變。

変り目 かわりめ | 名詞 轉折點、交替時期

例句 **季節の変り目には体調を崩しやすい。**
季節變換時容易生病。

変名 へんめい／へんみょう | 名詞 化名；改名

例句 **名作家が変名で投稿した。**
名作家化名投稿。

変動相場制 へんどうそうばせい | 名詞 浮動匯率制

例句 **変動相場制では外貨価値が毎日変わる。**
浮動匯率制的外匯幣值每天都不同。

変態 へんたい | 名詞 變態

例句 **夏には変態が多く出没する。**
夏天很多變態出沒。

変質者 へんしつしゃ | 名詞 變態的人

例句 **満員電車には変質者が多い。**
客滿電車很多色狼。

変装 へんそう | 動詞 化裝、喬裝

例句 **犯人は変装して群衆にまぎれた。**
犯人喬裝後混進人群中。

変造 へんぞう | 名詞 偽造、竄改內容

変節 へんせつ | 名詞 變節；背叛

季節の変化と制服の移行

季節變化與制服換季

服裝換季的觀念，是起源於日本「平安時代」的皇宮例行公事（宮中行事）。而日本政府自明治時代起，開始規定公務員（役人）、軍人、警察（警察官）的換季時間，現在一般學校或企業會在六月換穿夏季制服（夏服），在十月換穿冬季制服（冬服）。

意義

死亡；死者；處死；沒有生氣的樣子

常見發音

し

死ぬ しぬ | 動詞 死；停止；沒生氣；無用；死棋；出局

例句 **誰でもいつかは死ぬ。**
總有一天每一個人都會死。

死に目 しにめ | 名詞 臨終

例句 **親の死に目に会えない職業もある。**
也有些行業無法替父母送終。

死に果てる しにはてる | 動詞 死亡；絕種

例句 **多くの生物が死に果てた。**
很多生物已經絕種。

死物 しぶつ | 名詞 廢物；沒有生命的東西

例句 **本で得た知識は死物だ。**
從書本得到的知識是死的。

死に物狂い しにものぐるい | 名詞 拼命；豁出生命

例句 **死に物狂いで勉強して司法試験に受かった。**
拼命讀書考上了司法考。

死病 しびょう | 名詞 絕症

例句 **以前ペストは死病だった。**
以前的黑死病是絕症。

死に損う しにそこなう | 動詞 自殺未遂者；老不死的

例句 **飛び降り自殺で死に損って半身不随になった。**
跳樓自殺未遂，變成半身不遂。

死に際 しにぎわ | 名詞 臨終

例句 **死に際に遺言を残す。**
臨終前留遺言。

死闘 しとう | 名詞 拼命戰鬥

正誤漢字 **闘** ○ 鬪 ×

例句 **死闘12ラウンドで判定勝ちした。**
死纏爛打12回合判定獲勝。

死に顔 しにがお | 名詞 遺容

例句 **安らかな死に顔で逝った。**
以安詳的遺容往生。

死に変る しにかわる | 動詞 投胎轉世

死に後れる しにおくれる | 動詞 死後；後事

死に学問 しにがくもん | 名詞 不實用的學識；無用的知識

意義

形狀；物品外型；身體；外觀；地勢；表現

常見發音

ぎょう／けい／かた／かたち

形作る かたちづくる | 動詞 | 構成、形成

例句 **韓国(かんこく)は兎(うさぎ)を形作(かたちづく)っている。**
韓國國土像一隻兔子。

形成外科 けいせいげか | 名詞 | 整型外科

例句 **事務所(じむしょ)の金(かね)でアイドルスターに整形外科(せいけいげか)で美容整形(びようせいけい)させる。**
用公司的錢叫偶像明星到整形外科做美容整形。

雪形（ゆきがた）

高山融雪的形狀

「雪形」是指冰雪融化後，**殘雪**（**積雪**(せきせつ)）堆留在山上看起來像是某種**圖案**（**模様**(もよう)）的樣子。據說，以前的日本人認為出現兔子（ウサギ）的圖案，就是**播種**（**種**(たね)まき）的季節，出現**鳥**（**鳥**(とり)）的圖案則為**插秧**（**田植**(たう)え）的季節，所以農人會將「雪形」當作參考指標。

形見 かたみ | 名詞 | 遺物

例句 **親(おや)の形見(かたみ)を大切(たいせつ)にする。**
珍惜父母的遺物。

形相 ぎょうそう／けいそう | 名詞 | 長相

部長(ぶちょう)は鬼(おに)の形相(ぎょうそう)で激怒(げきど)した。
部長像魔鬼一樣大發雷霆。

形振り なりふり | 名詞 | 服裝；外表

例句 **彼(かれ)は形振(なりふ)り構(かま)わず好(す)きな女性(じょせい)を追(お)いかけた。**
他不計形象追喜歡的女性。

形無し かたなし | 名詞 | 糟蹋；丟臉；白費

例句 **柔道(じゅうどう)で女性(じょせい)に投(な)げられて形無(かたな)しだ。**
被女人用柔道摔真丟人。

形勢 けいせい | 名詞 | 局勢

例句 **司馬仲達(しばちゅうたつ)が耐(た)え抜(ぬ)いたので形勢(けいせい)が逆転(ぎゃくてん)した。**
司馬懿忍耐到底局勢逆轉。

形骸 けいがい | 名詞 | 肉體

例句 **形骸化(けいがいか)した礼儀(れいぎ)には意味(いみ)がない。**
形式化的禮節沒什麼意義。

形代 かたしろ | 名詞 | 代替品

意義

年老的；有經驗的；老人

常見發音

ろう／お／ふ

老人ホーム ろうじんホーム ｜ 名詞 養老院

例句　**老人ホームで養老する。**
在老人院養老。

老人病 ろうじんびょう ｜ 名詞 老年病

例句　**骨粗鬆症は老人病だ。**
骨質疏鬆症是老人病。

老大国 ろうたいこく ｜ 名詞 衰弱的大國；歷史悠久的國家

正誤漢字　国 ○　國 ×

例句　**中国は東方老大国だ。**
中國是歷史悠久的國家。

老化防止 ろうかぼうし ｜ 名詞 防老化

例句　**運動である程度の老化防止はできる。**
運動能防止某種程度的老化。

老体 ろうたい ｜ 名詞 衰老的身體；老人

例句　**馬場は老体でもがんばる。**
馬場年老後還繼續加油。

老後 ろうご ｜ 名詞 晚年

例句　**老後の蓄えを作る。**
要存養老金。

老若男女 ろうにゃくなんにょ ｜ 名詞 男女老少

例句　**太極拳は老若男女ができる。**
太極拳男女老少都能打。

老舗／老鋪 しにせ ｜ 名詞 老店

例句　**吉野家は百年続く老舗だ。**
吉野家是百年老店。

老骨 ろうこつ ｜ 名詞 老翁；老骨頭

例句　**老骨に鞭を打って仕事をする。**
顧不得年邁身軀還是繼續工作。

老婆心 ろうばしん ｜ 名詞 苦口婆心

例句　**親は老婆心から小言を言う。**
父母苦口婆心地教訓孩子。

老い先 おいさき ｜ 名詞 餘生

例句　**もう老い先も長くない。**
老人未來的日子不多了。

老眼鏡 ろうがんきょう ｜ 名詞 老花眼鏡

例句　**老眼鏡がないと新聞が読めない。**
沒有老花眼鏡，就看不清楚報紙的字。

意義

距離近的；附近的；相似的

常見發音

きん／ちか

近い ちかい | 名詞 距離近；不久；血緣近；近視；頻尿

例句　**彼女(かのじょ)は近(ちか)い。**
她頻尿。

例句　**近(ちか)い将来(しょうらい)、この計画(けいかく)は必(かなら)ず実現(じつげん)します。**
在不久的將來，這項計畫一定能實現。

近目 ちかめ | 名詞 近視眼；淺見

例句　**近目(ちかめ)なのでよく目(め)を細(ほそ)める。**
因為是近視常常瞇眼睛。

近回り ちかまわり | 名詞 走近路；附近

例句　**この路地(ろじ)が近回(ちかまわ)りだ。**
這巷子能抄近路。

近所 きんじょ | 名詞 附近；近鄰

例句　**彼女(かのじょ)は近所(きんじょ)で評判(ひょうばん)の美人(びじん)だ。**
她是附近有名的美女。

近所迷惑 きんじょめいわく | 名詞 妨礙鄰居

例句　**テレビの音(おと)が大(おお)きすぎて近所迷惑(きんじょめいわく)だ。**
電視聲音太大妨礙鄰居。

近寄る ちかよる | 動詞 靠近；接近

例句　**彼女(かのじょ)は犬(いぬ)が近寄(ちかよ)ると怖(こわ)がる。**
她怕狗靠近。

近道 ちかみち | 名詞 近路；捷徑

例句　**短時間集中(たんじかんしゅうちゅう)の練習(れんしゅう)が近道(ちかみち)だ。**
短時間集中練習才是學習的捷徑。

近刊 きんかん | 名詞 近期出版

近因 きんいん | 名詞 近因；直接原因

近作 きんさく | 名詞 最近作品

近情／近状 きんじょう | 名詞 近況

近傍 きんぼう | 名詞 旁邊；附近

意義

賣出

常見發音

ばい／う

売れる うれる | 動詞 好賣；有名氣；結婚、嫁出去

正誤漢字	売○	賣×

例句 **この歌手(かしゅ)は売(う)れると思(おも)います。**
我想這歌手一定會紅。

売り切れる うりきれる | 動詞 賣完

例句 **コンサートのチケットはすぐ売(う)り切(き)れました。**
演唱會的票很快就賣光了。

売り惜しみ うりおしみ | 動詞 捨不得賣

例句 **まだ上(あ)がる株(かぶ)だと思(おも)って、売(う)り惜(お)しみしています。**
以為這股票還會漲，所以就捨不得賣。

売れっ子 うれっこ | 名詞 名妓；紅人

例句 **彼女(かのじょ)はあっという間(ま)に売(う)れっ子(こ)になりました。**
她在轉眼間爆紅成為名人。

売れ行き うれゆき | 名詞 行銷；銷路

例句 **商品(しょうひん)の売(う)れ行(ゆ)きが伸(の)びません。**
商品的銷售不好。

売人 ばいにん | 名詞 商人；售貨員

例句 **彼(かれ)はシャブの売人(ばいにん)です。**
他是賣毒品的。

売上高 うりあげだか | 名詞 銷售金額

例句 **あゆのＣＤの売上高(うりあげだか)は１億(おく)を超(こ)えました。**
小步的CD銷額超過一億。

売店 ばいてん | 名詞 設在車站、學校的販賣部

例句 **駅(えき)の売店(ばいてん)は「キオスク」とも言(い)います。**
車站的販賣部叫做「キオスク」。

売名 ばいめい | 名詞 沽名釣譽

売る うる | 動詞 賣；出名；出賣；挑逗

売家 うりいえ | 名詞 出售的房屋

意義

勇猛；戰爭；武士、兵器

常見發音

ぶ／む

武人 ぶじん | 名詞 軍人

例句 **柳生(やぎゅう)は有名(ゆうめい)な武人(ぶじん)の一家(いっか)だ。**
柳生是有名的武人世家。

武力 ぶりょく | 名詞 兵力

例句 **武力(ぶりょく)は暴力(ぼうりょく)ではない。**
武力並非是暴力。

武力行使 ぶりょくこうし | 名詞 使用武力

例句 **武力行使(ぶりょくこうし)はあってはならない。**
不該使用武力。

武芸 ぶげい | 名詞 武術

正誤漢字 **芸** ○ 藝 ×

例句 **彼(かれ)は旅(たび)の武芸者(ぶげいしゃ)だ。**
他是旅行的武術家。

武張る ぶばる | 動詞 逞威風

例句 **彼(かれ)は武張(ぶば)ったところがまったくない。**
他完全不擺架子。

武道 ぶどう | 名詞 武士道；武術

例句 **武道(ぶどう)は礼節(れいせつ)を重(おも)んじる。**
武道注重禮儀。

武勲 ぶくん | 名詞 戰績

例句 **武勲(ぶくん)をたたえて賞(しょう)が送(おく)られた。**
頒獎以表揚戰績。

武装蜂起 ぶそうほうき | 名詞 武裝起義

例句 **梁山泊(りょうざんぱく)で武装蜂起(ぶそうほうき)が起(お)こりました。**
在梁山泊武力起義。

武力政変 ぶりょくせいへん | 名詞 武裝政變

武士(ぶし)

武士

「武士」是10世紀到19世紀間，存在於日本的一個社會階級。身穿和服、頭梳髮髻（丁髷(ちょんまげ)）、腰部（腰(こし)）配戴日本刀，是日本標準的武士裝扮。一般是指通曉武術（武芸(ぶげい)）、以戰鬥為職業的軍人。

意義

誹謗；不正確；表示否定

常見發音

ひ

非行少年 ひこうしょうねん | 名詞 不良少年

例句　**非行少年はシンナーを吸います。**
不良少年會吸食強力膠。

非能率 ひのうりつ | 名詞 低效率

例句　**手作業では非能率です。**
手工做沒有效率。

非常ベル ひじょう | 名詞 警鈴

例句　**火事のときに非常ベルを押します。**
火災時按警鈴。

非常口 ひじょうぐち | 名詞 太平門

例句　**非常口から避難します。**
從逃生門逃難。

非常勤 ひじょうきん | 名詞 兼任

例句　**高校の非常勤講師になりました。**
當高中的兼任老師。

非常線 ひじょうせん | 名詞 警戒線

非議／誹議 ひぎ | 名詞 毀謗

例句　**犯人を捕らえる非常線を張った。**
設置禁區線逮捕犯人。

非常識 ひじょうしき | 名詞 沒有常識；不合乎常理

例句　**彼は天才だが非常識だ。**
他是個天才，可是沒有常識。

非情 ひじょう | 名詞 無情；冷酷；木石

例句　**殺し屋は非情が掟だ。**
無情是殺手的戒律。

非運 ひうん | 名詞 不幸

例句　**岳飛は非運の英雄だ。**
岳飛是悲劇英雄。

非衛生 ひえいせい | 名詞 不衛生

例句　**インドには非衛生のイメージがある。**
印度有不衛生的印象。

非役 ひやく | 名詞 被解雇；失業

非違 ひい | 名詞 非法

非理 ひり | 名詞 不合理

意義

搭乘交通工具；趁機會；乘法；計算兵車的語詞

常見發音

じょう／の

乘越し精算所 のりこしせいさんしょ | 名詞 補票處

正誤漢字 乗○ 乘×

例句 乗越し精算所で精算してから改札を出る。

在補票處補票後走出剪票口。

乗り越す のりこす | 動詞 坐過站；克服；超過

例句 乗り越したので清算しないと出られません。

我坐過站必須補票才能出站。

乗り換える のりかえる | 動詞 換乘；調換

例句 新宿でJR線に乗り換える。

在新宿轉搭JR線。

乗り上げる のりあげる | 動詞 船觸礁或擱淺

例句 計画は暗礁に乗り上げた。

計畫要停擺了。

乗物 のりもの | 名詞 交通工具

例句 私は乗物酔いします。

我坐所有交通工具都會暈。

乗降口 じょうこうぐち | 名詞 車門

例句 バスの乗降口には滑り止めがしてある。

公車上下處有止滑（墊）。

乗車券 じょうしゃけん | 名詞 車票

例句 自動販売機で乗車券を買う。

用自動售票機買車票。

乗用車 じょうようしゃ | 名詞 轎車

例句 乗用車に荷物を積んだ。

行李放到車上。

乗車賃 じょうしゃちん | 名詞 車票票價

例句 乗車賃がまた値上がりした。

票價又漲了。

乗合バス のりあいバス | 名詞 公車

乗算 じょうざん | 名詞 乘法

乗船切符 じょうせんきっぷ | 名詞 船票

意義

前面；先前；以前；眼前；前進；稱呼對方

常見發音

せん／まえ

前日 ぜんじつ | 名詞 前一天

例句 **撮影前日になって台本の変更を通知された。**
開拍前一天，才被告知劇本變更。

前兆 ぜんちょう | 名詞 預兆

例句 **白い蛇の夢は幸運の前兆だとされる。**
據說夢見白蛇是好預兆。

紅葉前線（こうようぜんせん）

賞楓地圖

每年9月，日本的紅葉會從北海道往**南**（南）開始逐漸**變色**（色づく）。日本人會將同一個時期可觀賞到紅葉的**地點**（ところ）連成一線，這條線被稱為「紅葉前線」。一到紅葉季節，電視台的天氣預報每天都會**發布**（発表）最新的紅葉前線預測。

前金 まえきん | 名詞 預付款

例句 **学費は前金で払うのが普通だ。**
學費一般是預付。

前々日 ぜんぜんじつ | 名詞 前兩天

例句 **試験の前々日までは勉強する。**
我一直讀書讀到考試前兩天。

前後不覚 ぜんごふかく | 名詞 神志不清

例句 **前後不覚になるほど酔っ払った。**
我醉到不醒人事。

前売り まえうり | 名詞 預售

正誤漢字 **売** ○ 賣 ×

例句 **マイケルのロンドンコンサートの前売り券は完売していた。**
麥可的倫敦演唱會預售票早已賣光。

前歯 まえば | 名詞 門牙；木屐的前齒

例句 **前歯の治療には保険が利かない。**
治療門牙無法使用健保。

前髪 まえがみ | 名詞 瀏海

意義

之後；後方；後代；時間晚的

常見發音

こう／ご／あと／うし／おく／のち

後れ／遅れ おくれ | 名詞 晚、落後；過時

例句 **製品開発でライバル会社に後れを取った。**
產品開發落後競爭對手。

後ろ楯／後ろ盾 うしろだて | 名詞 後盾、靠山

例句 **彼は家の財産を後ろ盾にして遊びまくってる。**
他有家產做靠山而玩瘋。

後片付け あとかたづけ | 名詞 整理、收拾

例句 **晩御飯の後片付けは子供にやらせる。**
餐後收拾叫孩子做。

後目（尻目） しりめ | 名詞 斜眼看

例句 **彼は遊んでる学生を尻目に勉強した。**
他斜眼看著玩耍的同學，然後拼命讀書。

後足 うしろあし | 名詞 後腿

例句 **猫は後足で砂をかけて糞を隠す。**
貓咪用後腳撥沙掩埋糞便。

後ろ姿 うしろすがた | 名詞 背影、後影

例句 **後姿では誰でも美人に見える。**
只看背影誰都像美女。

後ろ暗い うしろぐらい | 名詞 心中有鬼、虧心

例句 **後ろ暗いことをすると人相に現れる。**
做了虧心事會表現在相貌上。

後戻り あともどり | 名詞 返回；倒退

例句 **始まったら後戻りはできない。**
一旦開始就不能回頭。

後払い ごばらい／あとばらい | 動詞 之後付款

例句 **カードで後払いします。**
刷卡之後付款。

後継ぎ／跡継ぎ あとつぎ | 名詞 後代；接班人

正誤漢字 **継** ○ 繼 ×

例句 **彼は息子を跡継ぎにした。**
他把兒子當接班人。

後継 こうけい | 名詞 繼承

後引き あとひき | 名詞 貪吃

後ろ合せ うしろあわせ | 名詞 背靠背；相反、反對

意義

緊握在手；維持；支柱；受歡迎

常見發音

も／じ

(1)

持つ もつ | 動詞 拿；攜帶；持有；懷有、抱有；具有；擔任；負擔

例句 **ここの勘定は部長が持つ。**
這裡的帳由部長付。

持てる もてる | 動詞 有人緣；受歡迎

例句 **彼女は中年に持てる。**
她很受中年男子歡迎。

持ち運ぶ もちはこぶ | 名詞 搬運

例句 **バイオリンをケースに入れて持ち運ぶ。**
把小提琴收到盒子裡搬運。

持ち株 もちかぶ | 名詞 持有的股票

例句 **持ち株が急降下した。**
我的股票暴跌。

持ち堪える もちこたえる | 動詞 堅持、維持

例句 **スタンドまでガソリンが持ち堪えない。**
（剩下的）汽油無法撐到加油站。

持ち合せる もちあわせる | 動詞 現有、現存

例句 **持ち合せがないので現金を引き出す。**
手邊沒有存款可以提領現金。

持ち込む もちこむ | 動詞 帶入、攜入、拿進

例句 **ドリアンは機内に持ち込み禁止だ。**
榴槤不能帶進機艙裡。

持ち出す もちだす | 動詞 拿出去；盜竊；提出；開始持有

例句 **国会図書館の本は外に持ち出してはいけない。**
中央圖書館的書本不可帶出去。

持ち上げる もちあげる | 動詞 拿起；舉起

例句 **オランウータンは３００キロのものを軽く持ち上げる。**
紅毛猩猩能輕而易舉地舉起三百公斤的重物。

持場 もちば | 名詞 工作崗位

例句 **各自持場を離れないでください。**
請不要離開各自的工作岡位。

持逃げ もちにげ | 動詞 拐走、攜帶潛逃

例句 **彼は会社の金を持逃げした。**
他捲款潛逃拿走公司的公款。

持ち物 もちもの | 名詞 所有物、攜帶物品

例句 **税関では持ち物を検査する。**

意義

緊握在手；維持；支柱；受歡迎

常見發音

も／じ (2)

在海關檢查行李。

持て成す もてなす | 動詞 接待、對待；款待、招待

例句 **遠くからの来客を持て成す。**
招待遠道而來的客人。

持て余す もてあます | 動詞 無法對付、難以處理

例句 **彼は大きな体を持て余している。**
他對於自己龐大的身軀不知所措。

持ち込み禁止品 もちこみきんしひん | 名詞 禁止帶入物品

例句 **金属製品は持ち込み禁止品だ。**
不能攜帶金屬製品。

持病 じびょう | 名詞 老毛病；壞習慣

例句 **持病に痔を持つ女性は多い。**
很多女性有痔瘡的老毛病。

持屋／持家 もちや | 名詞 家產

持番 もちばん | 名詞 值班

持ち崩す もちくずす | 動詞 墮落、敗壞

持って回る もってまわる | 動詞 繞圈；拐彎抹角

持て扱う もてあつかう | 動詞 處理、安置；難以處理、無法對付

持合の勝負 もちあいのしょうぶ | 名詞 不分勝負

持薬 じやく | 名詞 常吃的藥；隨身備用的藥

意義

海；大湖；聚集很多的樣子；廣大

常見發音

かい／うみ

海の幸 うみのさち | 名詞 海產；海味

例句 **北海道(ほっかいどう)は海(うみ)の幸(さち)がたくさん捕(と)れる。**

北海道可以捕獲很多海產。

海人／海女 あま | 名詞 漁夫

例句 **最近(さいきん)は海女(あま)が少(すく)なくなった。**

最近潛海的女漁夫少了很多。

海(うみ)の日(ひ)

2009 July

S	M	TU	W	TH	F	S
			01	02	03	04
05	06	07	08	09	10	11
12	13	14	15	16	17	18
	20	21	22	23	24	25
	27	28	29	30	31	

海の日

大海之日

日本四面環海，為了感謝大海的恩惠，以及祈求海洋國家能夠國運昌隆，日本將**七月**（七月(しちがつ)）的第三個**星期一**（月曜日(げつようび)）訂為「大海之日」，每年一到這一天，各地的海邊會施放**煙火**（花火(はなび)），或舉辦**現場**（ライブ）演唱會等活動。

海上輸送 かいじょうゆそう | 名詞 海運

例句 **海上輸送(かいじょうゆそう)でオランダの品物(しなもの)を日本(にほん)に輸入(ゆにゅう)した。**

（以前）靠海運進口荷蘭的物品。

海水着 かいすいぎ | 名詞 游泳衣

正誤漢字 **着**○ 著×

例句 **濱口(はまぐち)は海水着(かいすいぎ)で海(うみ)に潜(もぐ)った。**

濱口穿泳衣潛入海裡。

海外出張 かいがいしゅっちょう | 名詞 去國外出差

例句 **海外出張(かいがいしゅっちょう)は楽(たの)しい。**

到國外出差很好玩。

海外居住者 かいがいきょじゅうしゃ | 名詞 僑胞

例句 **当地(とうち)にそのまま根付(ねづ)く海外居住者(かいがいきょじゅうしゃ)も多(おお)い。**

也有許多在當地落地生根的僑胞。

海賊版 かいぞくばん | 名詞 盜版

例句 **以前台湾(いぜんたいわん)には海賊版(かいぞくばん)が溢(あふ)れていた。**

以前在台灣有很多盜版。

流

意義

流動；水流；社會階層；流派；洗器具、身體的地方

常見發音

りゅう／る／なが

流れる ながれる | 動詞 流；沖走；流浪；流產；流當

例句 **二つの山の間を川が流れている。**
兩座山間流著一條河流。

流す ながす | 動詞 使…流動；流傳；停止

例句 **過去の恨みは水に流す。**
過去的悔恨一筆勾銷。

流し素麺（ながしそうめん）

流水涼麵

「流し素麵」是一種讓涼麵藉由水流通過竹子導水管（樋）後，用筷子（箸）夾取，並沾取（つける）醬汁來吃的一種涼麵。日本有很多販賣流水涼麵的店家，市面上也買得到家庭用的流水涼麵器具，可以在家裡（家庭）輕鬆（手軽）享受流水涼麵的樂趣。

流し台 ながしだい | 名詞 流理台

例句 **流し台からゴキブリが出てきた。**
蟑螂從流理台爬出來。

流し目 ながしめ | 名詞 斜視；眉目傳情

例句 **潘金蓮は色っぽい流し目で男を誘った。**
潘金蓮拋媚眼誘惑男人。

流れ者 ながれもの | 名詞 漂流者

例句 **林冲は政府に追われて流れ者となった。**
林沖被政府追逼成為流浪者。

流民 りゅうみん／るみん | 名詞 流浪者；難民

例句 **遊牧民族は流民だ。**
遊牧民族是流民。

流れ作業 ながれさぎょう | 名詞 一貫作業

例句 **流れ作業で自動車を組み立てる。**
汽車組裝一貫化作業。

流行っ子 はやりっこ | 名詞 出名的人

流言 りゅうげん | 名詞 謠言

流涎 りゅうせん | 名詞 流口水

意義
獨自一人；孤獨

常見發音
どく／ひと

独り天下（一人天下） ひとりでんか | 名詞 我行我素；囂張跋扈

例句 **秀吉は一人天下を取った。**（ひでよし ひとりてんか と）
（豐臣）秀吉獨霸天下。

独り立ち ひとりだち | 名詞 獨立

正誤漢字	独 ○	獨 ×

例句 **子供が学校を卒業して独り立ちした。**（こども がっこう そつぎょう ひと だ）
孩子學校畢業而獨立了。

独り言 ひとりごと | 名詞 自言自語

例句 **アリスは独り言を言った。**（ひと ごと い）
愛麗絲自言自語。

独り善がり ひとりよがり | 名詞 獨斷獨行

例句 **彼の表現は独り善がりで客観性がない。**（かれ ひょうげん ひと よ きゃく かんせい）
他的言行舉止很自我、不客觀。

独り舞台 ひとりぶたい | 名詞 一個人表演；最拿手

例句 **三国志後半は孔明の独り舞台だ。**（さんごくし こうはん こうめい ひと ぶたい）
三國演義後半段都是孔明的獨場戲。

独占 どくせん | 動詞 壟斷

例句 **彼女の結婚は話題を独占した。**（かのじょ けっこん わだい どくせん）
她結婚成為話題焦點。

独身 どくしん | 名詞 單身；無配偶（的人）

例句 **独身なのでお金は自由だ。**（どくしん かね じゆう）
單身花錢很自由。

独身寮 どくしんりょう | 名詞 單人宿舍

例句 **会社の独身寮に入っている。**（かいしゃ どくしんりょう はい）
我住在公司宿舍。

独習 どくしゅう | 名詞 自學

例句 **独習で外科医術を学んだ。**（どくしゅう げか いじゅつ まな）
我自己學習外科醫學。

独楽 こま | 名詞 陀螺

例句 **正月には独楽を回す。**（しょうがつ こま まわ）
過年時玩轉陀螺。

独り呑込み ひとりのみこみ | 名詞 自以為是

独り占い ひとりうらない | 名詞 自我占卜

独り決め／独り極め ひとりぎめ | 名詞 自己決定

独り男 ひとりおとこ | 名詞 單身漢

意義

草本植物的總稱；粗糙的；概略的；書體的一種

常見發音

そう／くさ

草分け くさわけ | 名詞 創始人；拓荒者

例句 **エルビス・プレスリーはロックの草分け的存在です。**
貓王是搖滾的先驅。

草切り機 くさきりき | 名詞 割草機

例句 **草切り機で芝生を刈る。**
用割草機割草。

草食系男子 そうしょくけいだんし

草食男

「草食系男子」是指對於女性缺少**強烈的慾望**（強い欲），個性老實**穩重**（おとなしい），宛如草食性動物的男性。目前這類男子相當受歡迎，共同特徵包括對戀愛不積極、不會花錢在**聲色場所**（性風俗）、把戀愛的精力轉移到工作（仕事）或**興趣**（趣味）等。

草刈 くさかり | 名詞 割雜草

例句 **以前は鎌で草刈をした。**
以前是用鐮刀割草

草臥れる くたびれる | 動詞 疲勞；用舊

例句 **草臥れたので少し休む。**
累了就休息一下

草臥儲け くたびれもうけ | 名詞 徒勞

例句 **店まで行ったが閉店で草臥儲けだった。**
我跑去店裡，結果店沒開白跑一趟。

草相撲 くさずもう | 名詞 一般人玩相撲；業餘相撲

例句 **草相撲の横綱になった。**
我變成業餘相撲的橫綱。

草枕 くさまくら | 名詞 露宿

草屋 そうおく | 名詞 草屋；謙稱自己的家

草創 そうそう | 名詞 草創；事物的開始

草画 そうが | 名詞 水墨畫

意義

茶樹；茶葉；茶飲

常見發音

さ／ちゃ

茶代 ちゃだい | 名詞 茶費；小費

例句　**茶代を払います。**
付茶水費。

茶番劇 ちゃばんげき | 名詞 鬧劇；丑劇

例句　**プロレスは台本のある茶番劇です。**
職業摔角算是有劇本的鬧劇。

茶菓子 ちゃがし

茶菓子

「茶菓」是指招待客人的**茶**（お茶）和**點心**（お菓子）。大部分的日式點心都十分**甜膩**（甘ったるい），但是如果一點點的、**一口一口**（一口ずつ）吃，再配合茶的苦味，就能品嘗到日式點心獨有的美味。

茶飯事 さはんじ | 名詞 司空見慣

例句　**マサイ族はライオンに出くわすことも日常茶飯事です。**
馬賽族碰到獅子也司空見慣。

茶碗 ちゃわん | 名詞 茶碗、飯碗

例句　**高い茶碗は数十万もします。**
貴的茶杯也有十幾萬元的。

茶摘み ちゃづみ | 名詞 採茶的人

例句　**笠をかぶって茶摘みをしています。**
戴著斗笠摘茶葉。

茶殻 ちゃがら | 名詞 茶葉渣

正誤漢字	**殻** ○	殼 ×

茶目っ気 ちゃめっけ | 名詞 調皮、淘氣；玩心

例句　**ハルヒは茶目っ気たっぷりです。**
（涼宮）春日充滿玩心。

茶渋 ちゃしぶ | 名詞 茶垢；茶銹

例句　**茶渋はなかなか取れません。**
茶垢很難去除。

意義

寄送；運送

常見發音

そう／おく

送る おくる｜動詞 送；寄、匯；傳遞

例句 **車で駅まで送る。**
開車送到車站。

送り主／贈り主 おくりぬし｜名詞 寄件者

例句 **ラブレターに送り主の名前が書いてない。**
情書上沒寫寄件者的名字。

送り込む おくりこむ｜動詞 送到；帶到

例句 **敵の企業にスパイを送り込んだ。**
安排間諜到競爭對手的公司。

送り先 おくりさき｜名詞 送貨地點

例句 **送り先の住所を書く。**
寫好送貨地址。

送り迎え おくりむかえ｜動詞 迎送；接送

例句 **幼稚園のバスが送り迎えする。**
幼稚園的交通車接送。

送り届ける おくりとどける｜動詞 送達

正誤漢字 屆○ 屆×

例句 **恋人に花を送り届けた。**
寄花給情人。

送迎バス そうげい｜名詞 接送車

例句 **ホテルから送迎バスが出ている。**
飯店有接送車。

送金 そうきん｜動詞 匯款；寄錢

例句 **日本に送金する。**
匯款到日本去。

送金手数料 そうきんてすうりょう｜名詞 匯費

例句 **送金手数料は非常に高い。**
匯費很貴。

送料 そうりょう｜名詞 郵費；運費

例句 **通販で送料は無料だ。**
郵購是免運費的。

送り状 おくりじょう｜名詞 送貨單；托運單

送本 そうほん｜名詞 寄送書籍

送金為替 そうきんかわせ｜名詞 匯兌

送料別途 そうりょうべっと｜名詞 郵費另計

送料着払い そうりょうちゃくばらい｜名詞 貨到付款

意義

追趕；追加

常見發音

つい／お

追う おう | 動詞 追求；遵循；追趕

例句 **刑事は犯人を追った。**
刑警追捕犯人。

追い風 おいかぜ | 名詞 順風

例句 **追い風に煽られてホームランになった。**
趁著順風，打出全壘打。

追い抜く おいぬく | 動詞 超過；勝過

例句 **親の身長を追い抜いた。**
身高超過父母了。

追い求める おいもとめる | 動詞 追求目標、理想

例句 **理想を追い求めて仕事をする。**
追求理想而工作。

追い着く／追い付く おいつく | 動詞 追上；趕上

例句 **先頭の走者に追い着いた。**
趕上最前面的跑者了。

追い散らす おいちらす | 動詞 驅散

例句 **作物にたかるカラスを追い散らす。**
趕走吃農作物的烏鴉。

追い越す おいこす | 動詞 超過

例句 **トンネルで追い越すのは禁止だ。**
在隧道不能超車。

追っ掛け おっかけ | 名詞 隨後；追星族

例句 **彼女はアイドルの追っ掛けをやっている。**
她是崇拜偶像的追星族。

追越禁止 おいこしきんし | 名詞 禁止超車

例句 **この車線は追越禁止だ。**
這條車線代表禁止超車。

追試験 ついしけん | 名詞 補考

正誤漢字 **験** ○ 驗 ×

例句 **及第点未満は追試験だ。**
沒考到及格分數就要補考。

追刷り おいずり | 名詞 加印；增印

追い追い おいおい | 名詞 逐漸地

追伸 ついしん | 名詞 附註

追送 ついそう | 名詞 補送；送行

追註文／追注文 おいちゅうもん | 名詞 追加訂貨

意義

急忙；緊急；坡度陡峭

常見發音

きゅう／いそ

急き立てる せきたてる | 動詞 催促；督促

例句 **保険勧誘員は契約を急き立てた。**
保險推銷員催促簽契約。

急き込む せきこむ | 動詞 著急

例句 **知らせを聞いて急き込んだ。**
聽到消息很著急。

急な坂 きゅうなさか | 名詞 陡坡

例句 **急な坂で息が苦しい。**
爬陡坡呼吸急促。

急上昇 きゅうじょうしょう | 名詞 暴漲

例句 **彼の人気は赤丸急上昇だ。**
他的人氣快速上升。

急用 きゅうよう | 名詞 急事

例句 **急用で早退する。**
有急事先走。

急死 きゅうし | 動詞 猝死

例句 **マイケル・ジャクソンは急死した。**
麥可傑克遜暴斃了。

急行券 きゅうこうけん | 名詞 快車票

正誤漢字 **券** ○ 劵 ×

例句 **急行券は全指定席だ。**
快車票都是劃位的。

急停止 きゅうていし | 動詞 緊急煞車

例句 **いきなり冷水に飛び込むと心臓が急停止する。**
忽然跳進冷水，心臟會停止。

急患 きゅうかん | 名詞 急診病人

例句 **急患なので先に処置する。**
因為是急診病患須優先處理。

急募 きゅうぼ | 動詞 緊急召募、募集

例句 **歯科医の助手を急募する。**
緊急應徵牙醫助手。

急襲 きゅうしゅう | 名詞 突襲

例句 **台風の急襲で農作物が被害にあった。**
颱風來襲，農作物受損。

急告 きゅうこく | 名詞 緊急通知

急火 きゅうか | 名詞 突然起火；附近的火災

急報 きゅうほう | 名詞 緊急報告、通知

意義

思念；戀愛

常見發音

し／おも

思わしい おもわしい | い形 滿意；稱心

例句 **今日は体調が思わしくない。**
今天身體狀況不理想。

思い上がる おもいあがる | 動詞 自大；驕傲

例句 **彼は急に売れて思い上がってしまった。**
他爆紅後自以為是。

思い切る おもいきる | 動詞 放棄；下決心

例句 **思い切って自宅を購入した。**
下定決心購買屬於自己的房子。

思い付き おもいつき | 名詞 隨便想；主意；著想

例句 **何気ない思い付きがヒット商品になった。**
忽然的靈感成為熱門商品。

思い出／想い出 おもいで | 名詞 回憶；紀念

例句 **苦しくても過ぎれば思い出に変わる。**
雖然現在辛苦，但只要時間一過就成為回憶。

思い出す おもいだす | 動詞 想起來；聯想起來

例句 **あの人の名前が思い出せない。**
我想不起那個人的名字。

思い当る おもいあたる | 動詞 想到

正誤漢字 当○ 當×

例句 **特徴を聞けば、思い当る節もある。**
如果聽到特徵描述，也許對這個人有印象。

思い余る おもいあまる | 動詞 不知如何是好；想不開

例句 **思い余って自殺などしてはいけない。**
不要想不開就自殺。

思い描く おもいえがく | 動詞 想像

例句 **心に思い描いた理想を実現する。**
要實現心中的理想。

思い違い おもいちがい | 名詞 誤會

例句 **双方の思い違いが不和の原因となった。**
彼此的誤解成為感情不好的原因。

思い煩う おもいわずらう | 動詞 煩惱

例句 **彼は女性を思い煩っている。**
他很想要有個女人。

春

意義

春季；年輕的時期；男女愛慕；情慾

常見發音

しゅん／は

春一番 はるいちばん | 名詞 初春颳的強南風，表春天將到；初春的暴風雨

例句 **気象庁の発表によると、今日春一番が東京に吹きました。**
根據氣象局發布，今天在東京地區刮起第一道春風。

春休み はるやすみ | 名詞 春假

春 はる

春季

一到春天，日本民眾都滿心期待今年是否能欣賞到**美麗的**（きれい）櫻花，所以一到櫻花**盛開**（咲く）的春季，氣象預報一定會報導**櫻花前線**（桜前線）由南往北移動的動態，那時候日本人最**擔心**（心配する）的，就是下雨或強風把櫻花吹落了。

例句 **もうすぐ春休みです。**
春假快到了。

春先 はるさき | 名詞 早春

例句 **春先には桜が咲きます。**
早春時期櫻花開。

春雨 はるさめ | 名詞 冬粉；粉絲

例句 **彼はマーボ春雨が好きです。**
他喜歡吃麻婆冬粉。（螞蟻上樹）

春節 しゅんせつ | 名詞 春節；過年

例句 **台湾では春節を祝います。**
在台灣慶祝春節。

春巻 はるまき | 名詞 春捲

正誤漢字 **巻** ○ 卷 ×

例句 **春巻は手で食べたほうがおいしいです。**
春捲用手吃比較美味。

春の先駆け はるのさきがけ | 名詞 春天的訊息

春郊 しゅんこう | 名詞 春天的郊外

春着 はるぎ | 名詞 春裝；新年穿的衣服

意義

背後；物體較高的部分；背對；背誦

常見發音

はい／せ／せい／そむ

背ける そむける | 動詞 背過身去

例句 **現実から顔を背けてはいけない。**
不可以逃避現實。

背丈／脊丈 せたけ | 名詞 身高；衣服的身長

例句 **友達と背丈を比べる。**
跟朋友比身高。

背比べ せいくらべ | 名詞 比身高

例句 **友達と背比べをする。**
跟朋友比身高。

背水の陣 はいすいのじん | 名詞 背水之戰；決一死戰

例句 **背水の陣で人は潜在能力を発揮する。**
人在背水一戰時，才能發揮潛能。

背負う せおう | 動詞 背；擔負

例句 **野菜売りのおばあちゃんは重い荷物を背負って歩く。**
賣菜的老婆婆背著重東西走路。

背負い投げ しょいなげ／せおいなげ | 名詞 柔道過肩摔

例句 **背負い投げで一本取った。**
以過肩摔得到一分。

背広 せびろ | 名詞 西裝

例句 **サラリーマンは背広が制服だ。**
上班族是以西裝為制服。

背泳 はいえい／せおよぎ | 名詞 仰泳

背約 はいやく | 名詞 違約

背負い込む しょいこむ | 動詞 負擔

背馳 はいち | 名詞 背道而馳

背戸 せど | 名詞 後門

意義

神明；不可思議的力量；優秀的；心靈

常見發音

しん／じん／かみ／かん／こう

神風 かみかぜ ｜ 名詞 颱風；玩命、拼命博鬥之喻

例句　**モンゴルの来襲(らいしゅう)を神風(かみかぜ)が救(すく)った。**

蒙古來襲時颱風救了日本。

神無月 かんなづき ｜ 名詞 陰曆十月

例句　**神無月(かんなづき)は俗的解釈(ぞくてきかいしゃく)では「出雲(いずも)大社(たいしゃ)に集(あつ)まって神(かみ)がいなくなる月(つき)」です。**

「神無月」一般解釋是當月份眾神到出雲神社，不在本地。

神隠し かみかくし ｜ 名詞 兒童突然失蹤

正誤漢字	隠 ○	隱 ×

例句　**以前(いぜん)は原因不明(げんいんふめい)の失踪事件(しっそうじけん)を「神隠(かみかく)し」と呼(よ)びました。**

以前原因不明的失蹤事件都稱為「神隱」。

神頼み かみだのみ ｜ 名詞 求神保佑

正誤漢字	頼 ○	賴 ×

例句　**苦(くる)しいときの神頼(かみだの)み。**

人在困境時只好求助神明。

神品 しんぴん ｜ 名詞 傑作

神変不思議 しんぺんふしぎ ｜ 名詞 變幻莫測

神掛けて かみかけて ｜ 名詞 向神發誓

神詣で かみもうで ｜ 名詞 參拜神社

神罰 しんばつ ｜ 名詞 天譴

神慮 しんりょ ｜ 名詞 天意；天子的心意

神前式(しんぜんしき)

神社結婚典禮

日本常見的**婚禮**（結婚式(けっこんしき)）形式有神前式、佛前式、**基督教式**（キリスト式(しき)）以及人前式。其中「神前式」是採用日本傳統宗教「神道」的儀式，氣氛**莊嚴肅穆**（厳粛(げんしゅく)かつ荘厳(しょうごん)），且具有日本的**傳統美**（伝統美(でんとうび)）。

意義

出發；發射；發生

常見發音

はつ／ほつ

発する はっする | 動詞 出發；發生；散熱

正誤漢字 発○ 發×

例句 **鳥居(とりい)さんは奇声(きせい)を発(はっ)した。**
鳥居（美雪）發出怪聲。

発注 はっちゅう | 動詞 訂貨；訂購

例句 **会社(かいしゃ)に発注(はっちゅう)する。**
發訂單給公司。

発送 はっそう | 名詞 寄送

例句 **賞品(しょうひん)の当選(とうせん)は発送(はっそう)を以(も)って換(か)える。**
中獎以郵寄實品來代替。

発祥の地 はっしょうのち | 名詞 發源地

例句 **ギリシャはオリンピック発祥(はっしょう)の地(ち)だ。**
希臘是奧運會的發祥地。

発禁 はっきん | 名詞 禁止發行；禁止發售

例句 **水滸伝(すいこでん)は中国(ちゅうごく)で発禁(はっきん)だった。**
水滸傳曾在中國禁售。

発熱 はつねつ | 名詞 發熱；發燒

例句 **風邪(かぜ)で発熱(はつねつ)した。**
感冒發燒。

発売中止 はつばいちゅうし | 名詞 停售

例句 **欠陥(けっかん)が見(み)つかり発売中止(はつばいちゅうし)になった。**
（商品）發現缺陷就停止發售。

発売間近 はつばいまぢか | 名詞 即將銷售

例句 **発売間近(はつばいまぢか)で注文(ちゅうもん)が殺到(さっとう)した。**
產品上市前有很多訂單。

発着 はっちゃく | 名詞 出發和到達

例句 **空港(くうこう)の窓(まど)から飛行機(ひこうき)の発着(はっちゃく)を見送(みおく)る。**
從機場的窗戶看飛機的起降。

発売 はつばい | 名詞 出售

発出 はっしゅつ | 名詞 出現

発赤 ほっせき／はっせき | 名詞 皮膚發紅

発問 はつもん | 名詞 提出問題

意義

美麗的；好吃的；稱讚

常見發音

び／うつく

美しい うつくしい｜い形 美麗；好看；高尚；純潔

例句 **富士山は遠くから見れば美しい。**
富士山遠看很美麗。

美人 びじん｜名詞 美人；美女

例句 **観月は小さいころから美人だった。**
觀月（亞麗莎）從小是個美女。

美人コンテスト びじんコンテスト｜名詞 選美

例句 **美人コンテストの勝者はあらかじめ決まっている。**
選美賽的冠軍是內定的。

美人局 つつもたせ｜名詞 美人計；仙人跳

例句 **呂布は美人局にかかった。**
呂布中了美人計。

美味い うまい｜い形 美味的；可口的；巧妙的

例句 **美味いものは大体体によくない。**
美味精緻的食物通常對身體不好。

美声 びせい｜名詞 悅耳的聲音；美妙聲音

正誤漢字 声○ 聲×

例句 **美声を生かして声優になる。**
利用美妙的聲音當配音員。

美化 びか｜動詞 美化

例句 **偉人の逸話は美化される。**
偉人的軼事都被美化。

美顔 びがん｜名詞 美容；化粧

例句 **美顔のため高い洗顔液を使う。**
為了漂亮的容貌，用昂貴的洗面孔。

美点 びてん｜名詞 長處；優點

美田 びでん｜名詞 肥沃田地

美名 びめい｜名詞 好名聲；好名譽；美名

美禄 びろく｜名詞 高薪；酒

意義

沉重的；尊重；層疊

常見發音

じゅう／ちょう／え／おも／かさ

重たい おもたい｜い形 重、沉；心情沉重

例句 **疲(つか)れて体(からだ)が重(おも)たい。**
太累了身體倦怠。

重み おもみ｜名詞 重量；份量；威信、勢力

例句 **伝統文化(でんとうぶんか)に歴史(れきし)の重(おも)みを感(かん)じる。**
對於傳統文化感到歷史的重要性。

重なる かさなる｜動詞 重疊、重複

例句 **休日(きゅうじつ)と日曜日(にちようび)が重(かさ)なると次(つぎ)の日(ひ)も休(やす)みです。**
如果假日和星期天重疊，隔天也是休假。

重ねる かさねる｜動詞 重疊起來；反覆

例句 **練習(れんしゅう)を重(かさ)ねると習得(しゅうとく)できます。**
重複練習就能學會。

重立つ（主立つ） おもだつ｜動詞 佔重要地位；居首

例句 **主立(おもだ)った観光名所(かんこうめいしょ)はすべて見(み)た。**
主要的觀光名勝都看過了。

重役 じゅうやく｜名詞 董事；重要角色

例句 **午後(ごご)から重役会議(じゅうやくかいぎ)がある。**
下午開始有董事會議。

重役会 じゅうやくかい｜名詞 董事會

正誤漢字 **会**○ 會×

例句 **重役会(じゅうやくかい)で発言(はつげん)する。**
在董事會議上發表言論。

重体／重態 じゅうたい｜名詞 病危

例句 **重態(じゅうたい)なので集中治療室(しゅうちゅうちりょうしつ)にいる。**
因病危在加護病房。

重重しい おもおもしい｜い形 沉重的

例句 **戦争(せんそう)を題材(だいざい)とした映画(えいが)は重重(おもおも)しい。**
以戰爭為題材的電影是很沉重的。

重量オーバー じゅうりょうオーバー｜名詞 超重

例句 **飛行機(ひこうき)の重量(じゅうりょう)オーバーは罰金(ばっきん)を取(と)られる。**
（上）飛機行李超重被罰錢。

重労働 じゅうろうどう｜名詞 粗活

例句 **土木工事(どぼくこうじ)は重労働(じゅうろうどう)だ。**
土木工程是粗重的工作。

重量挙げ じゅうりょうあげ｜名詞 舉重

重言 じゅうげん｜名詞 重說一次

意義

食用；吃的東西；侵蝕；餵食

常見發音

しょく／じき／く／た

食べる たべる | 動詞 吃；生活

例句 **パンダは竹を食べる。**

熊貓吃竹子。

食い上げ くいあげ | 名詞 丟飯碗；無法生活

例句 **会社をクビになったら飯の食い上げだ。**

被公司開除就無法生活。

肉食系女子（にくしょくけいじょし）

肉食女

「肉食系女子」是指戀愛的態度**積極**（積極的），而且勇於**尋找**（探す）自己喜歡對象的女性。這類型的女性多半對每件事都抱持高度興趣，會主動**接近**（アプローチする）喜歡的男性，但是一見到**大男人主義**（亭主関白）的男性就會**火冒三丈**（腹が立つ）。

食い物 くいもの | 名詞 食物；剝削的對象、犧牲品

例句 **彼は部下を食い物にして昇進した。**

他犧牲部下升官。

食い過ぎる くいすぎる | 動詞 吃過多，吃過量

例句 **食い過ぎると動けなくなる。**

吃太飽就動彈不得。

食い道楽 くいどうらく | 名詞 美食家

正誤漢字	楽 ○	樂 ×

例句 **彼は食い道楽なので食費がかかる。**

他喜歡吃美食，很花伙食費。

食中毒 しょくちゅうどく | 名詞 食物中毒

例句 **夏は食中毒に注意しないといけない。**

夏天注意（飲食衛生）不要食物中毒。

食い意地 くいいじ | 名詞 貪吃的欲望

例句 **彼は食い意地が張ってる。**

他很貪吃。

意義

風；風潮；風格；疾病

常見發音

ふ／ふう／かざ／かぜ

風の方向 かぜのほうこう | 名詞 風向

例句 **風の方向が変わった。**
風向轉變了。

風の便り かぜのたより | 名詞 風聞；傳聞

例句 **風の便りに彼女の消息を聞いた。**
有聽說過她的消息。

風邪 かぜ／ふうじゃ | 名詞 感冒

例句 **湯冷めをすると風邪を引く。**
洗澡後著涼就會感冒。

風邪薬 かぜぐすり | 名詞 感冒藥

例句 **風邪薬を飲んで寝る。**
吃感冒藥就睡覺。

風呂 ふろ | 名詞 澡盆

例句 **風呂に入ってさっぱりする。**
洗完澡很舒服。

風呂場 ふろば | 名詞 浴室

例句 **風呂場で滑ると危ない。**
在浴室滑倒很危險。

風前の灯 ふうぜんのともしび | 名詞 短暫的；搖搖欲墜

正誤漢字 **灯**○ 燈×

例句 **すでに九回裏二死、風前の灯だ。**
已經到九局下半場有兩人出局，快輸了。

風変り ふうがわり | 名詞 與眾不同；奇特

例句 **この店の内装は風変りだ。**
這家店的裝潢很特殊。

風通し かぜとおし | 名詞 通風

例句 **窓を開けて風通しをよくする。**
打開窗戶通風。

風船 ふうせん | 名詞 氣球

例句 **風船にガスを入れると浮かぶ。**
氣球灌入瓦斯就會飄起。

風邪心地 かぜごこち | 名詞 有點感冒

風馬牛 ふうばぎゅう | 名詞 互不相干

風説 ふうせつ | 名詞 傳說；謠傳

意義

飛翔；飛快地

常見發音

ひ／と

飛入り とびいり | 名詞 混入；臨時加入

例句 **大食い(おおぐい)大会(たいかい)に飛入り(とびい)で参加(さんか)した。**
臨時參加大胃王比賽。

飛び上がる とびあがる | 動詞 飛起來；跳躍；越級；晉升；飛揚

例句 **いい知(し)らせに飛(と)び上(あ)がって喜(よろこ)んだ。**
得到好消息就欣喜雀躍。

飛び付く とびつく | 動詞 跑過來；搶著做

例句 **犬(いぬ)は飛(と)び付(つ)いてじゃれた。**
狗跑過來撒嬌。

飛込み とびこみ | 動詞
跳水；跳入；突然闖入；捲入

例句 **高台(たかだい)から飛込(とびこ)みした。**
從高台上跳水。

飛び降りる とびおりる | 動詞 跳下

例句 **いすから飛(と)び降(お)りた。**
從椅子跳下去。

飛び乗る とびのる | 動詞 跳上；一躍騎上

例句 **バイクに飛(と)び乗(の)った。**
跳上機車。

飛箱（跳箱） とびばこ | 名詞 跳箱

例句 **跳箱(とびばこ)を跳(と)び越(こ)した。**
跳過跳箱。

飛ぶ とぶ | 動詞 飛行；飄落；傳播；跳；逃跑

例句 **ウルトラマンは空(そら)を飛(と)ぶ。**
鹹蛋超人在天空飛。

飛行場 ひこうじょう | 名詞 機場

例句 **飛行場(ひこうじょう)にタクシーで駆(か)けつける。**
坐計程車到機場。

飛行機酔い ひこうきよい | 動詞 暈機

正誤漢字	酔 ○	醉 ×

例句 **乱気流(らんきりゅう)で飛行機(ひこうき)酔(よ)いした。**
因為亂流我暈機了。

飛び競 とびくら | 名詞 跳遠比賽

飛び台 とびだい | 名詞 跳台

飛報 ひほう | 名詞 緊急通知

飛語／蜚語 ひご | 名詞 流言

意義

秋季；某個時候

常見發音

しゅう／あき

秋日和 あきびより | 名詞 天高氣爽的秋天

例句 **秋日和は天が高く空気が澄んでいる。**
一到秋天就天高氣爽。

秋めく あきめく | 動詞 入秋

例句 **急に空気が涼しく、秋めいてきた。**
忽然氣候變涼像秋天。

秋あき

秋季

日本時序一進入秋天，就會從**潮濕炎熱**（蒸し暑い），轉變為**涼爽**（涼しい）宜人。這時，滿山的樹葉枯萎，逐漸變**紅**（赤）、變**黃**（黄色）、或變成**咖啡色**（茶色）。在這美麗的季節，日本人最喜歡到戶外悠閒散步、**撿拾**（拾う）**楓葉**（紅葉）。

秋空 あきぞら | 名詞 秋天萬里晴空的天空

例句 **女心と秋の空。**
女人心和秋天的天空一樣（易變）。

秋色 しゅうしょく | 名詞 憂色；愁容

秋水 しゅうすい | 名詞 秋水；利刃

秋味 あきあじ | 名詞 鮭魚

秋扇 しゅうせん | 名詞 秋扇，喻雨後送傘

秋落ち あきおち | 名詞
秋收減量；因秋收盛產米價下落

秋蒔き／秋播き あきまき | 名詞 秋種

活

意義

生活；生存；復活

常見發音

かつ／い

活かす（生かす） いかす ｜ 動詞 活命；活用

例句 **日本料理（にほんりょうり）は素材（そざい）の味（あじ）を生（い）かす。**
日本料理是活用食材原有的味道。

活字体 かつじたい ｜ 名詞 印刷體

例句 **活字体（かつじたい）になると説得力（せっとくりょく）が増（ま）す。**
（手稿）變成印刷字，更增加說服力。

帰宅部（きたくぶ）の活動（かつどう）

帰宅部的活動

日本人將一放學就回家或忙著補習，完全不參加（加入（かにゅう））**社團活動**（部活（ぶかつ））的人稱為「帰宅部」。有些人是因為不想參加社團，只想回家看電視、看漫畫。有些人則是認為和社團相較之下，課業比較重要，所以選擇回家**唸書**（勉強（べんきょう）する）。

活気 かっき ｜ 名詞 朝氣

例句 **文化祭（ぶんかさい）の学校（がっこう）は活気付（かっきづ）いている。**
學校文化祭時很有活力。

活け作り いけづくり ｜ 名詞 生魚片

例句 **魚（さかな）を活（い）け作（づく）りにする。**
將魚作成生魚片。

活花（生け花） いけばな ｜ 名詞 插花

例句 **生（い）け花（ばな）の教室（きょうしつ）に通（かよ）っています。**
我現在要去學插花。

活発 かっぱつ ｜ 名詞 活潑

正誤漢字	発 ○	發 ✕

例句 **彼女（かのじょ）は活発（かっぱつ）に動（うご）き回（まわ）る。**
她活潑的跳動。

活動報告 かつどうほうこく ｜ 名詞 工作報告

例句 **部活動（ぶかつどう）の活動報告（かつどうほうこく）をする。**
做社團活動的工作報告。

活計 かっけい ｜ 名詞 謀生

活社会 かっしゃかい ｜ 名詞 現實社會

活眼 かつがん ｜ 名詞 洞察力

意義

海洋；國外；非常廣闊

常見發音

よう

洋本 ようほん | 名詞 西洋書籍

例句 **洋本コーナーはあちらです。**
外文書區在那邊。

洋生 ようなま | 名詞 西式生點心

例句 **洋生はクリームを多く使います。**
西式生菓子使用很多奶油。

洋室 ようしつ

西式房間

「洋室」是指西式的房間。日本家庭的寢室可分為「和式」和「西式」兩種，「西式」會擺設**西式的床鋪（ベッド）**，「和式」則是要睡覺時，在**榻榻米（畳）**房間直接鋪上**墊被（敷き布団）**和**被子（掛け布団）**當床鋪。

洋服 ようふく | 名詞 西服；洋裝

例句 **今の時代は世界中の人が洋服を着ています。**
到了現代，全世界都穿西式服裝。

洋服掛け ようふくかけ | 名詞 衣架

例句 **洋服掛けにコートをかける。**
大衣掛在衣架上。

洋風 ようふう | 名詞 西式

例句 **横浜は洋風建築が多いです。**
橫濱很多西式建築。

洋食 ようしょく | 名詞 日式的西方料理

例句 **若い人は洋食が好きです。**
年輕人喜歡吃西式料理。

洋館 ようかん | 名詞 西式建築物

例句 **長崎は洋館が多いです。**
長崎很多西式建築。

洋品 ようひん | 名詞 西式用品；進口貨

洋灰 ようかい | 名詞 水泥

洋菓子 ようがし | 名詞 西式點心

相

意義

互相；從~到~；看見；輔佐君主的大臣；面貌、形態

常見發音

そう／しょう／あい

相手 あいて | 名詞 對方；敵人

例句 **戦う前に相手の情報を仕入れる。**
作戰前先取得敵方的情資。

相手次第 あいてしだい | 名詞 見機行事

例句 **彼は相手次第で態度を変える。**
他見機行事改變因應態度。

相次ぐ あいつぐ | 動詞 相繼；一個接一個

例句 **親しい人が相次いで他界した。**
親人相繼過世了。

相和する あいわする | 動詞 和睦；調和

例句 **合気道は相和する精神を基本としている。**
合氣道是以和睦精神為基礎。

相持ち あいもち | 名詞 平均分擔

例句 **いつも飲食費は相持ちで割り勘にする。**
餐飲費都是平均分攤。

相場 そうば | 名詞 行情；市價；投機買賣；常例

例句 **最近は株の相場が変動している。**
近來股市動盪。

相談する そうだんする | 動詞 商量

例句 **困ったときは親に相談するのが一番いい。**
苦惱的時候最好和爸媽商量。

相応しい ふさわしい | い形 適合；相稱

正誤漢字 応○ 應×

例句 **「発明王」の称号はエジソンにふさわしい。**
愛迪生堪稱「發明大王」。

相撲（すもう）

相撲

這是中國「水滸傳」裡的相撲場景，也可說是一種「角力運動」。後來相撲流傳到日本，發展成日本獨特的文化，和中國的相撲已大不相同。日本人的生活中也有許多與相撲相關的習慣用語，例如：**勢均力敵**（水入りの大相撲）、**唱獨角戲**（独り相撲をとる）等。

意義

金額、份量；位置高的；地位高的；價值貴的；有名的

常見發音

こう／たか

高い たかい | い形 高；價錢貴；聲音大；數量多

例句 **彼女はいつも態度がお高いです。**

她的態度總是傲慢無比。

高まる たがかまる | 動詞 高漲；提高

例句 **1　9　9　9　年の予言は興奮が高まりました。**

1999年的預言鬧得沸沸揚揚。

三高（さんこう）

三高

「三高」是指身高高（高身長）、學歷高（高学歴）、收入高（高収入）這三個條件，是日本泡沫經濟時期（バブル期）女性選擇結婚對象（相手）的條件。不過現在已經演變成年收入（年収）700萬日圓、能互相理解、能分擔家事及育兒工作等條件。

高利 こうり | 名詞 巨利；高利息

例句 **銀行は高利で貸し、低利で借ります。**

銀行是高利率貸款，低利率存款。

高卒 こうそつ | 名詞 高中畢業生

例句 **高卒でも一流になれる職業はたくさんあります。**

即使是高中畢業，在很多行業也能成為一流。

高所恐怖症 こうしょきょうふしょう | 名詞 懼高症

例句 **スタローンは高所恐怖症なのに吹き替えを使いませんでした。**

史特龍雖然有懼高症，但卻沒用替身。

高校時代 こうこうじだい | 名詞 高中時代

例句 **アイドルスター高校生時代の整形前の写真がネットで出回った。**

網路流傳著偶像明星高中時期沒整形的照片。

高層ビル こうそう | 名詞 高樓大廈

正誤漢字	層 ○　層 ×

例句 **新宿には高層ビルが立ち並んでいる。**

新宿聳立高樓大廈。

帰

意義

回去；歸罪；回歸到原有的地方

常見發音

き／かえ

帰す かえす | 動詞 歸還；回答；回去；重複

例句 **小学校では4時に全校生徒を帰します。**
小學學校下午四點讓全校的學生回家。

帰る かえる | 動詞 復原；回歸原主；回去；回來

例句 **友達と一緒に家に帰ります。**
和朋友一起回家。

帰宅 きたく | 名詞 回家

例句 **私はずっと帰宅部でした。**
我一直都沒參加社團，一放學就立刻回家。

帰京 ききょう | 動詞 回都市（東京）

例句 **田舎に出張して、帰京しました。**
到鄉下出差再回到東京。

帰省 きせい | 名詞 返回故鄉

例句 **お盆のときは帰省ラッシュで電車も高速も込みます。**
盂蘭盆節時期因為返鄉潮，電車和高速公路都非常壅塞。

帰港 きこう | 動詞 返航

例句 **沖縄へ行った船が基隆に帰港しました。**
前往沖繩的船隻返回基隆。

帰国 きこく | 動詞 回國

例句 **アメリカ留学を終えて帰国しました。**
結束美國的留學課程回國。

帰宅部 きたくぶ

不參加社團的學生

「帰宅部」是指無法參加、或沒興趣參加社團活動（クラブ活動）的學生。其中有些人是放學後忙著打工（アルバイト）」、或去補習班（塾），有些則是一放學只想飛奔回家，一邊吃零食（おやつ）一邊看電視劇（テレビドラマ）。

意義

加上；漲潮；差異；減法的答案；劣質

常見發音

さ

差し入れる さしいれる | 動詞 裝進；放進

例句　**残業組におにぎりを差し入れる。**
送飯糰給加班的人們。

差し上げる さしあげる | 動詞 舉起；贈給

例句　**送って差し上げます。**
我送您。

差し当り さしあたり | 名詞 目前、暫時

正誤漢字	当○	當×

差し引きゼロ さしひきゼロ | 名詞 出入相抵；收支平衡

例句　**収入と支出で差し引きゼロだ。**
收入支出相抵剛好是零。

差し引く さしひく | 動詞 扣除

例句　**税金を差し引いて渡す。**
扣除稅金後給錢。

差し支える さしつかえる | 動詞 不方便；妨礙

例句　**ここの駐車は商売に差し支える。**
在這裡停車會妨礙做生意。

差し止める さしとめる | 動詞 禁止；停止

例句　**カードの使用を差し止めた。**
停止用卡。

差し出 さしで | 名詞 越分；多嘴

例句　**差し出がましいようですが彼とは付き合わないほうがいいです。**
算我多嘴，不要跟他交往比較好。

差し向かい さしむかい | 名詞 相對、面對面

例句　**相手と差し向かいに座る。**
跟對方面對面坐。

差し上る／差し昇る さしのぼる | 名詞 太陽升起

差し回し さしまわし | 名詞 派遣、調撥

差し足 さしあし | 名詞 躡著腳走路

例句　**抜き足差し足で家に入る。**
偷偷溜進家裡。

差し押える さしおさえる | 動詞 查封、沒收

例句　**家を差し押えられた。**
房子被查封。

意義

旅行；軍隊的計算單位；並列

常見發音

りょ、たび

旅支度 たびじたく | 名詞 準備旅行

例句 **旅支度(たびじたく)を整(ととの)える。**
作好旅行準備。

旅日記 たびにっき | 名詞 旅行日記；遊記

例句 **旅日記(たびにっき)を綴(つづ)る。**
寫下旅遊日記。

旅用 りょよう | 名詞 旅費

例句 **旅用(りょよう)を貯(た)める。**
儲存旅費。

旅立つ たびだつ | 動詞 出發

例句 **旅立(たびだ)つ人(ひと)を見送(みおく)る。**
替出遊的人送行。

旅行小切手 りょこうこぎって | 名詞 旅行支票

例句 **現金(げんきん)を旅行小切手(りょこうこぎって)に換(か)える。**
現金換成旅行支票。

旅行客 りょこうきゃく | 名詞 旅客

例句 **旅行客(りょこうきゃく)を案内(あんない)する。**
當觀光客的嚮導。

旅行案内 りょこうあんない | 名詞 旅遊導覽

例句 **旅行案内(りょこうあんない)を無料(むりょう)配布(はいふ)する。**
免費發旅遊導覽。

旅券 りょけん | 名詞 護照

例句 **税関(ぜいかん)で旅券(りょけん)を見(み)せる。**
在海關出示護照。

旅券番号 りょけんばんごう | 名詞 護照號碼

正誤漢字 号 ○ 號 ×

例句 **旅券番号(りょけんばんごう)を覚(おぼ)えておく。**
記好護照號碼。

旅興行 たびこうぎょう | 名詞 巡迴演出

例句 **サーカスは旅興行(たびこうぎょう)をする。**
馬戲團巡迴演出。

旅回り たびまわり | 名詞 到處旅行

旅住まい たびずまい | 名詞 旅居

旅役者 たびやくしゃ | 名詞 巡迴演出的藝人

旅烏 たびがらす | 名詞 無固定住處；流浪在外的人

旅稼ぎ たびかせぎ | 名詞 賣藝；外出表演；外出賺錢

意義

坐；住所；星星群集；建築物、山的計算單位

常見發音

ざ／すわ

座る すわる | 動詞 坐；居某種地位

例句 **日本人は畳に座る。**（にほんじん たたみ すわ）
日本人坐在榻榻米上。

座席 ざせき | 名詞 座位；席位

例句 **新学期の座席を決める。**（しんがっき ざせき き）
決定新學期的坐位。

座席表 ざせきひょう | 名詞 坐位表

例句 **座席表を先生に見せる。**（ざせきひょう せんせい み）
給老師看座位表。

座席指定 ざせきしてい | 名詞 對號入座

例句 **新幹線は座席指定制だ。**（しんかんせん ざせきしていせい）
新幹線是劃位制。

座席番号 ざせきばんごう | 名詞 座位號碼

例句 **座席番号を見て座る。**（ざせきばんごう み すわ）
對照號碼就坐。

座敷 ざしき | 名詞 日式房間；招待；應酬

例句 **居酒屋は座敷が気持ちいい。**（いざかや ざしき きも）
在居酒屋坐榻榻米很舒服。

座禅／坐禅 ざぜん | 名詞 坐禪；打坐

正誤漢字 禅○ 禪×

例句 **坐禅を組む。**（ざぜん く）
打坐。

座り所 すわりどころ | 名詞 坐的地方

座持ち ざもち | 名詞 （宴會席上）周旋；應酬

座席券 ざせきけん | 名詞 坐位票

座組み ざぐみ | 名詞 劇組

座礁／坐礁 ざしょう | 名詞 觸礁；擱淺

意義

生病；疾病；缺點；苦惱

常見發音

びょう／へい／やまい／や

病む やむ | 動詞 生病；煩惱；病中、處於病態

例句 **彼女(かのじょ)は暴言(ぼうげん)を気(き)に病(や)んでいる**
她很懊惱說了重話。

病める やめる | 動詞 疼痛、苦惱

例句 **病(や)める社会(しゃかい)を健全(けんぜん)にする。**
要把病態的社會變得健全。

病欠 びょうけつ | 名詞 因病缺席

例句 **今日彼女(きょうかのじょ)は病欠(びょうけつ)だ。**
今天她請病假。

病み付き やみつき | 名詞 得病；沾染惡習；迷上

例句 **彼(かれ)はインターネットに病(や)み付(つ)きになった。**
他沉迷於上網。

病的 びょうてき | 名詞 病態的；不健全

例句 **彼(かれ)は病的(びょうてき)に潔癖症(けっぺきしょう)だ。**
他的潔癖很病態。

病室 びょうしつ | 名詞 病房

例句 **病室(びょうしつ)に菊(きく)はいけない。**
不可在病房裡放菊花。

病弱 びょうじゃく | 名詞 體弱、孱弱

例句 **林黛玉(りんたいぎょく)は病弱(びょうじゃく)だ。**
林黛玉很虛弱。

病院 びょういん | 名詞 醫院

例句 **病院(びょういん)を開業(かいぎょう)した。**
醫院開張了。

病棟 びょうとう | 名詞 （醫院的）病房

例句 **病棟(びょうとう)に幽霊(ゆうれい)が出(で)る。**
病房鬧鬼。

病気 びょうき | 名詞 疾病；老毛病

正誤漢字 気 ○ 氣 ×

例句 **元気(げんき)があれば病気(びょうき)も治(なお)る。**
只要有精神，生病也會好。

病棟回診 びょうとうかいしん | 名詞 （醫生）查房

病原体 びょうげんたい | 名詞 病毒

病勢 びょうせい | 名詞 病情

病弊 びょうへい | 名詞 弊病

病蓐／病褥 びょうじょく | 名詞 病床

病癖 びょうへき | 名詞 壞毛病

意義

每件事都通曉的人；道路；通行；信件的計算單位；暢通；通報；男女交往

常見發音

つ／つう／かよ／とお (1)

通う かよう | 動詞 定期往返；流通

例句 **電車で会社に通う。**（でんしゃ・かいしゃ・かよ）
坐電車通勤。

通じる つうじる | 動詞 通曉；開通；聯繫

例句 **シルクロードは西域に通じる。**（せいいき・つう）
絲路通到西域。

通り とおり | 名詞 馬路；通行；通暢

例句 **天気予報の言った通りによく晴れた。**（てんきよほう・い・とお・は）
像天氣預報所說的是晴天。

通る／徹る とおる | 動詞 實現；行得通；聲音響徹四方

例句 **彼の声はよく通る。**（かれ・こえ・とお）
他的聲音很宏亮。

通り抜ける とおりぬける | 動詞 穿越

正誤漢字 抜○ 拔×

例句 **ここは私道なので通り抜け禁止です。**（しどう・とお・ぬ・きんし）
這裡是私有道路，禁止通行。

通り雨 とおりあめ | 名詞 陣雨

例句 **これは通り雨なのですぐ止む。**（とお・あめ・や）
這是陣雨很快就停。

通り掛かる とおりかかる | 動詞 路過

例句 **通り掛かった人に道を聞く。**（とお・か・ひと・みち・き）
向路人問路。

通行止め つうこうどめ | 名詞 禁止通行

例句 **歩行者天国なので車両通行止めだ。**（ほこうしゃてんごく・しゃりょうつうこうど）
現在是行人徒步區，車輛禁止通行。

通行禁止 つうこうきんし | 名詞 禁止行走

例句 **公園内は自転車通行禁止です。**（こうえんない・じてんしゃつうこうきんし）
公園禁止自行車入內。

通学定期券 つうがくていきけん | 名詞 學生定期車票

例句 **通学定期券は割安です。**（つうがくていきけん・わりやす）
學生用的定期車票更便宜。

通信販売 つうしんはんばい | 名詞 郵購

例句 **通信販売で珍しいものをたくさん買った。**（つうしんはんばい・めずら・か）
郵購買了許多稀有的物品。

意義

每件事都通曉的人；道路；通行；信件的計算單位；暢通；通報；男女交往

常見發音

つ／つう／かよ／とお (2)

通帳 つうちょう | 名詞 帳簿

例句 **火事のときは預金通帳を持って逃げる。**
火災時拿存摺逃跑。

通勤ラッシュ つうきんラッシュ | 名詞 上下班交通尖峰時間

例句 **通勤ラッシュは相当の苦痛だ。**
上下班塞車相當痛苦。

通話料金 つうわりょうきん | 名詞 電話費

例句 **携帯の通話料金は割高だ。**
手機的通話費比較貴。

通話料無料 つうわりょうむりょう | 名詞 免通話費

例句 **スカイプは通話料無料だ。**
SKYPE是免費通話。

通訳 つうやく | 名詞 口譯；譯員

正誤漢字 **訳**○ 譯×

例句 **講演の通訳を雇う。**
雇用演講口譯。

通路 つうろ | 名詞 走廊；通道

例句 **ここは通路なので物を置かないでください。**
這裡是走道，不能放置物品。

通路側 つうろがわ | 名詞 靠走廊

例句 **飛行機は通路側が便利だ。**
坐飛機靠走廊比較方便。

通計 つうけい | 名詞 總計

通信先 つうしんさき | 名詞 通訊處

通い帳 かよいちょう | 名詞 記帳簿

通い路 かよいじ | 名詞 路線

通り合せる とおりあわせる | 動詞 路過

通用口 つうようぐち | 名詞 日常出入的門

通年営業 つうねんえいぎょう | 名詞 全年營業

通過客 つうかきゃく | 名詞 過境旅客

通し切符 とおしきっぷ | 名詞 全程票；悠遊卡（可乘坐各種交通工具不需另外買票）

通勤手当 つうきんてあて | 名詞 交通津貼

意義

連接；涉及；跟隨；計算排列物、軍隊的單位

常見發音

れん／つら／つ

連れる つれる | 動詞 帶領；帶著

例句 **遊園地に子供を連れて行く。**
帶孩子到遊樂園。

連れ出す つれだす | 動詞 帶出去

例句 **犬を散歩に連れ出す。**
把狗帶去散步。

連れ立つ つれだつ | 動詞 一同去；結伴去

例句 **恋人が連れ立ってでかけた。**
情侶一同出去。

連中 れんじゅう／れんちゅう | 名詞 同伴；伙伴

例句 **あの連中は山登りが好きだ。**
那些夥伴喜歡爬山。

連日 れんじつ | 名詞 連續幾天

例句 **連日の猛暑だ。**
一連幾天都是炎熱的天氣。

連日連夜 れんじつれんや | 名詞 夜以繼日

例句 **連日連夜マイケルの訃報がメディアを賑わした。**
媒體連續幾天大幅報導麥可的訃聞。

連休 れんきゅう | 名詞 連續休假

例句 **週休二日制で土日は連休だ。**
現在周休二日制，六日都休假。

連帯 れんたい | 名詞 共同負責

正誤漢字 帯○ 帶×

例句 **日本人は連帯責任で集団を処罰するのが好きだ。**
日本人喜歡全體負起連帶責任。

連絡先 れんらくさき | 名詞 連絡處

例句 **連絡先をパソコンに入力する。**
把聯絡地址輸入電腦。

連携 れんけい | 名詞 合作；聯合

例句 **見事な連携で併殺にした。**
絕佳的攜手合作，將對手封殺成功。

連合い つれあい | 名詞 夫妻；伙伴

連れ合う つれあう | 動詞 結伴；結婚

連れ弾き つれびき | 名詞 合奏

連判 れんばん／れんぱん | 名詞 聯署

連坐／連座 れんざ | 名詞 牽連；連累

意義

家人；人住的建築物；學問、技術等的流派名稱；稱呼某家族全體

常見發音

か／け／いえ／や

家内 かない | 名詞 家庭；家中；家屬；妻子

例句　**家内(かない)に新(あたら)しい服(ふく)をプレゼントした。**
買新衣服給妻子當禮物。

家主 いえぬし／やぬし | 名詞 戶主；房東

例句　**家主(やぬし)に家賃(やちん)を払(はら)った。**
付房租給房東。

年神(としがみ)を家(いえ)に迎(むか)え入(い)れる依代(よりしろ)

迎接年神的憑藉

日本人相信，每年**正月**（正月(しょうがつ)）時掌管農作豐收的「年神」會**造訪**（訪(おとず)れる）每個家庭，所以許多家庭會**裝飾**（飾(かざ)る）「門松」迎接年神的到訪。這個習俗始於日本平安時代。目前，一般家庭裝飾「門松」的時間是從12月25日到隔年的1月7日。

家出 いえで | 名詞 離家出走

例句　**彼(かれ)は家出(いえで)をして友達(ともだち)の家(いえ)に転(ころ)がり込(こ)んだ。**
他離家出走住在朋友家。

家屋証書 かおくしょうしょ | 名詞 房契

正誤漢字　**証** ○　證 ×

家庭料理 かていりょうり | 名詞 家常便飯

例句　**日本(にほん)の家庭料理(かていりょうり)には和洋中(わようちゅう)三(みっ)つが混(ま)ざっている。**
日本的家常菜是日式、西式、中式三種都混在一起。

家持ち いえもち | 名詞 房主；戶主；料理家務

家賃 やちん | 名詞 房租

例句　**いい物件(ぶっけん)は家賃(やちん)も高(たか)い。**
好的房子連房租也貴。

家移り／屋移り やうつり | 名詞 遷居；搬家

家作り やづくり | 名詞 蓋房子；房子的樣式

家督 かとく | 名詞 家業的繼承人；長子

意義

書寫；文章；信件；傳達命令的文書；文字；毛筆書法

常見發音

しょ／か

書き改める かきあらためる | 動詞 改寫

例句　**新事実の発見により歴史を書き改める。**

發現了新史事要改寫歷史。

書置き かきおき | 名詞 寫留言；遺書

正誤漢字　置○　置×

例句　**机の上に書置きを残す。**

在桌上留紙條。

書き順 かきじゅん | 名詞 筆順

例句　**日本と中国では漢字の書き順が違う。**

日本跟中國的漢字筆順不同。

書き散らす かきちらす | 動詞 隨便寫；到處寫

例句　**アイディアをノートに書き散らす。**

把點子亂寫在本子上。

書き手 かきて | 名詞 書寫者；作者

例句　**書き手の意図は１００%読み手には伝わらない。**

作者的用意無法完全傳達給讀者。

書き取り かきとり | 名詞 聽寫；聽寫測驗；抄寫

例句　**明日漢字の書き取り試験がある。**

明天有漢字聽寫測驗。

書き直す かきなおす | 動詞 重寫；改寫

例句　**気に入らないので文を書き直す。**

自己不喜歡就改寫。

書き物 かきもの | 名詞 文章；文件；公文

例句　**書き物をすると肩が凝る。**

寫字會肩膀痠痛。

書留 かきとめ | 名詞 掛號信

例句　**なくすと困るので書留にして送る。**

怕弄丟，所以就用掛號。

書類 しょるい | 名詞 文件

例句　**書類を提出する。**

交出文件。

書き落とす かきおとす | 動詞 忘了寫；漏寫

書き付け かきつけ | 名詞 字條；便條紙；帳單、單據

意義

夏季；盛大的樣子

常見發音

か／げ／なつ

夏休み なつやすみ | 名詞 暑假

例句 **日本の夏休みは４０日です。**
日本的暑假是四十天。

夏向き なつむき | 名詞 適合夏天的

例句 **ミニスカートは夏向きの服装です。**
短裙適合夏天。

夏服 なつふく | 名詞 適合夏天穿的衣服

例句 **制服には夏服と冬服がある。**
制服有分夏天和冬天的。

夏負け なつまけ | 動詞 中暑

例句 **夏負けしないようにうなぎを食べます。**
吃點鰻魚防止中暑。

夏時間 なつじかん | 名詞 夏季省電時間；為節省能源，夏季上課、工作時間提前一小時

例句 **日本では夏時間は実施していません。**
日本不實施夏季省電時間。

夏祭り なつまつり | 名詞 夏天舉行的神社祭典

例句 **夏祭りには浴衣を着た女性がたくさんいます。**
夏天祭典時，很多女性穿浴衣。

夏場所 なつばしょ | 名詞 5月舉行的相撲比賽

例句 **大相撲夏場所が始まりました。**
職業相撲的夏季比賽開始了。

夏期キャンプ かきキャンプ | 名詞 夏令營

例句 **子供が夏季キャンプに行きました。**
孩子去參加夏令營。

夏 なつ

夏季

日本四季分明，當春天的櫻花凋謝（散る）後，時序進入夏季便呈現一片綠意盎然。有些日本人喜歡在夏天參訪京都，除了**參觀**（観光する）古蹟寺廟（お寺），主要目的是希望藉由眼前的綠意，讓人在**靜謐的**（静かな）環境中更能感受到一股涼意。

意義

苦味；痛苦；激烈的；困苦的

常見發音

く／くる／にが

苦しい くるしい | [い形] 痛苦；困難；無法呼吸

例句　**水(みず)の中(なか)では息(いき)が苦(くる)しい。**
在水中不能呼吸。

苦し紛れ くるしまぎれ | [名詞] 迫不得已；無奈

例句　**彼女(かのじょ)は苦(にが)し紛(まぎ)れにありえない言(い)い訳(わけ)をした。**
他逼不得已說荒謬的藉口。

苦手 にがて | [名詞] 不擅長

例句　**私(わたし)は数学(すうがく)が苦手(にがて)だ。**
我數學不好。

苦肉の策 くにくのさく | [名詞] 苦肉計

例句　**苦肉(くにく)の策(さく)が功(こう)を奏(そう)した。**
苦肉計奏效了。

苦虫 にがむし | [名詞] 板著臉孔；愁眉苦臉的人

正誤漢字　虫 ○　蟲 ×

例句　**映画(えいが)のできに、彼女(かのじょ)は苦虫(にがむし)を噛(か)み潰(つぶ)したような顔(かお)をした。**
電影結局太爛，她露出難看的臉色。

苦言 くげん | [名詞] 忠言；刺耳的忠告

例句　**あえて苦言(くげん)を呈(てい)した。**
刻意說出忠告。

苦苦しい にがにがしい | [い形] 不愉快的；討厭的

例句　**外来語(がいらいご)の乱用(らんよう)を苦々(にがにが)しく思(おも)う。**
覺得亂用外來語不應該。

苦情 くじょう | [名詞] 不平、不滿、苦衷

例句　**音(おと)がうるさいので工場(こうじょう)に苦情(くじょう)が出(で)た。**
因為噪音太吵，向工廠抱怨。

苦境 くきょう | [名詞] 窘境；困境

例句　**苦境(くきょう)のときにその人(ひと)となりがわかる。**
在困境時，才知道這個人的真正為人。

苦労人 くろうにん | [名詞] 飽經風霜的人

正誤漢字　労 ○　勞 ×

例句　**初代(しょだい)は苦労人(くろうにん)だが、息子(むすこ)はどら息子(むすこ)だ。**
第一代是苦過來的，但第二代是個敗家子。

苦学 くがく | [名詞] 辛苦地半工半讀

料

意義

費用；作菜；薪資；測量

常見發音

りょう

料金 りょうきん | 名詞 費用

例句 **図書館(としょかん)は料金(りょうきん)は要(い)らない。**
圖書館看書是不須花錢的。

料金所 りょうきんしょ | 名詞 結帳處；收費站

例句 **高速(こうそく)の料金所(りょうきんじょ)のほとんどは自動(じどう)だ。**
高速公路的收費站幾乎都是自動的。

料金表 りょうきんひょう | 名詞 收費表；價格表

例句 **法律相談(ほうりつそうだん)の料金表(りょうきんひょう)を作(つく)った。**
製作法律顧問收費表。

料亭 りょうてい | 名詞 高級的日本料理店

例句 **政治家(せいじか)は料亭(りょうてい)で談判(だんぱん)する。**
政客在高級日式餐廳談事情。

料理 りょうり | 名詞 烹飪

例句 **本(ほん)を見(み)て料理(りょうり)を独学(どくがく)した。**
自己看書學作菜。

料理長 りょうりちょう | 名詞 廚師長

例句 **これは料理長(りょうりちょう)お勧(すす)めの品(しな)です。**
這是主廚推薦的一道料理。

料理屋 りょうりや | 名詞 飯館

例句 **料理屋(りょうりや)で飯(めし)を食(く)った。**
在飯館吃飯。

料理学校 りょうりがっこう | 名詞 烹飪學校

例句 **料理学校(りょうりがっこう)で調理師免許(ちょうりしめんきょ)を取(と)った。**
在烹飪學校時考取廚師執照。

日本料理(にほんりょうり)

日式料理

日本料理著重食材的原味，所以多半以**生食**（生(なま)で食(た)べる）、**燉煮**（煮(に)る）、**燒烤**（焼く）等簡單作法，再配合**最少量**（最低限(さいていげん)）的調味料，來引出食材的原味。所選擇的食材也會因季節而異，多半會使用**當季的**（旬(しゅん)）食材。

意義

根部；物體最下方；根本；本質

常見發音

こん／ね

根刮ぎ ねこそぎ | 名詞 連根拔掉

例句 **雑草(ざっそう)を根刮(ねこそ)ぎにした。**
雜草連根拔起。

根底／根柢 こんてい | 名詞 基礎

例句 **飛行機(ひこうき)の発明(はつめい)は交通事情(こうつうじじょう)を根底(こんてい)から覆(くつがえ)した。**
飛機的發明，徹底顛覆交通方式。

根性 こんじょう | 名詞 性情；秉性

例句 **日本人(にほんじん)はいまだに根性主義(こんじょうしゅぎ)だ。**
日本人到今天還是毅力主義。

根治 こんち／こんじ | 動詞 徹底治療

例句 **水虫(みずむし)は根治(こんじ)しないと再発(さいはつ)する。**
香港腳不根治會復發。

根負け こんまけ | 動詞 堅持不住；毅力不夠

根掘り葉掘り ねほりはほり | 名詞 打破沙鍋問到底

例句 **警察(けいさつ)は人(ひと)のプライバシーを根掘(ねほ)り葉掘(はほ)り質問(しつもん)した。**
警察對個人隱私打破沙鍋問到底。

根深い ねぶかい | い形 根深蒂固

例句 **民族問題(みんぞくもんだい)は根深(ねぶか)い。**
民族問題是根深蒂固的。

根競べ こんくらべ | 名詞 比耐性

例句 **根競(こんくら)べで値段交渉(ねだんこうしょう)をする。**
殺價比耐力。

根気 こんき | 名詞 耐性；有毅力

正誤漢字	気 ○	氣 ×

例句 **サリバン先生(せんせい)はヘレンケラーに根気(こんき)よく教(おし)えた。**
蘇利文老師很有耐性的教誨倫凱勒。

根の国 ねのくに | 名詞 黃泉

根切り ねきり | 名詞 斷根

根生い ねおい | 名詞 出生；資深

根継ぎ ねつぎ | 名詞 以新木接換腐朽的柱根；繼承；繼承人

根限り こんかぎり | 名詞 竭盡全力

根無し言 ねなしごと | 名詞 沒有根據的話

意義

特殊的；優秀；只有

常見發音

とく

特別急行 とくべつきゅうこう ❙ 名詞 特快列車

例句 **特別急行(とくべつきゅうこう)なら30分(ぷん)で着(つ)く。**
坐特快車三十分就到了。

特用作物 とくようさくもつ ❙ 名詞 經濟作物

特別欄 とくべつらん ❙ 名詞 專欄

特別号 とくべつごう ❙ 名詞 專刊；特刊

正誤漢字	**験** ○	驗 ×

例句 **特別号(とくべつごう)を増刊(ぞうかん)する。**
增加特別報導。

特使 とくし ❙ 名詞 駐外使者

特注 とくちゅう ❙ 動詞 特別訂購

例句 **既製品(きせいひん)が合(あ)わないので特注(とくちゅう)する。**
現成產品不適合，只好特別訂作。

特急 とっきゅう ❙ 名詞 特快列車

特約代理店 とくやくだいりてん ❙ 名詞 特約經銷商

例句 **特約代理店(とくやくだいりてん)はうちだけだ。**
特約經銷商只有我們。

特許権 とっきょけん ❙ 名詞 專利權

正誤漢字	**権** ○	權 ×

例句 **特許権(とっきょけん)には金(かね)がかかる。**
取得專利權要花錢。

特集番組 とくしゅうばんぐみ ❙ 名詞 專輯節目

例句 **夏(なつ)は怪談(かいだん)の特集番組(とくしゅうばんぐみ)が必(かなら)ずある。**
夏天一定會播鬼故事特別節目。

特発 とくはつ ❙ 名詞 突發；特發；加班車

正誤漢字	**発** ○	發 ×

特装 とくそう ❙ 名詞 精裝；特殊裝備

特立 とくりつ ❙ 名詞 獨立；出類拔萃

特別教育活動 とくべつきょういくかつどう ❙ 名詞 課外活動

意義
家畜之一

常見發音
ば／うま／ま

馬面 うまづら | 名詞 長臉

例句　**馬場(ばば)は名前(なまえ)の通(とお)り馬面(うまづら)です。**
馬場，人如其名臉像馬一樣的長。

馬脚 ばきゃく | 名詞 馬腳

正誤漢字	脚 ○	腳 ×

例句　**彼(かれ)は実力(じつりょく)不足(ふそく)なのでいずれ馬脚(ばきゃく)を現(あらわ)します。**
他實力不夠，早晚會露出馬腳。

馬鹿 ばか | 名詞 愚蠢；非常；混蛋

例句　**課長(かちょう)は女子社員(じょししゃいん)を馬鹿(ばか)にしています。**
課長瞧不起女職員。

馬鹿正直 ばかしょうじき | 名詞 死心眼；太老實

例句　**馬鹿正直(ばかしょうじき)に人(ひと)の話(はなし)を信(しん)じてはいけません。**
不要太老實地相信別人說的話。

馬鹿笑い ばかわらい | 動詞 傻笑

例句　**黄金(おうごん)バットは常(つね)に馬鹿笑(ばかわら)いしています。**
（日本卡通）黃金骷髏老是在傻笑。

馬鹿臭い ばかくさい | い形 不值得

例句　**ハリウッド映画(えいが)のほとんどは馬鹿臭(ばかくさ)い内容(ないよう)です。**
好萊塢電影幾乎都是無聊的內容。

馬鹿馬鹿しい ばかばかしい | い形 非常愚蠢；太無聊；毫無價值荒唐無稽

竹馬(たけうま)

高蹺

「竹馬」就是「高蹺」，是用竹竿做成，長度約與**肩膀**（肩(かた)）同高，竹竿上有一個放**腳**（足(あし)）的地方，可以踩在上面握著竹竿**行走**（歩(ある)く）。有些日本**小學**（小学校(しょうがっこう)）甚至很積極的希望將「高蹺」納入**體育課**（体育(たいいく)の授業(じゅぎょう)）的內容。

意義

真正的；真實的

常見發音

しん／ま

(1)

真っ正直 まっしょうじき | 名詞 正派；非常正直

例句　**彼は真っ正直なのでみなから好かれる。**
他非常老實，很討人喜歡。

真っ正面 まっしょうめん | 名詞 正對面；直接了當

例句　**真っ正面にサーブしても打ち返される。**
正面發球對決，也被打回來。

真っ直ぐ まっすぐ | 名詞 筆直地；正直

例句　**真っ直ぐ行って右に曲がると公園がある。**
直走再右轉就是公園。

真っ昼間 まっぴるま | 名詞 正午

例句　**真っ昼間から酒を飲んではいけない。**
不可以從大白天就喝酒。

真っ逆さま まっさかさま | 名詞 倒栽蔥

例句　**蝙蝠が真っ逆さまにぶら下がっています。**
蝙蝠倒吊掛在樹上。

真っ盛り まっさかり | 名詞 最高潮；最盛期

例句　**十代後半は青春真っ盛りだ。**
十幾歲正值青春。

真っ黒 まっくろ | 名詞 烏黑

例句　**真っ黒に日焼けした。**
曬黑了。

真っ裸 まっぱだか | 名詞 一絲不掛；坦率

例句　**真っ裸で絵のモデルになる。**
脫光衣服當繪圖模特兒。

真に／実に／誠に まことに | 名詞 實在；的確

例句　**真に申し訳ございません。**
真的很抱歉。

真ん丸／真ん円 まんまる | 名詞 圓溜溜的

例句　**ドラえもんは体が真ん丸です。**
小叮噹身材是圓的。

真中 まんなか | 名詞 正中間、中央

例句　**矢が的の真ん中に命中した。**
射箭正中靶心。

真心 まごころ | 名詞 誠意

例句　**真心をこめてサービスします。**
以真誠的心服務。

意義

真正的；真實的

常見發音

しん／ま

(2)

真冬 まふゆ | 名詞 寒冬

例句 **沖縄は真冬にも雪は降らない。**
隆冬時期，沖繩也不會下雪。

真似 まね | 名詞 模仿；愚蠢的舉止動作

例句 **中国には動物の真似をする拳法があります。**
在中國有模仿動物的拳法。

真似る まねる | 動詞 模仿、仿效

例句 **マドンナはマリリンモンローを真似て成功しました。**
瑪丹娜模仿瑪麗蓮夢露而成名。

真夜中 まよなか | 名詞 三更半夜

例句 **真夜中に起きて冷蔵庫の物を食べました。**
半夜起來吃冰箱裡的東西。

真後ろ まうしろ | 名詞 正後方

例句 **悪口を言ったら先生が真後ろに立っていました。**
我一說老師壞話，老師就站在後面。

真面目 まじめ | な形 認真；誠實

例句 **彼は真面目な顔して面白いことを言います。**
他一本正經地說笑話。

真夏 まなつ | 名詞 盛夏

例句 **真夏の合宿は怖い話をするのが定番です。**
盛夏集訓，說鬼故事是必要的。

真新しい まあたらしい | い形 全新的、嶄新的

例句 **真新しい靴は履くのが惜しいです。**
全新的鞋子捨不得穿。

真書 しんかき | 名詞 小楷筆；楷書

真丸い まんまるい | い形 正圓的

真珠湾 しんじゅわん | 名詞 珍珠港

真影 しんえい | 名詞 肖像

意義

基本元素；白色的；本質

常見發音

す／そ

素人 しろうと | 名詞 外行人

例句 **素人にしかできない発想もある。**
有些創意是外行人才想得到的。

素手 すで | 名詞 赤手空拳；出遠門卻不帶特產，空手回家

例句 **武松は素手で虎を倒した。**
武松赤手空拳打虎。

素早い すばやい | い形 敏捷；迅速

例句 **ねずみは動きが素早い。**
老鼠動作敏捷。

素行 そこう | 名詞 品行；操行

例句 **素行がよくないと信用されない。**
平常素行不良就沒有信用。

素足 すあし | 名詞 光腳

例句 **素足で海岸を歩く。**
光著腳走海岸。

素振り そぶり | 名詞 舉止；表情

例句 **彼女はかつらに気づいた素振りを見せなかった。**
她發現他戴假髮，但她不動聲色（裝做不知道）。

素通り すどおり | 動詞 過門不入

例句 **看板が目立たないので客が素通りする。**
因為招牌不顯眼，沒有客人上門。

素晴しい すばらしい | い形 極好的；絕佳的

例句 **素晴しい新製品を開発した。**
開發很棒的新產品。

素裸 すはだか／すっぱだか | 名詞 光身；裸體

例句 **素っ裸でモデルになる。**
裸體當模特兒。

素敵 すてき | 名詞 極好；絕妙；很多

例句 **素敵な指輪を買った。**
買漂亮的戒指。

素顔 すがお | 名詞 本來面目；實況

例句 **彼女の素顔は人に認知されない。**
她如果不化妝，就沒人認得出來。

素乾し すぼし | 名詞 陰乾

素っ首 そっくび | 名詞 腦袋

素意 そい | 名詞 平生志願

意義
住宿；住宿地；前世

常見發音
しゅく／やど

宿る やどる | 動詞 住宿；附著；懷孕；寄生

例句 **健全な肉体に健全な魂が宿る。**(けんぜん にくたい けんぜん たましい やど)
有健康的身體，才有健全的精神。

宿泊 しゅくはく | 動詞 住宿

例句 **旅館に宿泊する。**(りょかん しゅくはく)
住在旅社。

宿泊代 しゅくはくだい | 名詞 住宿費

例句 **宿泊代は前払いだ。**(しゅくはくだい まえばら)
住宿費要預先付款。

宿泊名簿 しゅくはくめいぼ | 名詞 住房記錄表

例句 **宿泊名簿に偽名を書いた。**(しゅくはくめいぼ ぎめい か)
在住宿登記表上寫假的名字。

宿直 しゅくちょく | 名詞 值夜班

正誤漢字 直○ 直×

例句 **宿直は交替制だ。**(しゅくちょく こうたいせい)
夜班是輪班制。

宿借り やどかり | 名詞 寄居；(動)寄居蟹

例句 **宿借りは大きくなると殻を変える。**(やどか おお から か)
寄居蟹一旦長大會換殼。

宿無し やどなし | 名詞 流浪者

例句 **宿無しで友達の家に泊まる。**(やどな ともだち いえ と)
我無家可歸，住在朋友家。

宿題 しゅくだい | 名詞 作業

例句 **朝起きて宿題をやる。**(あさお しゅくだい)
早起寫功課。

宿料 しゅくりょう | 名詞 住宿費

宿世 しゅくせ | 名詞 前世

宿泊料 しゅくはくりょう | 名詞 旅館費

宿替え やどがえ | 名詞 搬家、遷居

宿酔 しゅくすい | 名詞 宿醉

深

意義

深度；深的；深夜；深色的；非常的

常見發音

しん／ふか

深す（更かす） ふかす｜名詞 熬夜

例句　**読書に夜を更かす。**
熬夜看書。

深み ふかみ｜名詞 深度；關係密切

例句　**この絵は深みがある。**
這幅畫很有內涵。

深手／深傷 ふかで｜名詞 重傷

例句　**事故で深手を負った。**
出禍受重傷。

深刻 しんこく｜名詞 深刻；重大、嚴重

例句　**事態は深刻だ。**
事情很嚴重。

深夜バス しんやバス｜名詞 夜班車

例句　**深夜バスで帰る。**
坐夜班公車回去。

深追い ふかおい｜動詞 窮追不捨

例句　**深追いすると罠に嵌る。**
窮追不捨容易有陷阱。

深酒 ふかざけ｜名詞 飲酒過量

例句　**深酒は肝臓に悪い。**
酒喝太多對肝臟不好。

深夜業 しんやぎょう｜名詞 夜間工作

深厚 しんこう｜名詞 內容深奧；恩德深厚

深雪／み雪 みゆき｜名詞 雪、積雪

深閑 しんかん｜名詞 寂靜

深履 ふかぐつ｜名詞 長筒靴

秋深し（あきふかし）

晚秋

秋天的日本，除了初秋能夠欣賞楓紅，深秋還能在街頭（町）上看到銀杏（イチョウ）樹葉變為耀眼的金黃色。其中最有名的就是東京「明治神宮外苑」，和大阪「御堂筋」的銀杏大道。許多外國旅客都會特意（わざわざ）選在深秋季節造訪日本，觀賞這美麗的景象。

強

意義

力量強大的；強勢的；勉強的

常見發音

きょう／ごう／し／つよ

強い つよい｜い形 有力；擅長；堅強

例句 **彼女(かのじょ)は英語(えいご)に強(つよ)い。**
英文是他的強項。

強いて しいて｜副詞 勉強地；強硬地

例句 **強(し)いて言(い)えば趣味(しゅみ)は散歩(さんぽ)だ。**
勉強說來，我的興趣只能說是散步。

強がる つよがる｜動詞 逞強；好強

例句 **強(つよ)がっているが彼女(かのじょ)は繊細(せんさい)だ。**
她雖然好強但是心思細膩。

強制送還 きょうせいそうかん｜動詞 強行遣返

例句 **犯罪(はんざい)を犯(おか)すと強制送還(きょうせいそうかん)される。**
犯罪將被強制遣送回國。

強情／剛情 ごうじょう｜名詞 固執

例句 **彼女(かのじょ)は強情(ごうじょう)で謝(あやま)らない。**
她很固執絕不道歉。

強欲／強慾 ごうよく｜名詞 貪婪、貪心

例句 **皇帝(こうてい)は強欲者(ごうよくしゃ)だ。**
皇帝是個貪得無厭的人。

強腰 つよごし｜名詞 態度強硬

例句 **彼女(かのじょ)は法廷(ほうてい)で強腰(つよごし)だった。**
她在法庭上態度強硬。

強奪 ごうだつ｜な形 搶奪

例句 **花嫁(はなよめ)を強奪(ごうだつ)した。**
搶新娘。

強弁 きょうべん｜名詞 強辯、狡辯

強記 きょうき｜名詞 記憶力強

強酒 ごうしゅ｜名詞 酒量大

強請 ごうせい｜名詞 敲詐、勒索

意義

惡劣的；壞事；粗糙的；討厭的

常見發音

あく／お／わる (1)

悪口 わるくち／あっこう | 名詞 壞話；說壞話

例句 **彼は人の悪口ばかり言っている。**
他老是說人壞話。

悪女 あくじょ | 名詞 狠毒的女人；醜女

例句 **彼女は男を迷わす悪女だ。**
她是迷惑男人的惡毒婦人。

悪友 あくゆう | 名詞 壞朋友；老朋友

例句 **悪友たちと酒を飲んで話す。**
和老友們喝酒聊天。

悪天候 あくてんこう | 名詞 壞天氣

例句 **悪天候なのでグラウンドがびしょびしょだ。**
因為天氣不好，操場地面潮濕。

悪巧み わるだくみ | 動詞 耍奸計

例句 **彼は何か悪巧みしている。**
她好像有什麼陰謀。

悪徳業者 あくとくぎょうしゃ | 名詞 奸商

正誤漢字	徳 ○	德 ×

例句 **不動産屋は悪徳業者が多い。**
很多房屋仲介都是奸商。

悪ふざけ わるふざけ | 動詞 過份地淘氣；惡作劇

例句 **ホームで悪ふざけしてはいけない。**
不可以在月台玩耍。

悪役 あくやく | 名詞 反派角色

例句 **プロレスの悪役は凶器を隠している。**
職業摔角的壞人偷藏兇器。

悪知恵／悪智慧 わるぢえ | 名詞 壞主意

例句 **人類は悪知恵ばかり発達している。**
人類不斷在動歪腦筋。

悪者 わるもの | 名詞 壞人

例句 **私だけ悪者にされた。**
只有我一個人被當成壞人。

悪評 あくひょう | 名詞 壞名聲

例句 **続編は悪評で散々だった。**
續集被批評得很糟糕。

悪路 あくろ | 名詞 險路；泥濘的道路

例句 **ジープは悪路を走るために設計**

意義

惡劣的；壞事；粗糙的；討厭的

常見發音

あく／お／わる **(2)**

されている。
吉普車是為了行走顛簸道路而設計。

悪趣味 あくしゅみ | 名詞 低級興趣；惡作劇

例句 **彼女(かのじょ)の服装(ふくそう)は悪趣味(あくしゅみ)だ。**
她選衣服的品味很糟。

悪癖 あくへき | 名詞 壞習慣

例句 **悪癖(あくへき)を矯正(きょうせい)する。**
糾正壞習慣。

悪戯 いたずら | 名詞 惡作劇

正誤漢字 **戯**○ 戲×

例句 **子供(こども)はよく悪戯(いたずら)でベルを押(お)す。**
孩子常常惡作劇按鈴。

悪口雑言 あっこうぞうごん | 名詞 破口大罵

悪因 あくいん | 名詞 惡有惡報

悪例 あくれい | 名詞 壞例子、壞榜樣

悪計 あっけい | 名詞 壞主意

悪洒落／悪戯 わるじゃれ | 名詞 惡作劇；無聊的笑話；怪打扮

悪筆 あくひつ | 名詞 潦草字

悪擦れ わるずれ | 名詞 世故圓滑

悪戯小僧 いたずらこぞう | 名詞 淘氣鬼；頑皮

悪徳 あくとく | 名詞 缺德；不道德

悪騒ぎ わるさわぎ | 名詞 吵鬧

意義
細的；零碎的

常見發音
さい／こま／ほそ

細かい こまかい | い形 細小；詳細；瑣碎、小氣

例句 **彼女(かのじょ)は細(こま)かい指示(しじ)を出(だ)す。**
她的要求很瑣碎。

細い ほそい | い形 細；狹窄；微少；微弱

例句 **この細(ほそ)い道(みち)は車(くるま)が通(とお)れない。**
這條小路車子不能通行。

細引 ほそびき | 名詞 細麻繩

細民 さいみん | 名詞 貧民

細工 さいく | 名詞 手工藝品、工藝品；耍花招、弄虛作假

例句 **彼女(かのじょ)はモデルにしては不細工(ぶさいく)だ。**
以模特兒來說，她算不漂亮的。

細目 さいもく | 名詞 細節

細事 さいじ | 名詞 瑣事

細面 ほそおもて | な形 長臉

例句 **細面(ほそおもて)なので顔(かお)が小(ちい)さく見(み)える。**
因為臉長，看起來臉就小。

細字 さいじ | 名詞 小字、小楷

細道 ほそみち | 名詞 小徑

例句 **細道(ほそみち)を抜(ぬ)けると民家(みんか)がある。**
走出小巷子就是民宅。

細作 さいさく | 名詞 間諜

細結び こまむすび | 名詞 死結、死扣

細瑕 さいか | 名詞 小缺點、小瑕疵

意義

廣闊的土地；分類；朝野；質樸

常見發音

や／の

野天 のてん | 名詞 露天、室外

例句 **野天（のてん）の温泉（おんせん）は気持（きも）ちがいいです。**

泡露天溫泉非常舒服。

野太い のぶとい | い形 厚臉皮的

例句 **野太（のぶと）いほうが、大成（たいせい）します。**

厚臉皮才能成就大事業。

野外ロケ やがいロケ | 名詞 拍攝外景

例句 **映画（えいが）の野外（やがい）ロケがこの近（ちか）くでやっています。**

電影外景正在這附近拍攝。

野良犬 のらいぬ | 名詞 野狗

例句 **野良犬（のらいぬ）は狂犬病（きょうけんびょう）の予防注射（よぼうちゅうしゃ）をしていないので危険（きけん）です。**

野狗沒有注射狂犬病疫苗，相當危險。

野良仕事 のらしごと | 名詞 農家工作

例句 **彼女（かのじょ）は野良仕事（のらしごと）をしているので色（いろ）が黒（くろ）いです。**

她從事農務工作，膚色黝黑。

野良猫 のらねこ | 名詞 野貓

例句 **野良猫（のらねこ）は野良犬（のらいぬ）と違（ちが）って人（ひと）に危害（きがい）はありません。**

野貓和野狗不同，不會對人類造成危險。

野菜 やさい | 名詞 蔬菜

例句 **肉（にく）よりも野菜（やさい）を多（おお）く食（た）べたほうが健康（けんこう）です。**

和肉類相比之下，多吃蔬菜比較健康。

高校野球（こうこうやきゅう）

高中棒球聯賽

日本高中棒球聯賽分成**春季甲子園**（春（はる）の甲子園（こうしえん））」和「**夏季甲子園**（夏（なつ）の甲子園（こうしえん））」。比賽時會進行**電視實況轉播**（テレビ中継（ちゅうけい）），優勝隊伍會被授予**深紫色**（紫紺（しこん））冠軍旗，除了為校爭光也一戰成名。對於日本高中棒球隊來說，能夠登上甲子園球場，是至高無上的榮耀和夢想。

意義

結束；最後；終於

常見發音

しゅう／お

終わる おわる | 動詞 終了；結束

例句 **学校は3時ごろ終わる。**
學校大約三點下課。

終了 しゅうりょう | 名詞 完了、結束

例句 **1ラウンド終了のゴングがなった。**
第一回合的結束鈴響了。

終日 しゅうじつ | 名詞 整天

例句 **休日は終日何もしない。**
假日整天都不做事。

終日禁煙 しゅうじつきんえん | 名詞 全天禁煙

正誤漢字 **煙**○ 烟×

終列車 しゅうれっしゃ | 名詞 末班火車

例句 **終列車が出たのでタクシーで帰る。**
末班車離開了，招計程車回家。

終身刑 しゅうしんけい | 名詞 無期徒刑

例句 **終身刑の判決が出た。**
判決是無期徒刑。

終業 しゅうぎょう | 動詞 下班、收工；結業

例句 **5時に終業する。**
五點下班。

終電車 しゅうでんしゃ | 名詞 末班電車

例句 **終電車で帰りました。**
坐末班車回家。

終着駅 しゅうちゃくえき | 名詞 終點站

正誤漢字 **着**○ 著×

終着 しゅうちゃく | 名詞 最後到達；終點

終講 しゅうこう | 名詞 結束講課

終発 しゅうはつ | 名詞 末班車

終夜 しゅうや | 名詞 整夜、徹夜

意義

轉動；遷移；滾動；旋轉的次數

常見發音

てん／ころ

転入生 てんにゅうせい | 名詞 插班生

正誤漢字 **転**○ 轉×

例句 **隣(となり)のクラスに転入生(てんにゅうせい)が来(き)た。**
隔壁班有轉學生來。

転任 てんにん | 動詞 調職

例句 **先生(せんせい)が転任(てんにん)した。**
老師調職了。

転居 てんきょ | 動詞 搬家

例句 **ストーカーに困(こま)って転居(てんきょ)した。**
因為跟蹤狂感到困擾而搬家。

転居先 てんきょさき | 名詞 新地址

例句 **転居先(てんきょさき)は誰(だれ)にも知(し)らせない。**
新地址誰也不知道。

転校 てんこう | 動詞 轉學

転移 てんい | 動詞 轉移、挪動；轉變

例句 **癌(がん)は転移(てんい)する前(まえ)に切除(せつじょ)する。**
在癌細胞轉移前切除。

転勤 てんきん | 名詞 調工作

例句 **支社(ししゃ)に転勤(てんきん)になった。**
調到分公司。

転業 てんぎょう | 動詞 改行

例句 **自営業(じえいぎょう)に転業(てんぎょう)した。**
自己改行當老闆。

転写 てんしゃ | 動詞 抄襲、臨摹；謄寫

正誤漢字 **写**○ 寫×

例句 **お経(きょう)を転写(てんしゃ)する。**
抄寫經文。

転た寝 うたたね | 動詞 假睡、打瞌睡

例句 **疲(つか)れたので転(う)た寝(たね)する。**
我累了小睡片刻。

転住 てんじゅう | 名詞 遷居

転換点 てんかんてん | 名詞 轉折點

転乗 てんじょう | 名詞 轉車、船；換乘

意義

雪；下雪；洗刷恥辱

常見發音

せつ／ゆき

雪下ろし ゆきおろし｜名詞 打掃積雪

例句　**北海道では、よく男の人が屋根に上って雪下ろしをしている。**
在北海道常可看到男人爬到屋頂掃積雪。

雪化粧 ゆきげしょう｜動詞 白雪粧點的美麗景色

例句　**雪化粧した金閣寺は格別の美しさだ。**
雪景妝點的金閣寺格外美麗。

雪合戦 ゆきがっせん｜名詞 打雪仗

正誤漢字　戦○　戰×

例句　**子供たちが雪合戦をしている。**
孩子們在打雪戰。

雪吹雪 ゆきふぶき｜名詞 暴風雪

例句　**雪吹雪が強くて、車が使えない。**
暴風雪太強無法開車。

雪辱 せつじょく｜動詞 雪恥

例句　**前回負けた相手に雪辱する。**
上次輸給對手，這次我要雪恥。

雪路／雪道 ゆきみち｜名詞 積雪的道路

例句　**雪道を走るためにタイヤに鎖をつける。**
為了在雪地行駛，輪胎上綁雪鍊。

雪遊び ゆきあそび｜名詞 玩雪

例句　**家の庭で雪遊びをする。**
在家裡庭院玩雪。

吹雪（ふぶき）

暴風雪

因強風造成大雪紛飛（雪が舞い）導致視線不佳（視界が悪い）的狀況稱為「吹雪」，這是降雪量大的地方的常見現象，有些地方會種植（植える）防風林防止吹雪發生。另外，日本人也將櫻花遭強風吹拂如吹雪般散落的樣子稱為花吹雪（花吹雪）或櫻吹雪（桜吹雪）。

意義

掉下；人群聚集的村莊；遺漏

常見發音

らく／お

落し主 おとしぬし｜名詞 失主

例句 **落し主に届ける。**
（東西）還給失主。

落し穴 おとしあな｜名詞 陷阱；圈套

例句 **鳥居さんが落し穴に落ちた。**
鳥居小姐掉進陷阱。

落し物 おとしもの｜名詞 遺失物

例句 **遊園地には落し物が多い。**
遊樂園很多遺失物品。

落ち行く おちゆく｜動詞 逃走；結局

例句 **落ち行く人気を挽回しようと必死だ。**
拼命挽回下滑的人氣。

落ちぶれる／零落れる おちぶれる｜動詞 淪落、沒落

例句 **彼は投資に失敗して落ちぶれた。**
他投資失敗窮困潦倒。

落ち込む おちこむ｜動詞 墜入；塌陷；心情低潮

例句 **彼女は試験に失敗して落ち込んでいる。**
她考試失敗心情低落。

落ち着く おちつく｜動詞 心情平靜；個性穩重

例句 **気持ちに整理をつけて落ち着いた。**
整理好心情平靜下來。

落丁 らくちょう｜名詞 缺頁、脫頁

例句 **落丁本なので交換してもらう。**
這本書有缺頁，請更換新的給我。

落札 らくさつ／おちふだ｜動詞 得標

例句 **競売会で１５万円で落札された。**
在競標會中以十五萬得標。

落成式 らくせいしき｜名詞 竣工典禮

例句 **ハチ公自身が落成式に参加した。**
忠犬八公本身參加（八公銅像）落成典禮。

落第 らくだい｜動詞 考試不及格；留級

例句 **単位が取れずに落第した。**
沒拿到學分留級了。

落胆 らくたん｜動詞 灰心

例句 **落胆せずに前向きに対処する。**
不灰心積極地處理。

意義

道路；途中；專門的技術；宗教；興趣藝術

常見發音

とう／どう／みち

道化 どうけ | 名詞 滑稽；丑角

例句 **彼はサーカスの道化師になりたい。**
他想當馬戲團的小丑

道案内 みちあんない | 名詞 嚮導；路標

例句 **ガイドが道案内をする。**
導遊去帶路

道連れ みちづれ | 名詞 旅伴；同行者；同歸於盡

例句 **どうせ死ぬなら敵も道連れにする。**
如果要死，就跟敵人同歸於盡。

道場破り どうじょうやぶり | 名詞 踢館；踢館者

例句 **道場破りを返り討ちにした。**
把踢館者打退。

道普請 みちぶしん | 名詞 修路工程；築路工程

例句 **ここは道普請が悪い。**
這裡的路舖得不好。

道程 みちのり | 名詞 路程；距離

例句 **成功まではつらい道程だった。**
成功之路，都很辛苦。

道順 みちじゅん | 名詞 路線；順序；程序

例句 **交番への道順を忘れた。**
我忘記到警察局的路。

道端 みちばた | 名詞 路旁

例句 **道端に座り込んで休む。**
坐在路旁休息。

道楽 どうらく | 名詞 嗜好；放蕩；不務正業

正誤漢字 楽 ○ 樂 ×

例句 **彼は道楽に金をかける。**
他花很多錢在嗜好上。

道楽息子 どうらくむすこ | 名詞 敗家子

例句 **道楽息子は家を破産させる。**
敗家子敗光家產。

道化る どうける | 名詞 逗笑；耍笑

道火 みちび | 名詞 導火線；原因

道理外れ どうりはずれ | 名詞 不合道理

道楽者 どうらくもの | 名詞 不務正業的人

割

意義

用刀一分為二；除法；比率

常見發音

かつ／さ／わり／わ

割る わる | 動詞 切開；分配；除；受傷；破壞

例句 **卵(たまご)を割(わ)ってスープに入(い)れる。**
打一個蛋放進湯裡。

割引券 わりびきけん | 名詞 減價優待券

例句 **割引券(わりびきけん)があるので格安(かくやす)になった。**
有折價卷就很便宜。

スイカ割(わ)り

打西瓜

一到夏天日本人就會到海邊（海水浴(かいすいよく)）戲水，許多年輕人會在沙灘上玩「打西瓜」的遊戲。玩法是某個人遮住眼睛（目隠(めかく)しをする），根據周遭的人所提供的線索（手(て)がかり），找到西瓜的位置後，用棒子敲（たたく）破西瓜。

割安 わりやす | 名詞 價錢比較便宜

例句 **たくさん買(か)うと割安(わりやす)になる。**
大量購買比較便宜。

割物注意 われものちゅうい | 名詞 注意易碎品

例句 **この箱(はこ)はガラス製品(せいひん)なので割(わ)れ物注意(ものちゅうい)のステッカーを貼(は)ります。**
這箱子裝玻璃製品，所以要貼注意易碎品的貼紙。

割り勘 わりかん | 名詞 平均分攤付款

例句 **大勢(たいせい)で飲(の)むときは割(わ)り勘(かん)にする。**
大家喝酒時要平均分攤。

割り算 わりざん | 名詞 除法

例句 **割(わ)り算(ざん)は小学校低学年(しょうがっこうていがくねん)で習(なら)う。**
除法在國小低年級就會教。

割箸 わりばし | 名詞 兩股相連的衛生筷子

例句 **ラーメン屋(や)には割(わ)り箸(ばし)が置(お)いてある。**
在拉麵店一定有衛生筷。

割下水 わりげすい | 名詞 下水道

割賦 わっぷ | 名詞 分期付款

割金 わりきん | 名詞 分擔的錢

意義

太陽出來的時候；一天；臉朝向…；朝廷；朝代

常見發音

ちょう／あさ

朝方 あさがた | 名詞 清晨

例句 **朝方に地震があった。**（あさがた、じしん）
凌晨有地震。

朝令暮改 ちょうれいぼかい | 名詞 朝夕令改

例句 **社長は朝令暮改だ。**（しゃちょう、ちょうれいぼかい）
老闆朝令夕改。

朝食 ちょうしょく | 名詞 早餐

例句 **ホテルの朝食はバイキングだ。**（ちょうしょく）
飯店的早餐是吃到飽。

朝風呂 あさぶろ | 名詞 早晨燒的洗澡水；早晨洗澡

例句 **朝風呂に入るのは贅沢だ。**（あさぶろ、はい、ぜいたく）
早上泡澡很奢侈。

朝寝坊 あさねぼう | 動詞 愛睡懶覺；賴床的人

正誤漢字 寝 ○ 寢 ×

例句 **朝寝坊したので遅刻した。**（あさねぼう、ちこく）
因為賴床就遲到了。

朝飯前 あさめしまえ | 名詞 輕而易舉

例句 **このくらいの宿題は朝飯前だ。**（しゅくだい、あさめしまえ）
這種程度的家庭功課非常簡單。

朝顔 あさがお | 名詞 早上剛睡醒的臉；牽牛花

例句 **朝顔の花は早起きしないと見られない。**（あさがお、はな、はやお、み）
不早起就看不到牽牛花。

朝礼 ちょうれい | 名詞 學校等的朝會

正誤漢字 礼 ○ 禮 ×

例句 **朝礼は校長の話が長い。**（ちょうれい、こうちょう、はなし、なが）
早會時，校長的話很冗長。

朝明け あさあけ | 名詞 黎明；天亮

朝な夕な あさなゆうな | 名詞 朝朝暮暮；經常

朝起き あさおき | 名詞 早起；早晨起來時的心情

朝御飯 あさごはん | 名詞 早飯

意義

非常地；最極端；達到極限

常見發音

きょく／ごく／きわ

極り文句 きまりもんく | 名詞 老套的話；固定說的話

例句 **日本の漫才は極り文句がある。**
日本的相聲有固定不變的台詞。

極上の品 ごくじょうのしな | 名詞 最上等的物品

例句 **極上の品を食材として使う。**
把最上等的東西當作食材。

極月 ごくげつ | 名詞 陰曆的十二月

極め付ける(決め付ける) きめつける | 名詞 指責

例句 **先入観で決め付けるのはよくない。**
不能以先入為主的觀念指責。

極め所／決め所 きめどころ | 名詞 關鍵時刻

極秘 ごくひ | 名詞 極機密

例句 **これは極秘の任務だ。**
這任務是最高機密。

極彩色 ごくさいしき | 名詞 五彩繽紛

例句 **極彩色の派手な衣装だ。**
顏色鮮豔無比的衣服。

極貧 ごくひん | 名詞 非常貧窮

例句 **極貧からのし上がった。**
從極度貧窮起家。

極寒 ごっかん | 名詞 非常寒冷

例句 **南極は極寒だ。**
南極非常寒冷。

極意 ごくい | 名詞 秘訣；絕招

例句 **武術の極意を習った。**
學習武術的奧秘。

極楽 ごくらく | 名詞 極樂；無憂無慮

正誤漢字 楽 ○ 樂 ×

例句 **休みの日は極楽だ。**
休假日就像是天堂。

極楽蜻蛉 ごくらくとんぼ | 名詞 遊手好閒的人

極道者／獄道者 ごくどうむすこ | 名詞 為非作歹的人；放蕩的人

極製 ごくせい | 名詞 精緻品

着

意義

穿；附著；到達；遇見；計算衣服的單位

常見發音

じゃく／ちゃく／き／つ

着る きる | 動詞 穿；承受、承擔

正誤漢字 **着**○ 著×

例句 **ありがとう。恩(おん)に着(き)ます。**
謝謝。非常感激您。

着工 ちゃっこう | 動詞 開工

例句 **3月(がつ)に着工(ちゃっこう)する。**
三月開工。

着火 ちゃっか | 動詞 點火

着任 ちゃくにん | 動詞 到任、上任

例句 **部長(ぶちょう)に着任(ちゃくにん)した。**
升上部長了。

着地 ちゃくち | 動詞 著陸；到達地

例句 **宇宙船(うちゅうせん)が着地(ちゃくち)した。**
太空船登陸。

着色 ちゃくしょく | 動詞 上顏色

例句 **フィギュアに着色(ちゃくしょく)する。**
幫公仔畫上顏色。

着物 きもの | 名詞 衣服；和服

例句 **着物(きもの)は歩(ある)きづらい。**
穿和服不好走路。

着席 ちゃくせき | 動詞 就座、入席

例句 **先生(せんせい)が来(き)てから着席(ちゃくせき)する。**
等老師來才就座。

着替える きかえる | 動詞 換衣服

例句 **制服(せいふく)に着替(きか)えて登校(とうこう)する。**
換穿制服上學。

未婚女性(みこんじょせい)の晴(は)れ着(ぎ)

未婚女性的正式裝扮。

「振袖」是日本未婚女性參加成人禮（成人式(せいじんしき)）或婚禮時所穿的和服式的正統禮服（晴(は)れ着(ぎ)）。**袖擺**（袂(たもと)）長（長(なが)い）是特徵，一件（一式(いっしき)）約20萬～40萬日圓。因為穿的機會不多，所以有需要時，許多人大多選擇**租借**(レンタル)的方式。

焼

意義

燃燒；火災；嫉妒；鍛燒；照顧

常見發音

しょう／や

焼く やく | 動詞 燒、烤；曬黑；洗相片；嫉妒

正誤漢字 焼 ○ 燒 ×

例句 **炭火と網で焼く肉はおいしい。**
用炭火跟網子烤出來的肉很好吃。

焼ける やける | 動詞 著火；曬黑；消化不良；操心

例句 **海に行って焼けた。**
去海邊（將身體）曬黑。

焼きギョーザ やきギョーザ | 名詞 煎餃、鍋貼

例句 **焼き餃子は日本で一番多い。**
在日本鍋貼最多（和水餃相比）。

焼け石に水 やけいしにみず | 名詞 杯水車薪

例句 **この大火事ではバケツの水をかけても焼け石に水だ。**
火勢這麼大，用水桶潑水沒有什麼幫助。

焼印 やきいん | 名詞 烙印

例句 **牛に焼印を押す。**
烙印在牛身上。

焼肉 やきにく | 名詞 烤肉

例句 **焼肉ばかり食べるとコレステロールが上がる。**
只吃烤肉，膽固醇指數會上升。

焼き芋 やきいも | 名詞 烤蕃薯

例句 **冬は焼き芋の屋台が出る。**
冬天會有烤番薯的路邊攤。

焼き直す やきなおす | 動詞 重燒；改編

例句 **古いアイディアを焼き直して使う。**
把舊的想法重新改用。

焼討ち／焼打ち やきうち | 名詞 火攻

例句 **賊は寺を焼討ちにした。**
山賊火攻寺廟。

焼き豚 やきぶた | 名詞 叉燒豬肉

例句 **焼き豚をラーメンに入れる。**
把叉燒肉放進拉麵裡。

焼き鳥 やきとり | 名詞 燒雞肉串

例句 **焼き鳥屋で一杯やる。**
在串燒店喝一杯。

焼け焦げ やけこげ | 名詞 燒焦；燒糊

例句 **魚の焼け焦げは食べない。**
我不吃魚的烤焦部分。

意義

沒有；失去；無視

常見發音

ぶ／む／な

無一文 むいちもん ｜ 名詞 身無分文

例句 **博打(ばくち)で負(ま)けて無一文(むいちもん)になった。**
賭輸了，身無分文。

無欠勤 むけっきん ｜ 名詞 全勤

例句 **彼(かれ)は無遅刻(むちこく)無欠勤(むけっきん)だ。**
他沒有遲到缺席。

神無月 かんなづき

神無月

根據日本的**神話故事**（神話(しんわ)の話(はなし)）描述，每年**農曆**（旧暦(きゅうれき)）十月期間，所有神明都會**聚集**（集(あつ)まる）到「出雲」這個地方，所以這段期間日本境內除了「出雲」之外，都沒有神明，因此將農曆十月稱為「神無月」。不僅農曆十月，其他月份也有各自的**別稱**（別名(べつめい)）。

無作法(不作法) ぶさほう ｜ 名詞 不懂禮儀

例句 **食事(しょくじ)のときに立(た)ち上(あ)がるのは無作法(ぶさほう)だ。**
用餐時間站起來沒禮貌。

無免許 むめんきょ ｜ 名詞 無駕照；不需執照

例句 **彼(かれ)は無免許(むめんきょ)で車(くるま)を練習(れんしゅう)していた。**
他無照駕駛練習開車。

無邪気 むじゃき ｜ 名詞 天真、單純

正誤漢字	気 ○	氣 ×

例句 **子供(こども)は無邪気(むじゃき)におもちゃで遊(あそ)ぶ。**
孩子天真無邪玩玩具。

無料 むりょう ｜ 名詞 免費

例句 **公園(こうえん)の水(みず)は無料(むりょう)で飲める。**
公園的水可以免費喝。

無料駐車場 むりょうちゅうしゃじょう ｜ 名詞 免費停車場

例句 **神社(じんじゃ)には無料駐車場(むりょうちゅうしゃじょう)がついている。**
神社有免費停車場。

開

意義

打開；開始；開放；離開；開朗

常見發音

かい／あ／ひら

開ける あける | 動詞 打開

例句 **窓を開けて新しい空気を入れる。**

打開窗戶讓新鮮空氣進來。

開く ひらく | 動詞 開放；敞開；開始；擴大；開墾

例句 **心を開いて広い世界を見る。**

打開心胸看看寬廣的世界。

山開き やまびらき

開放登山

從前（昔），日本人信仰「山」，除了夏季的特定時間，其餘的日子是嚴禁（禁止）登山的。甚至解禁當天還會舉行（行う）開山儀式保佑（祈願する）登山客的平安，這就是所謂「開放登山」的由來。日本各地的開放登山日幾乎都是7月1日。

開放禁止 かいほうきんし | 名詞 隨手關門

例句 **冷房中なのでこのドアは開放禁止だ。**

冷氣開放中這門禁止開啟。

開通 かいつう | 動詞 通車；通話

例句 **台湾新幹線が開通した。**

台灣高鐵開通了。

開催 かいさい | 動詞 召開；舉行；舉辦；開會

例句 **今度のオリンピックはロンドンで開催される。**

下一屆奧運在倫敦舉行。

開催者 かいさいしゃ | 名詞 舉辦人

例句 **大会の開催者が挨拶する。**

大會主辦人說話。

開催国 かいさいこく | 名詞 舉辦國

例句 **次期オリンピックの開催国を決める。**

決定下一屆奧運舉辦國。

開発途上国 かいはつとじょうこく | 名詞 開發中國家

例句 **開発途上国では人件費が安い。**

開發中國家，其人事費用很便宜。

間

意義

期間；時期；有時；相間；房屋的單位；長度的單位

常見發音

かん／けん／あいだ／ま

間に合う まにあう ┃ 動詞 來得及；有用；過得去

例句 **環境汚染の改善はまだ間に合う。**
環境汚染的問題還來得及改善。

間一髪 かんいっぱつ ┃ 名詞 千鈞一髮；毫釐之差

例句 **間一髪電車に間に合った。**
千鈞一髮趕上電車。

間の子（合の子） あいのこ ┃ 名詞 混血兒；雜種

例句 **伝説の麒麟は龍と鹿の合の子です。**
傳說中，麒麟是龍和鹿的混血。

間者 かんじゃ ┃ 名詞 間諜

例句 **間者がいるのでここでは話せない。**
因為有間諜，不能在這裡說。

間食 かんしょく ┃ 名詞 零食；點心

例句 **間食をすると太る。**
吃零食會胖。

間貸し まがし ┃ 動詞 出租房間

例句 **空いた部屋を間貸しする。**
出租空房間。

間違う まちがう ┃ 動詞 弄錯；絕對；錯誤

例句 **彼女は二十代と間違うほど若く見える。**
她看起來很年輕，似乎才二十幾歲。

床の間

床之間

傳統的日式住家會在**客廳**（客間）設置「床の間」，這個地方沒有**舖設**（敷く）榻榻米，高度比一般榻榻米高。日本人會在此陳列**掛畫**（掛け軸）、**插花作品**（生け花）或收藏品，從「床の間」的擺設可以看出這家主人的社會地位。

散

意義

散開；揮霍金錢；粉狀的；散漫

常見發音

さん／ち

散らす ちらす｜動詞 分散；傳播；弄亂

例句　**蜘蛛(くも)の子(こ)を散(ち)らすように逃(に)げていった。**

小蜘蛛很快各自散開逃走。

散る ちる｜動詞 凋謝；分散；零亂；傳播；精神渙散

例句　**桜(さくら)は散(ち)るのが早(はや)い。**

櫻花很快凋謝。

花(はな)が散(ち)る

花謝

春季（春(はる)）是日本的櫻花季，美艷的**花瓣**（花(はな)びら）會宛如吹雪般**萬花齊放**（狂(くる)い咲(ざ)き）。而櫻花的花期極短，**僅僅**（わずか）只有**一週**（一週間(いちしゅうかん)），一旦日本國內所有品種的櫻花都凋謝了，時序也就進入晚春，初夏來臨了。

散り残る ちりのこる｜動詞 尚未凋謝

例句　**まだ散(ち)り残(のこ)る花(はな)がついている。**

還有沒凋謝的花朵。

散見 さんけん｜動詞 到處可見

例句　**欧米人(おうべいじん)の渡来(とらい)は文献(ぶんけん)に散見(さんけん)される。**

在文獻上也可看到歐美人到日本的紀錄。

散財 さんざい｜動詞 破費；揮霍

例句　**後輩(こうはい)には散財(さんざい)させません。**

我不會讓晚輩揮霍花錢。

散散 さんざん｜副詞 嚴重；狼狽

例句　**部長(ぶちょう)に散々文句(さんざんもんく)を言(い)われました。**

部長對我碎碎念。

散策 さんさく｜動詞 散步

例句　**日本庭園(にほんていえん)を散策(さんさく)する。**

去日本庭院散散步。

散髪 さんぱつ｜名詞 理髮；披頭散髮

例句　**うっとおしいので散髪(さんぱつ)に行(い)った。**

覺得煩就去剪頭髮。

意義

新的；新事物；變新的

常見發音

しん／あたら／あら／にい

新しい あたらしい | い形 新的；新鮮的；新做的；新改的

例句 **新しい先生が学校に来た。**
學校來了新老師。

新入者歓迎会 しんにゅうしゃかんげいかい | 名詞 迎新會

正誤漢字 会 ○ 會 ×

例句 **会社の新入者歓迎会がある。**
公司有迎新會。

新卒 しんそつ | 名詞 應屆畢業生

例句 **新卒なのでまだ仕事に慣れていない。**
才剛畢業，工作還不習慣。

新しがり屋 あたらしがりや | 名詞 趕時髦的人

例句 **彼は新しがり屋だ。**
他喜新厭舊。

新香 しんこ／しんこう | 名詞 新鮮的泡菜、鹹菜

例句 **お茶を飲みながら御新香を食べる。**
邊喝茶邊吃泡菜。

新婦 しんぷ | 名詞 新娘

例句 **新婦を祝福する。**
祝福新娘子。

新聞 しんぶん | 名詞 報紙

例句 **新聞を定期購読する。**
訂報紙。

新聞社 しんぶんしゃ | 名詞 報社

例句 **新聞社に投稿する。**
投稿到報社。

新参 しんざん | 名詞 新手；新加入的成員

正誤漢字 参 ○ 參 ×

例句 **新参なので大きな顔ができない。**
因為新來的無法耍大牌。

新発売 しんはつばい | 名詞 新發售

例句 **新発売の製品を宣伝する。**
產品新發售做宣傳。

新枕 にいまくら | 名詞 新婚初夜

新本 しんぽん | 名詞 新版本；新書

新著 しんちょ | 名詞 新作品

新聞代 しんぶんだい | 名詞 報費

腹

意義

肚子；物體的前面或中間；心中想法；度量

常見發音

ふく／はら

腹の虫 はらのむし | 名詞 蛔蟲；脾氣

例句 **犯罪者(はんざいしゃ)が処罰(しょばつ)を受(う)けないと腹(はら)の虫(むし)が収(おさ)まらない。**

對於犯罪者不用被懲罰，感到一肚子氣。

腹一杯 はらいっぱい | 副詞 吃得很飽；全部

例句 **腹一杯(はらいっぱい)食(た)べて眠(ねむ)くなった。**

吃飽就想打瞌睡。

腹八分 はらはちぶ | 名詞 八分飽

例句 **腹八分(はらはちぶ)が健康(けんこう)の秘訣(ひけつ)だ。**

吃八分飽才是健康秘訣。

腹下り はらくだり | 名詞 瀉肚子

例句 **腹下(はらくだ)りのときは絶食(ぜっしょく)する。**

拉肚子時就不吃東西。

腹の皮 はらのかわ | 名詞 肚皮

例句 **腹(はら)の皮(かわ)がよじれるほど笑(わら)った。**

笑到肚子都疼了。

腹立たしい はらだたしい | 動詞 可恨、令人生氣

例句 **受付(うけつけ)の態度(たいど)は腹立(はらだ)たしい。**

櫃台的態度令人生氣。

腹話術 ふくわじゅつ | 名詞 腹語

例句 **腹話術(ふくわじゅつ)は口(くち)が動(うご)いてはいけない。**

說腹語時，嘴巴不可以動。

腹黒い はらぐろい | い形 黑心肝；陰險

正誤漢字 黒 ○ 黑 ×

例句 **政治家(せいじか)はみな腹黒(はらぐろ)い。**

政客都很黑心。

腹違い はらちがい | 名詞 同父異母

例句 **腹違(はらちが)いの妹(いもうと)がいる。**

我有個同父異母的妹妹。

腹立つ はらだつ | 動詞 生氣、發怒

腹這う はらばう | 動詞 匍匐、爬；俯臥

腹穢い はらぎたない | 名詞 心術不正

腹変り はらがわり | 名詞 異母兄弟、姊妹；違約

遠

意義

距離遠的；時間長的；遠方

常見發音

えん／おん／とお

遠い とおい | 動詞 遠；時間長；遠親；疏遠

例句 **彼女は私の遠い親戚に当たる。**
她是我的遠方親戚。

遠退く とおのく | 動詞 遠離；疏遠

例句 **今回の酷評でオスカーが遠退いた。**
因為這次嚴厲的批評，離奧斯卡獎越來越遠了。

負け犬の遠吠え

敗犬的遠吠

『負け犬の遠吠え』是日本作家 — 酒井順子的暢銷著作，書中認為女性即使美麗且事業有成，只要超過30歲（30代以上）仍然未婚（未婚）、沒有小孩（子なし），就是「敗犬」。這是日本的暢銷書（ベストセラー），台灣也有類似名稱的連續劇。

遠出 とおで | 動詞 出遠門

例句 **遠出するので燃料を満タンにする。**
將油加滿，要出遠門。

遠回し とおまわし | 名詞 委婉；拐彎抹角

例句 **課長は遠回しにイヤミを言う。**
課長拐彎抹角地挖苦人。

遠回り とおまわり | 名詞 繞遠道

例句 **土砂崩れなので遠回りをする。**
因為土石流得繞路而行。

遠隔操作 えんかくそうさ | 名詞 遙控

例句 **遠隔操作によってラジコン車を操る。**
遙控操作模型車。

遠慮 えんりょ | 動詞 遠慮；客氣

例句 **遠慮しないでどんどん食べてください。**
不用客氣儘管吃。

遠写 えんしゃ | 名詞 遠拍

正誤漢字 **写**〇 寫✕

意義

裡面；私底下

常見發音

り／うら

裏口入学 うらぐちにゅうがく | 名詞 靠關係入學

正誤漢字	学○	學×

例句　**彼(かれ)は多額(たがく)の賄賂(わいろ)で裏口入学(うらぐちにゅうがく)した。**
他用很多金錢賄賂，靠關係入學。

裏切る うらぎる | 動詞 背叛

例句　**不二子(ふじこ)はすぐルパンを裏切(うらぎ)る。**
（峰）不二子動不動就背叛魯邦。

裏返る うらがえる | 動詞 翻過來；叛變

例句　**高(たか)い声(こえ)を出(だ)すと裏返(うらがえ)ってしまう。**
發出高音就變假音。

裏手 うらて | 名詞 背面

例句　**食堂(しょくどう)の裏手(うらて)に回(まわ)ったらとても不衛生(ふえいせい)だった。**
走到餐廳後門，就很不衛生。

裏方 うらかた | 名詞 貴夫人；後台工作人員

例句　**出番(でばん)がないときは裏方(うらかた)に回(まわ)る。**
沒輪到我上場時，就當後台工作人員。

裏腹 うらはら | 名詞 言行不一；完全相反

例句　**彼(かれ)は誓約(せいやく)と裏腹(うらはら)に汚職(おしょく)ばかりしている。**
他違背誓詞，極盡貪污之能事。

裏話 うらばなし | 名詞 內情；祕密的事

例句　**彼(かれ)はハリウッドスターの裏話(うらばなし)をたくさん知(し)っている。**
他知道很多好萊塢明星的秘密。

裏声 うらごえ | 名詞 （特殊唱法）假音

例句　**彼女(かのじょ)の地声(じごえ)は裏声(うらごえ)みたいだ。**
她的聲音很像假音。

裏口 うらぐち | 名詞 後門；走後門

裏口営業 うらぐちえいぎょう | 名詞 非法營業

裏切り者 うらぎりもの | 名詞 叛徒

裏付け うらづけ | 名詞 證據；保證

裏面参照 りめんさんしょう | 名詞 請看背面

裏庭 うらにわ | 名詞 後院

鉄

意義
金屬名；鐵黑色；堅固的；武器

常見發音
てつ

鉄工 てっこう | 名詞 鐵匠

正誤漢字 鉄 ○ 鐵 ×

例句 **私は鉄工所で働いている。**
我在鐵工廠工作。

鉄面皮 てつめんぴ | 名詞 厚臉皮

例句 **女はおばさんになると鉄面皮になる。**
女人一到中年就變成厚臉皮。

鉄砲／鉄炮 てっぽう | 名詞 步槍；槍砲

例句 **鉄砲はポルトガルから伝来した。**
槍砲從葡萄牙傳進日本。

鉄砲弾 てっぽうだま | 名詞 子彈；一去不回（黑道的敢死隊）

例句 **港に鉄砲玉の死体が上がった。**
在海港撈出一具黑道人士的屍體。

鉄兜 てつかぶと | 名詞 鋼盔

例句 **鉄兜の洋式は家によって違う。**
頭盔的樣式因每個（日本）家族而異。

鉄棒 てつぼう | 名詞 單槓

例句 **鉄棒で逆上がりをする。**
玩單槓翻轉。

鉄道 てつどう | 名詞 鐵路

例句 **国営鉄道が倒産した。**
國營鐵路公司倒閉了。

鉄窓 てっそう | 名詞 鐵窗；比喻監獄

例句 **鉄窓から娑婆を遠望する。**
從監獄眺望外面的自由世界。

鉄火打 てっかうち | 名詞 賭博

鉄火肌 てっかはだ | 名詞 富俠義的個性

電

意義

閃電；電力；電報；電車

常見發音

でん

電子メール でんしメール | 名詞 電子郵件

例句 社内(しゃない)の電子(でんし)メールで同僚(どうりょう)とおしゃべりする。
用電子郵件跟同事聊天。

電子レンジ でんしレンジ | 名詞 微波爐

例句 電子(でんし)レンジで唐揚(からあ)げもできる。
微波爐也能做炸雞。

電気(でんき)こたつ

暖爐桌

暖爐桌曾經是日本人生活中不可或缺的暖氣設備（暖房器具(だんぼうきぐ)），暖爐桌內側有電熱器，可以維持（保(たも)つ）被褥內側的溫度。最近由於空調設備、電熱毯（ホットカーペット）等新式暖氣設備日漸普及，日本家庭大多已不再使用暖爐桌。

電車 でんしゃ | 名詞 電車

例句 電車(でんしゃ)は渋滞(じゅうたい)がないので確実(かくじつ)だ。
電車不會塞車，時間很準確。

電車賃 でんしゃちん | 名詞 電車車費

例句 一駅(ひとえき)なので歩(ある)いて電車賃(でんしゃちん)を浮(う)かす。
只有一站的距離，所以走路節省電車費。

電卓 でんたく | 名詞 電子計算機

例句 携帯(けいたい)にも電卓機能(でんたくきのう)がついている。
手機也附有計算機的功能。

電信柱 でんしんばしら | 名詞 電線桿

例句 電信柱(でんしんばしら)に車(くるま)をぶつけた。
車子撞到電線杆。

電話料金 でんわりょうきん | 名詞 電話費

例句 携帯(けいたい)の電話料金(でんわりょうきん)は子供(こども)に小遣(こづか)いから払(はら)わせる。
叫孩子用零用錢付手機通話費。

電気炊飯器 でんきすいはんき | 名詞 電子蒸飯鍋

試

意義

嘗試；考試

常見發音

し／こころ／ため

試す ためす ▎動詞 試驗

例句 **女神(めがみ)は金(きん)の斧(おの)で心(こころ)を試(ため)した。**
女神用金斧頭測試人心。

試合 しあい ▎名詞 比賽

例句 **バスケットの試合(しあい)がある。**
有籃球比賽。

肝試し（きもだめし）

試膽大會

日本的學生常在夏天夜裡溜到**謠傳**（噂(うわさ)）幽靈**出沒**（出(で)る）的地方進行探險，這類活動稱為「試膽大會」。只要**電視節目**（テレビの番組(ばんぐみ)）一介紹幽靈出沒的地點，**年輕人**（若者(わかもの)）就會抱持**好玩**（面白半分(おもしろはんぶん)）的心態前去探險，這些地方也馬上成為試膽大會的聖地（メッカ）。

試食 ししょく ▎名詞 品味；品嚐

例句 **デパ地下(ちか)には試食(ししょく)がたくさんある。**
在百貨公司的地下街有很多東西可以試吃。

試飲 しいん ▎動詞 試喝

例句 **ワインを試飲(しいん)してみた。**
我試喝葡萄酒。

試煉／試練 しれん ▎名詞 考驗

例句 **彼(かれ)は試練(しれん)に耐(た)え成功(せいこう)した。**
他經過考驗才成功的。

試着 しちゃく ▎動詞 試穿

正誤漢字	着○	著×

例句 **気(き)に入(い)った服(ふく)を試着(しちゃく)してみた。**
我試穿看看喜歡的衣服。

試着室 しちゃくしつ ▎名詞 試衣間

例句 **あいてる試着室(しちゃくしつ)がない。**
沒有空的試衣間。

試験 しけん ▎名詞 考試

例句 **試験(しけん)の成績(せいせき)は最悪(さいあく)だった。**
考試結果很慘。

意義

音樂；彈奏；快樂的；喜歡；輕鬆

常見發音

がく／らく／たの

楽しい たのしい | い形 快樂；愉快；高興

正誤漢字 楽 ○ 樂 ×

例句 **私(わたし)にとって仕事(しごと)は楽(たの)しい。**
在我看來工作是快樂的。

楽しみ たのしみ | 名詞 快樂；樂趣；安慰

例句 **彼(かれ)は晩酌(ばんしゃく)が楽(たの)しみだ。**
晚上喝酒是他的樂趣。

楽しむ たのしむ | 動詞 享受；期待；欣賞

例句 **彼(かれ)は楽(たの)しんで部下(ぶか)をいじめてる。**
他很喜歡欺負屬下。

楽天的 らくてんてき | 名詞 樂觀的；樂天的

例句 **楽天的(らくてんてき)なほうが大成(たいせい)する。**
樂天派的人容易成大事。

楽屋 がくや | 名詞 後台；內幕

例句 **楽屋(がくや)で化粧(けしょう)する。**
在後台化妝。

楽書（落書） らくがき | 動詞 亂寫亂畫

例句 **公衆便所(こうしゅうべんじょ)に落書(らくがき)してはいけません。**
別在公共廁所塗鴉。

楽勝 らくしょう | 名詞 輕易取勝

例句 **東大(とうだい)なんて楽勝(らくしょう)です。**
（考）東京大學很簡單。

楽々 らくらく | 名詞 很舒服；很容易

例句 **彼(かれ)は楽々(らくらく)と司法試験(しほうしけん)に合格(ごうかく)した。**
司法考試他很輕鬆就合格了。

味噌田楽(みそでんがく)

味噌烤豆腐

「味噌田樂」是將豆腐（豆腐(とうふ)）、小芋頭（里芋(さといも)）及蒟蒻（こんにゃく）等材料，利用特製味噌調味後，再加以烘烤（焼(や)く）的料理。其名稱由來據說和日本的傳統藝術之一，配合音樂而舞動（踊(おど)る）的「田楽」有關。

意義
喝、吞；飲料

常見發音
いん／の

飲む のむ | 動詞 喝、吞；壓倒、吞沒；侵吞

例句 **今夜(こんや)は友達(ともだち)と飲(の)みに行(い)きます。**
今晚跟朋友去喝酒。

飲み干す のみほす | 動詞 喝光

例句 **日本(にほん)の乾杯(かんぱい)は飲(の)み干(ほ)さなくてもいいです。**
日本的「乾杯」並不是指一口氣喝光。

日本(にほん)の飲食(いんしょく)

日本的飲食

日本的飲食文化可分為「和食、洋食、中華食」三種。而事實上（実際(じっさい)には），洋食和中華食都已經日本化（日本化(にほんか)する），所以廣義來說，這三種都是「日本食」。例如（例(たと)えば）「拿坡里風義大利麵」就是標準的日式化洋食。

飲み水 のみみず | 名詞 飲用水

例句 **日本(にほん)では水道水(すいどうすい)は飲(の)み水(みず)です。**
日本的自來水是可以喝的飲用水。

飲物 のみもの | 名詞 飲料

例句 **国内線(こくないせん)は飲(の)み物(もの)だけです。**
國內線飛機只附贈飲料。

飲屋 のみや | 名詞 酒館；居酒屋

例句 **行(い)きつけの飲(の)み屋(や)に行(い)きます。**
去經常光顧的居酒屋。

飲み潰れる のみつぶれる | 動詞 醉

例句 **飲(の)み潰(つぶ)れた友達(ともだち)を家(いえ)に泊(と)めます。**
讓醉倒的朋友住我家。

飲酒運転 いんしゅうんてん | 名詞 酒後開車

正誤漢字	転 ○	轉 ×

例句 **飲酒運転(いんしゅうんてん)は免許(めんきょ)取(と)り消(け)しです。**
酒後開車會吊銷駕照。

飲み捨て のみすて | 名詞 亂扔煙蒂

正誤漢字	捨 ○	捨 ×

意義

聽見；聽得到；評論

常見發音

ぶん／もん／き

聞く きく | 動詞 聽；答應；打聽

例句 **受付に値段を聞いた。**
問櫃台價錢。

聞き分け ききわけ | 名詞 聽懂

例句 **この子は聞き分けがいい。**
這孩子很懂事。

聞き出す ききだす | 動詞 打聽出；開始聽

例句 **友達に犯人の居場所を聞きだす。**
向朋友打聽犯人的所在地。

聞き込む ききこむ | 動詞 聽到；探聽

例句 **聞き込み調査で犯人の足取りを探す。**
探聽出犯人的蹤跡。

聞き伝える ききつたえる | 動詞 據說；傳聞

正誤漢字 伝○ 傳×

例句 **民話を聞き伝える。**
從別人那聽到民間故事。

聞取り／聴取り ききとり | 名詞 聽力

例句 **明日は英語の聞き取り試験がある。**
明天有英文的聽力測驗。

聞き直す ききなおす | 動詞 重新問

例句 **彼女は耳を疑い聞きなおした。**
她懷疑自己聽錯，再問一次。

聞き流す ききながす | 動詞 充耳不聞

例句 **ハルヒは自分に都合の悪い話しは聞き流す。**
（涼宮）春日對於自己不想聽的，就充耳不聞。

聞き難い ききにくい | い形 聽不懂；聽不清楚

例句 **アメリカ人の英語は聞き難い。**
聽不懂美國人說的英文。

聞き惚れる ききほれる | 動詞 聽得入迷

例句 **聞き惚れて何度聞いても飽きない。**
聽得入迷，百聽不厭。

聞き捨て ききずて | 名詞 當耳邊風

例句 **侮辱の言葉は聞き捨てならない。**
那些侮辱人的話聽聽就算了。

聞き違える ききちがえる | 動詞 聽錯

例句 **住所を聞き違えた。**
地址聽錯了。

意義

金屬名稱；銀色；貨幣的總稱

常見發音

ぎん

銀メダル ぎんメダル | 名詞 銀牌

例句 **金(きん)メダルを期待(きたい)されたが銀(ぎん)メダルどまりだった。**

大家期望我奪得金牌，可是到銀牌就停滯不前。

銀世界 ぎんせかい | 名詞 雪白世界

例句 **一夜(いちや)にして銀世界(ぎんせかい)になった。**

一夜間成為銀白世界。

金(きん)さん・銀(ぎん)さん

金銀婆婆

金銀婆婆曾是日本知名的**雙胞胎姐妹**（双子(ふたご)姉妹(しまい)），兩人都**超過一百歲**（100歳(ひゃくさい)を過(す)ぎる）但仍相當**健康**（元気(げんき)），曾應邀演出**電視廣告片**（コマーシャル），並曾上過**綜藝節目**（バラエティー番組(ばんぐみ)），相當受到日本民眾的喜愛。

銀行マン ぎんこうマン | 名詞 銀行家

例句 **私(わたし)は銀行(ぎんこう)マンとして働(はたら)いている。**

我的工作是銀行行員。

銀行員 ぎんこういん | 名詞 銀行職員

例句 **銀行員(ぎんこういん)はノルマが大変(たいへん)だ。**

銀行行員有業績壓力。

銀行通帳 ぎんこうつうちょう | 名詞 銀行存摺

例句 **銀行通帳(ぎんこうつうちょう)にへそくりをためる。**

存私房錢在銀行裡。

銀髪 ぎんぱつ | 名詞 白髮

正誤漢字 **髪** ○ 髮 ×

例句 **彼(かれ)は銀髪(ぎんぱつ)のナイスミドルになった。**

他成為有魅力的中年男子。

銀盤 ぎんばん | 名詞 銀盤；冰面；溜冰場

例句 **安藤(あんどう)は銀板(ぎんばん)の上(うえ)で華麗(かれい)な四回(よんかい)転(てん)を決(き)めた。**

安藤（美姬）在冰場上做出華麗的四圈旋轉。

銀輪 ぎんりん | 名詞 銀色環；自行車

雑

意義

混雜；雜亂的

常見發音

ざつ／ぞう

雑巾 ぞうきん | 名詞 抹布

正誤漢字 雑 ○ 雜 ×

例句 **雑巾で机を拭く。**
用抹布擦桌子。

雑言 ぞうごん／ぞうげん | 名詞 漫罵

例句 **社長は罵詈雑言を浴びせた。**
老闆口出髒話。

雑念 ざつねん | 名詞 胡亂思想

例句 **雑念を払って精神統一する。**
集中精神去除雜念。

雑沓／雑踏 ざっとう | 名詞 人山人海，人多擁擠

例句 **雑踏にまぎれて友達を見失った。**
在人海中和朋友走失。

雑務 ざつむ | 名詞 雜務，瑣事

例句 **OLは雑務が多い。**
粉領族的工作雜事很多。

雑貨屋 ざっかや | 名詞 雜貨店

例句 **雑貨屋で箒を買った。**
在雜貨店買掃帚。

雑魚寝／雑居寝 ざこね | 名詞 擠在一塊睡

例句 **合宿では大勢で雑魚寝をする。**
集訓時大家睡在一起。

雑談 ざつだん | 動詞 聊天

例句 **奥さんが集まって雑談する。**
太太們聚在一起聊天。

雑煮（ぞうに）

煮年糕雜燴

「雑煮」是用**年糕**（餅）及其他食材所煮成的湯料理。日本人會在新年的正月期間食用雑煮，祈求新的一年大家能夠大豐收、及全家平安健康。「雑煮」的作法各地不同，有些地方會以味噌**調味**（味付けをする），有些地方會放入**紅豆**（小豆）和砂糖煮成紅豆湯圓湯。

意義

選擇；選舉；集結許多人作品的書刊

常見發音

せん／えら

選ぶ えらぶ | 動詞 挑選；選舉

例句 **パーティーに着ていく服を選ぶ。**
挑選參加派對的衣服。

選外 せんがい | 名詞 未入選

例句 **私の投稿作品は選外となった。**
我的投稿沒有入選。

選外傑作 せんがいけっさく | 名詞 未入選的佳作

例句 **私の投稿は選外傑作と認められた。**
我的投稿被認定是落選中的佳作。

選り好み えりごのみ | 動詞 挑剔

例句 **食べ物を選り好みしてはいけない。**
不可以挑食。

選考 せんこう | 名詞 選拔人才

例句 **書類選考で社員を選ぶ。**
以書面資料選擇公司職員。

選択 せんたく | 動詞 挑選

正誤漢字	択 ○	擇 ×

例句 **自分に合った職業を選択する。**
挑選自己適合的職業。

選択科目 せんたくかもく | 名詞 選修科目

例句 **これは選択科目だ。**
這是選修科目。

選挙候補者 せんきょこうほしゃ | 名詞 候選人

正誤漢字	挙 ○	舉 ×

例句 **選挙候補者が汚職はしないと誓う。**
候選人發誓絕不貪汙。

選挙戦 せんきょせん | 名詞 競選活動

正誤漢字	戦 ○	戰 ×

選別 せんべつ | 名詞 篩選

選局 せんきょく | 名詞 選台

選り抜く えりぬく | 動詞 選拔

選挙候補者名簿 せんきょこうほしゃめいぼ | 名詞 候選人名單

橫

意義

橫向；旁邊；橫躺；蠻橫

常見發音

よこ／おう

橫切る よこぎる | 動詞 橫越過

例句 **猫が道を横切った。**
貓咪穿越馬路。

橫目 よこめ | 名詞 斜視；秋波

例句 **ミニスカートの美人を横目で見た。**
偷瞄穿迷你裙的美女。

橫町 よこちょう | 名詞 巷子

例句 **横町に入ると焼き鳥屋がある。**
走進巷子就有雞肉串燒店。

橫柄 おうへい | 名詞 傲慢

例句 **ボスの態度は横柄だ。**
老大的態度蠻橫。

橫書き よこがき | 名詞 橫寫

例句 **英語は横書きしかしない。**
英文只能橫向書寫。

橫道 よこみち | 名詞 岔路

例句 **話が横道にそれた。**
話題偏離主題。

橫槍 よこやり | 名詞 插嘴；干涉

例句 **話に横槍を入れた。**
插嘴說話。

橫綱 よこづな | 名詞 相撲冠軍

例句 **横綱は禿げたら引退する。**
橫綱要是禿頭就得退休。

橫領 おうりょう | 動詞 侵吞

例句 **公金を横領した。**
盜領公款。

橫断禁止 おうだんきんし | 名詞 禁止橫越

正誤漢字 断 ○ 斷 ×

橫断歩道 おうだんほどう | 名詞 人行道

正誤漢字 歩 ○ 步 ×

例句 **子供は手を上げて横断歩道を渡る。**
孩子舉起手過斑馬線。

橫車 よこぐるま | 名詞 不講理

橫幅 よこはば | 名詞 寬度

日本國中生、高中生必學漢字

軌

常見發音

き

生活慣用語

軌道に乗る きどうにのる | 事情進入正常的狀況

衍生例句

新(あたら)しい企業(きぎょう)が軌道(きどう)に乗(の)った。新企業上了軌道。

日本國中生、高中生必學漢字

常見發音

き／う

生活慣用語

血に飢える ちにうえる | 非常渴望血腥；嗜血

衍生例句

彼(かれ)は血(ち)に飢(う)えた狼(おおかみ)のようだ。他嗜血如惡狼。

日本國中生、高中生必學漢字

常見發音

き

生活慣用語

騎虎の勢 きこのいきおい | 事情無法回頭，只能繼續進行

衍生例句

騎虎(きこ)の勢(いきおい)下(お)りるを得(え)ず。事情到了這地步騎虎難下，只好繼續做下去。

日本國中生、高中生必學漢字

儀

常見發音

ぎ

生活慣用語

他人行儀 たにんぎょうぎ | 多禮讓人不自在

衍生例句

あまり仰々(ぎょうぎょう)しいと他人行儀(たにんぎょうぎ)だ。太過客氣也讓人覺得不自在。

日本國中生、高中生必學漢字

欺

常見發音

ぎ／あざむ

生活慣用語

目を欺く めをあざむく | 以某種技法矇騙他人得到讚賞

衍生例句

観客(かんきゃく)の目(め)を欺(あざむ)くすばらしい魔術(まじゅつ)だ。能騙過觀眾的眼睛，這是個很棒的魔術。

日本國中生、高中生必學漢字

常見發音

きく

生活慣用語

十日の菊 とおかのきく | 時間一過，再做就來不及

衍生例句

ブームが去(さ)ってから作(つく)っても十日(とおか)の菊(きく)だ。等到熱潮退了之後，再做也來不及。

日本國中生、高中生必學漢字

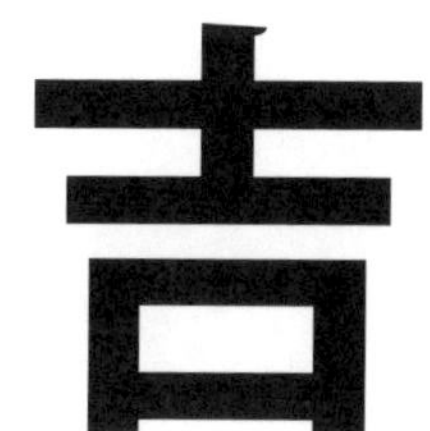

常見發音

きち／きく

生活慣用語

思い立ったが吉日 おもいたったがきちじつ | 有想法就應立即行動

衍生例句

思い立ったが吉日なのですぐ実行する。想做的那天就是好日子 ，應該馬上去做。

日本國中生、高中生必學漢字

常見發音

きゃ／きゃく／あし

生活慣用語

脚光を浴びる きゃっこうをあびる | 受人注目

衍生例句

スタローンは一本の映画で 脚 光を浴びた。史特龍只靠一部電影就成為目光焦點。

日本國中生、高中生必學漢字

常見發音

きわ／きゅう

生活慣用語

窮鼠猫を噛む きゅうそねこをかむ | 弱者窮途末路時，給予強者一記反擊

衍生例句

窮 鼠猫を噛むので油断がならない。老鼠無路可逃時會反咬貓一口，不得輕視。

常見發音

さけ／きょう

生活慣用語

快哉を叫ぶ かいさいをさけぶ | 心情舒暢、痛快

衍生例句

便秘が治って快哉を叫んだ。治好便祕，心情舒暢。

日本國中生、高中生必學漢字

挟

常見發音

きょう／はさ

生活慣用語

疑いを挟む うたがいをはさむ | 對某事感到懷疑

衍生例句

刑事は彼女の証言に疑いを挟んだ。警察對於她的證詞存疑。

日本國中生、高中生必學漢字

常見發音

くる／きょう

生活慣用語

眼鏡が狂う めがねがくるう | 無法分辨好壞、判斷錯誤

衍生例句

眼鏡が狂いとんでもない女を嫁にした。出乎意料的，她結婚了。

日本國中生、高中生必學漢字

矯

常見發音

た／きょう

生活慣用語

矯めつ眇めつ ためつすがめつ｜不斷反覆觀看、仔細端詳

衍生例句

初(はじ)めての本(ほん)が出(で)たときには矯(た)めつ眇(すが)めつ見直(みなお)した。我第一次出版書時，左看右看看了好幾次。

日本國中生、高中生必學漢字

常見發音

ぎょう／こう／あお／おお

生活慣用語

天を仰いで唾する てんをあおいでつばする｜朝著天空吐口水，害人反而害己

衍生例句

親不孝(おやふこう)は天(てん)を仰(あお)いで唾(つば)をするようなもの。對父母不孝順如同對天空吐口水，會害到自己。

日本國中生、高中生必學漢字

常見發音

こ／ぎょう

生活慣用語

息を凝らす いきをこらす｜屏氣凝神專注地看

衍生例句

人々(ひとびと)は息(いき)を凝(こ)らして魔術(まじゅつ)の動向(どうこう)を見(み)ていた。人們屏氣凝神仔細看魔術的變化。

日本國中生、高中生必學漢字

襟

常見發音

えり／きん

生活慣用語

襟を正す えりをただす｜整理服裝、端正儀容

衍生例句

襟を正して面接に望む。整齊服裝儀容，面對口試。

日本國中生、高中生必學漢字

駆

常見發音

か／く

生活慣用語

余勢を駆る よせいをかる｜趁著某件事還有氣勢，趁勝追擊

衍生例句

東大に合格した余勢を駆って司法試験に挑戦する。趁著考上東大的氣勢，挑戰司法特考。

日本國中生、高中生必學漢字

常見發音

ぐ／おろ

生活慣用語

愚痴をこぼす ぐちをこぼす｜抱怨、埋怨某件事情

衍生例句

サラリーマンは飲み屋で愚痴をこぼす。上班族在居酒屋抱怨。

日本國中生、高中生必學漢字

常見發音

ぐう

生活慣用語

千載一遇 せんざいいちぐう｜千載難逢的機緣

衍生例句

街(まち)を歩(ある)いていたらスカウトされて千載一遇(せんざいいちぐう)のチャンスだ。走在街頭被星探發掘，這可是千載難逢的好機會。

日本國中生、高中生必學漢字

常見發音

くつ

生活慣用語

屈託が無い くったくがない｜形容人天真、單純

衍生例句

彼女(かのじょ)は屈託(くったく)が無(な)く笑(わら)った。她以天真無邪的笑容看我。

日本國中生、高中生必學漢字

常見發音

ほ／くつ

生活慣用語

掘り出し物 ほりだしもの｜令人意想不到的東西

衍生例句

蚤市(のみいち)では時々(ときどき)掘(ほ)り出(だ)し物(もの)が見(み)つかる。在跳蚤市場有時可挖到寶物。

日本國中生、高中生必學漢字

繰

常見發音

く

生活慣用語

繰り出す くりだす | 陸陸續續地

衍生例句

彼(かれ)は次(つぎ)から次(つぎ)へと多彩(たさい)な技(わざ)を繰(く)り出(だ)す。他能接二連三變出多種招式。

日本國中生、高中生必學漢字

傾

常見發音

けい／かたむ

生活慣用語

気持ちが傾く きもちがかたむく | 喜愛某事物、感到心動

衍生例句

あまりの安(やす)さに気持(きも)ちが 傾(かたむ) いた。太便宜了讓我很心動。

日本國中生、高中生必學漢字

常見發音

え／けい／めぐ

生活慣用語

知恵を絞る ちえをしぼる | 想盡一切方法、絞盡腦汁

衍生例句

知恵(ちえ)を絞(しぼ)って新製品(しんせいひん)の企画(きかく)を 考(かんが) えた。絞盡腦汁企劃新產品。

日本國中生、高中生必學漢字

掲

常見發音

かか／けい

生活慣用語

看板を掲げる かんばんをかかげる | 懸掛招牌

衍生例句

看板(かんばん)を掲(かか)げて商売(しょうばい)をする。掛招牌做生意。

日本國中生、高中生必學漢字

継

常見發音

つ／けい

生活慣用語

二の句が継げない にのくがつげない | 對某事無話可說、說不出話

衍生例句

彼女(かのじょ)の汚宅(おたく)ぶりに二(に)の句(く)が継(つ)げなかった。她的房子髒到讓我說不出話來。

日本國中生、高中生必學漢字

常見發音

むか／げい

生活慣用語

山場を迎える やまばをむかえる | 到達最高點、最高潮

衍生例句

物語(ものがたり)は山場(やまば)を迎(むか)えた。故事進入最高潮。

常見發音

か／けん

生活慣用語

大は小を兼ねる だいはしょうをかねる | 大物品兼具小物品的功能

衍生例句

大(だい)は小(しょう)を兼(か)ねるので小(ちい)さいかばんたくさんよりも大(おお)きいかばんひとつのほうが便利(べんり)だ。以大兼小，有很多小包不如有一個大包的方便。

日本國中生、高中生必學漢字

常見發音

かた／けん

生活慣用語

口が堅い くちがかたい | 保守祕密不說；守口如瓶

衍生例句

彼(かれ)は口(くち)が堅(かた)いので秘密(ひみつ)を言(い)っても大丈夫(だいじょうぶ)だ。他守口如瓶，跟他說祕密沒關係。

日本國中生、高中生必學漢字

常見發音

けん／げん／いや／きら

生活慣用語

機嫌を損ねる きげんをそこねる | 破壞某人心情、氣氛

衍生例句

得意客(とくいきゃく)だから機嫌(きげん)を損(そこ)ねてはいけない。不能讓老顧客不高興。

日本國中生、高中生必學漢字

常見發音

かた／けん

生活慣用語

肩身が狭い かたみがせまい ❙ 沒有面子、沒有社會地位

衍生例句

わたし　は けんしゃいん　かた み　せま

私は派遣社員なので肩身が狭い。 我是一個派遣職員，沒有地位。

日本國中生、高中生必學漢字

常見發音

けん／つか／や

生活慣用語

目の遣り場に困る めのやりばにこまる ❙ 眼花撩亂、害羞不知道該看哪裡

衍生例句

はまべ　みずぎ びじょ　め　や　ば　こま

浜辺は水着美女ばかりで目の遣り場に困る。 海邊都是泳裝美女不知看哪裡好。

日本國中生、高中生必學漢字

常見發音

か／こ

生活慣用語

痩せても枯れても やせてもかれても ❙ 無論怎麼落魄、窮困潦倒…

衍生例句

かれ　や　か　おとこ

彼は痩せても枯れてもトッププロだった男だ。 再怎麼潦倒，他也曾是個頂尖的職業好手。

日本國中生、高中生必學漢字

御

常見發音

ご／ぎょ／おん

生活慣用語

御託を並べる ごたくをならべる｜說出一堆道理、嘮嘮叨叨

衍生例句

彼(かれ)は理論(りろん)が好(す)きですぐ御託(ごたく)を並(なら)べる。 他喜歡理論，動不動就說教。

日本國中生、高中生必學漢字

常見發音

こう／せ

生活慣用語

攻守所を変える こうしゅところをかえる｜攻擊方和防守方互換，比喻情勢逆轉

衍生例句

攻守所(こうしゅところ)を変(か)えてこちらが優勢(ゆうせい)になった。 情勢逆轉，我方處於優勢。

日本國中生、高中生必學漢字

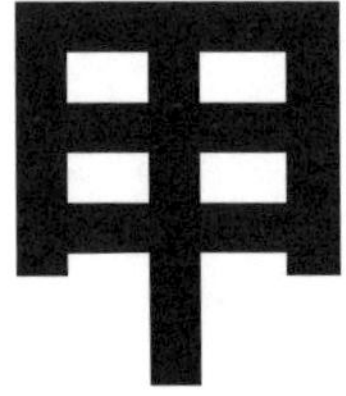

常見發音

こう／かん

生活慣用語

甲乙つけがたい こうおつつけがたい｜形容兩者能力不相上下、難分軒輊

衍生例句

孫悟空(そんごくう)と牛魔王(ぎゅうまおう)の武芸(ぶげい)は甲乙(こうおつ)つけがたい。 孫悟空跟牛魔王的武藝是難分高下。

日本國中生、高中生必學漢字

常見發音

しぼ／こう／し

生活慣用語

油を絞る あぶらをしぼる | 做某事失敗被教訓

衍生例句

今回(こんかい)の失敗(しっぱい)で社長(しゃちょう)にこってり油(あぶら)を絞(しぼ)られた。這次失敗被老闆教訓很久。

日本國中生、高中生必學漢字

常見發音

つな／こう

生活慣用語

頼みの綱 たのみのつな | 到最後唯一的辦法

衍生例句

こうなったら銀行(ぎんこう)からの融資(ゆうし)が頼(たの)みの綱(つな)だ。既然如此，向銀行貸款是唯一的辦法。

日本國中生、高中生必學漢字

常見發音

あら／こう／あ

生活慣用語

鼻息が荒い はないきがあらい | 為了某事提高士氣、振奮精神

衍生例句

彼(かれ)は世界タイトルを奪取(だっしゅ)しようと鼻息(はないき)が荒(あら)い。他為了要成為世界冠軍而振奮精神。

日本國中生、高中生必學漢字

獄

常見發音

ごく

生活慣用語

地獄の沙汰も金次第 じごくのさたもかねしだい｜形容金錢萬能，有錢能使鬼推磨

衍生例句

地獄(じごく)の沙汰(さた)も金次第(かねしだい)、どんなところでも金(かね)があればひとまず何(なん)とかなる。 金錢萬能，不管到哪裡只要有錢就能解決問題。

日本國中生、高中生必學漢字

腰

常見發音

こし／よう

生活慣用語

本腰を入れる ほんごしをいれる｜形容人非常認真做事

衍生例句

私(わたし)は本腰(ほんごし)を入(はい)れて事業(じぎょう)に取(と)り掛(か)かる。 我得開始認真於事業上。

日本國中生、高中生必學漢字

常見發音

こ

生活慣用語

首を突っ込む くびをつっこむ｜形容某人干預事情

衍生例句

あのおばさんはあらゆることに首(くび)を突(つ)っ込(こ)む。 那位婆婆不管什麼事都要管。

日本國中生、高中生必學漢字

紺

常見發音

こん

生活慣用語

紺屋の白袴 こうやのしろばかま｜開染料行的卻穿白色衣服，形容忙別人的事卻沒空處理自己的事

衍生例句

私は紺屋の白袴で、パソコン開発の仕事をしているのに中古のパソコンしか持っていない。（わたし、こうや、しろばかま、かいはつ、しごと、ちゅうこ、も）我是染料行穿白衣，做電腦開發事業卻是用舊電腦。

日本國中生、高中生必學漢字

魂

常見發音

たましい／こん

生活慣用語

三つ子の魂百まで みつごのたましいひゃくまで｜個性從小到老都不會改變

衍生例句

三つ子の魂百までと言うとおり、人の性格はうまれたときから決まっている。（み、ご、たましいひゃく、い、ひと、せいかく、き）俗語說三歲孩子的靈魂到百歲不變，人的個性一生下來就固定了。

日本國中生、高中生必學漢字

催

常見發音

もよお／さい

生活慣用語

吐き気を催す はきけをもよおす｜身體不舒服想吐

衍生例句

船酔いで吐き気を催した。（ふなよ、は、け、もよお）我暈船想吐。

瓦

常見發音

が／かわら／かわらけ／ぐらむ

四字熟語

土崩瓦解 どほう-がかい｜形容情勢瓦解崩落

衍生例句

幕府末期は弱体化し土崩瓦解の状態で、薩長を抑える力が残っていなかった。幕府在末期時已衰弱，瓦解崩落，無法鎮壓薩長。

日本大學生、社會人士必學漢字

侃

常見發音

かん／つよ

四字熟語

侃侃諤諤 かんかん-がくがく｜理直氣壯地說

衍生例句

被告は侃侃諤諤と無罪を主張した。被告理直氣壯的主張自己無罪。

日本大學生、社會人士必學漢字

巖

常見發音

がん／いわ／いわお／がけ／けわ

四字熟語

枯木寒巖 こぼく-かんがん｜形容人態度十分冷淡

衍生例句

公務員の態度は以前、枯木寒巖のように冷たかった。
以前公務人員的態度就像枯木寒岩般冷漠。

日本大學生、社會人士必學漢字

亀

常見發音

き／きゅう／きん／かめ／あかぎれ

四字熟語

盲亀浮木 もうき-ふぼく｜指非常稀有、難得的

衍生例句

人間に生まれることは盲亀浮木のごとくありがたいことだと言われる。能夠生為人是難得的，就像盲眼的烏龜從浮木的洞鑽過去一樣難得。

日本大學生、社會人士必學漢字

蟻

常見發音

ぎ／あり／くろ

四字熟語

螻蟻潰堤 ろうぎ-かいてい｜指小小舉動會造成很大的影響

衍生例句

電車の線路に石を置く、という螻蟻潰堤のいたずらが大事故につながる。在電車鐵軌上放石頭，這種看來微不足道的惡作劇會引起大事故。

日本大學生、社會人士必學漢字

常見發音

きゅう／く／ひ

四字熟語

採菓汲水 さいか-きっすい｜指出家的修行

衍生例句

出家して採菓汲水の修行をする。我要出家做採果提水的修行。

日本大學生、社會人士必學漢字

尭

常見發音

ぎょう／たか

四字熟語

尭鼓舜木 ぎょうこ-しゅんぼく｜聽進其他人的建議

衍生例句

政治(せいじ)は尭鼓舜木(ぎょうこしゅんぼく)であるべきだ。 治國應該要聽進諫言。

日本大學生、社會人士必學漢字

錦

常見發音

きん／にしき

四字熟語

綾羅錦繡 りょうら-きんしゅう｜指華麗的衣服

衍生例句

賈宝玉(かほうぎょく)は綾羅錦繡(りょうらきんしゅう)を身(み)にまとっている。 賈寶玉穿著綾羅玉錦。

日本大學生、社會人士必學漢字

常見發音

きん／ごん／よろこ

四字熟語

欣喜雀躍 きんき-じゃくやく｜心情非常開心、高興

衍生例句

合格(ごうかく)の知(し)らせに欣喜雀躍(きんきじゃくやく)した。 收到合格通知就欣喜若狂。

日本大學生、社會人士必學漢字

常見發音

く／こう／いぬ

四字熟語

狗尾続貂 くび-ぞくちょう | 指能力不足的人位列高官

衍生例句

彼(かれ)の昇進(しょうしん)はまさに狗尾続貂(くびぞくちょう)だ。他的能力不足，讓他升官簡直是狗尾續貂。

日本大學生、社會人士必學漢字

規

常見發音

く／のり／さしがね

四字熟語

規矩準縄 きく-じゅんじょう | 指行為或事物的標準、準則

衍生例句

規矩準縄(きくじゅんじょう)をハッキリさせていい建物(たてもの)を作(つく)る。角度、距離弄清楚，才能蓋出好房子。

日本大學生、社會人士必學漢字

常見發音

く／からだ／むくろ

四字熟語

長身痩躯 ちょうしん-そうく | 指人的身材又高又瘦

衍生例句

彼(かれ)は長身痩躯(ちょうしんそうく)なので力士(りきし)より健闘(けんとう)が向(む)いている。他又高又瘦不適合相撲選手，適合當拳擊手。

日本大學生、社會人士必學漢字

嫉

常見發音

しつ／ねた／そね／にく

四字熟語

外巧内嫉 がいこう-ないしつ｜表面說好話，其實內心嫉妒

衍生例句

美人(びじん)コンテストは外巧内嫉(がいこうないしつ)の世界(せかい)だ。選美都是表面說好話，內心忌妒的世界。

日本大學生、社會人士必學漢字

常見發音

こ／とら

生活慣用語

竜虎相搏つ りゅうこあいうつ｜比喻優秀的兩者互相爭鬥

衍生例句

竜虎相搏(りゅうこあいう)つとき必(かなら)ず一方(いっぽう)が傷(きず)つく。龍虎相鬥必有一傷。

日本大學生、社會人士必學漢字

常見發音

さい／さら

生活慣用語

老醜を晒す ろうしゅうをさらす｜讓人看到自己老醜的模樣，比喻丟老臉

衍生例句

彼(かれ)は老醜(ろうしゅう)を晒(さら)すより引退(いんたい)した。與其讓別人看到自己老態龍鍾，他選擇退休。

股

常見發音

また

生活慣用語

股に掛ける またにかける ▎在某處活躍…

衍生例句

私（わたし）は世界（せかい）を股（また）に掛（か）けて活躍（かつやく）したい。 我希望活躍全球。

日本大學生、社會人士必學漢字

櫛

常見發音

しつ／くし／くしけず

生活慣用語

櫛の歯が欠けたよう くしのはがかけたよう ▎梳子少了梳齒，形容本來該有卻缺少

衍生例句

いつものメンバーがいないと、櫛（くし）の歯（は）が欠（か）けたように感（かん）じる。 少了老面孔，感覺像梳子的梳齒掉了幾根。

日本大學生、社會人士必學漢字

常見發音

りつ／り／くり／きび／おのの

生活慣用語

団栗の背比べ どんぐりのせいくらべ ▎形容程度都差不多，很普通

衍生例句

アマチュアは団栗（どんぐり）の背比（せいくら）べで、プロの棋士（きし）にはとても勝（か）てない。 業餘者們的程度都差不多，無法打贏職業圍棋高手。

袈

常見發音

け

生活慣用語

坊主憎けりゃ袈裟まで憎い ぼうずにくけりゃけさまでにくい┃討厭某人，也連帶討厭與某人相關的事物

衍生例句

坊主憎けりゃ袈裟まで憎いで、あの人が使ってるのと同じバッグは使いたくない。俗語說討厭和尚必討厭袈裟，所以我也不想用她用過的皮包。

日本大學生、社會人士必學漢字

常見發音

けん／う／あ／あぐ／つか

生活慣用語

倦まず弛まず うまずたゆまず┃不倦怠、不放鬆、努力不懈

衍生例句

ピアノは倦まず弛まず、地道な基礎練習が必要だ。練鋼琴需要努力不懈、踏實的基本練習。

日本大學生、社會人士必學漢字

常見發音

けん／かまびす／やかま

生活慣用語

喧嘩を売る けんかをうる┃故意惹某人生氣、挑釁

衍生例句

彼はライバル会社に喧嘩を売って、わざわざ同類の新製品を製作した。他想惹火競爭公司，故意製作同類的新商品。

蛙

常見發音

かえる／あ／わ

生活慣用語

蛙の子は蛙 かえるのこはかえる｜指什麼樣的環境，就會有什麼樣的人

衍生例句

蛙(かえる)の子(こ)は蛙(かえる)、普通(ふつう)の家庭(かてい)に育(そだ)てば普通(ふつう)の社会人(しゃかいじん)にしかならない。 青蛙只能生青蛙，在一般家庭長大，只能當一般的社會人士。

日本大學生、社會人士必學漢字

常見發音

かい／くら／みそか／つごもり

生活慣用語

目を晦ます めをくらます｜欺騙、矇蔽某人眼睛

衍生例句

烏賊(いか)や章魚(たこ)は墨(すみ)を吐(は)いて目(め)を晦(くら)ます。 烏賊和章魚會口噴黑墨，矇蔽敵人的眼睛。

日本大學生、社會人士必學漢字

常見發音

が／げ／きば／は／さいとり

生活慣用語

歯牙にもかけない しがにもかけない｜比喻對某事不在意、不放在眼裡

衍生例句

彼(かれ)の家(いえ)は金持(かねも)ちだからベンツ一台(いちだい)くらい盗(ぬす)まれても歯牙(しが)にもかけない。 他家很有錢，一台賓士車被偷也不放在眼裡。

臆

常見發音

おく／おしはか

生活慣用語

臆面もなく おくめんもなく｜不會感到害羞、厚臉皮

衍生例句

おばさんは臆面(おくめん)もなくどんどん値切(ねぎ)る。阿婆很厚臉皮，殺價得寸進尺。

日本大學生、社會人士必學漢字

常見發音

ぼ／ぼう／おす／お

生活慣用語

棚から牡丹餅 たなからぼたもち｜不勞而獲、有意想不到的驚喜

衍生例句

封筒(ふうとう)の中(なか)からお金(かね)を発見(はっけん)して棚(たな)から牡丹餅(ぼたもち)だ。在信封裡發現鈔票，簡直是不勞而獲。

日本大學生、社會人士必學漢字

常見發音

えん／せき／いせき／せ

生活慣用語

堰を切ったよう せきをきったよう｜非常感動導致淚水潰堤

衍生例句

優勝(ゆうしょう)して堰(せき)を切(き)ったように彼女(かのじょ)の目(め)から涙(なみだ)があふれ出(で)た。她得到冠軍後，淚水像轟開水壩一樣地潰堤。

常見發音

う／お／からす／くろ／いずく／なん

生活慣用語

烏の行水 からすのぎょうずい｜像烏鴉點水一樣，洗澡非常快速

衍生例句

彼女(かのじょ)は烏(からす)の行水(ぎょうずい)で3分(ぷん)でお風呂(ふろ)から出(で)てくる。她是烏鴉戲水，一下子就洗完澡。

日本大學生、社會人士必學漢字

窺

常見發音

き／うかが／のぞ

生活慣用語

寝息を窺う ねいきをうかがう｜確認是否真正睡著

衍生例句

寝息(ねいき)を窺(うかが)ってからベッドを這(は)い出(だ)した。確認她真的睡著後離開被窩。

日本大學生、社會人士必學漢字

常見發音

きょ／うそ／ふ／は／すすりな

生活慣用語

噓八百を並べる うそはっぴゃくをならべる｜形容某人說出的話都是騙人的

衍生例句

詐欺師(さぎし)は噓八百(うそはっぴゃく)を並(なら)べても人(ひと)に信(しん)じさせる。騙子鬼話連篇，讓人也相信。

附錄 「日本文部科學省」所規範，1945 個日本國民的常用漢字。

（一）日本小學生必學的 1006 個漢字

年級	小學生必學漢字
一年級	一右雨円王音下火花貝学気九休玉金空月犬 見口校左三山子四糸字耳七車手十出女小上 森人水正生青夕石赤千川先早草足村大男竹 中虫町天田土二日入年白八百文木本名目立 力林六五
二年級	引羽雲園遠何科夏家歌画回会海絵外角楽活 間丸岩顔汽記帰弓牛魚京強教近兄形計元言 原戸古午後語工公広交光考行高黄合谷国黒 今才細作算止市矢姉思紙寺自時室社弱首秋 週春書少場色食心新親図数西声星晴切雪船 線前組走多太体台地池知茶昼長鳥朝直通弟 店点電刀冬当東答頭同道読内南肉馬売買麦 半番父風分聞米歩母方北毎妹万明鳴毛門夜 野友用曜来里理話
三年級	悪安暗医委意育員院飲運泳駅央横屋温化荷 界階寒感漢館岸起期客究急級宮球去橋業曲 局銀区苦具君係軽血決研県庫湖向幸港号根 祭皿仕死使始指歯詩次事持式実写者主守取 酒受州拾終習集住重宿所暑助昭消商章勝乗 植申身神真深進世整昔全相送想息速族他打 対待代第題炭短談着注柱丁帳調追定庭笛鉄 転都度投豆島湯登等動童農波配倍箱畑発反 坂板皮悲美鼻筆氷表秒病品負部服福物平返 勉放味命面問役薬由油有遊予羊洋葉陽様落 流旅両緑礼列練路和開

四年級	愛案以衣位囲胃印英栄塩億加果貨課芽改械 害各覚完官管関観願希季紀喜旗器機議求泣 救給挙漁共協鏡競極訓軍郡径型景芸欠結建 健験固功好候航康告差菜最材昨札刷殺察参 産散残士氏史司試児治辞失借種周祝順初松 笑唱焼象照賞臣信成省清静席積折節説浅戦 選然争倉巣束側続卒孫帯隊達単置仲貯兆腸 低底停的典伝徒努灯堂働特得毒熱念敗梅博 飯飛費必票標不夫付府副粉兵別辺変便包法 望牧末満未脈民無約勇要養浴利陸良料量輪 類令冷例歴連老労録街
五年級	圧移因永営衛易益液演応往桜恩可仮価河過 賀解格確額刊幹慣眼基寄規技義逆久旧居許 境均禁句群経潔件券険検限現減故個護効厚 耕鉱構興講混査再災妻採際在財罪雑酸賛支 志枝師資飼示似識質舎謝授修述術準序招承 証条状常情織職制性政勢精製税責績接設舌 絶銭祖素総造像増則測属率損退貸態団断築 張提程適敵統銅導徳独任燃能破犯判版比肥 非備俵評貧布婦富武復複仏編弁保墓報豊防 貿暴務夢迷綿輸余預容略留領快
六年級	異遺域宇映延沿我灰拡革閣割株干巻看簡危 机貴疑吸供胸郷勤筋系敬警劇激穴絹権憲源 厳己呼誤后孝皇紅降鋼刻穀骨困砂座済裁策 冊蚕至私姿視詞誌磁射捨尺若樹収宗就衆従 縦縮熟純処署諸除将傷障城蒸針仁垂推寸盛 聖誠宣専泉洗染善奏窓創装層操蔵臓存尊宅 担探誕段暖値宙忠著庁頂潮賃痛展討党糖届 難乳認納脳派拝背肺俳班晩否批秘腹奮並陛 閉片補暮宝訪亡忘棒枚幕密盟模訳郵優幼欲 翌乱卵覧裏律臨朗論揮

（二）日本國中生、高中生必學的 939 個漢字

筆畫	國中生、高中生必學漢字
1 畫	乙
2 畫	又 了
3 畫	及 勺 丈 刃 凡 与
4 畫	井 介 刈 凶 斤 幻 互 孔 升 冗 双 丹 弔 斗 屯 匹 乏 匁 厄
5 畫	凹 且 甘 丘 巨 玄 巧 甲 込 囚 汁 召 斥 仙 占 奴 凸 尼 払 丙 矛
6 畫	扱 芋 汚 汗 缶 企 吉 朽 叫 仰 刑 江 旨 芝 朱 舟 充 旬 巡 匠 尽 迅 壮 吐 弐 如 肌 伐 帆 妃 伏 忙 朴 妄 吏 劣
7 畫	亜 壱 沖 戒 肝 含 岐 忌 却 狂 吟 迎 呉 坑 抗 攻 更 克 佐 伺 寿 秀 床 抄 肖 伸 辛 吹 杉 即 妥 択 沢 但 沈 呈 廷 尿 妊 忍 把 伯 抜 伴 尾 扶 芳 邦 坊 妨 没 妙 戻 抑 励
8 畫	依 炎 押 欧 殴 佳 怪 拐 劾 岳 奇 祈 宜 拒 拠 享 況 屈 茎 肩 弦 拘 肯 昆 刺 祉 肢 侍 邪 叔 尚 昇 沼 炊 枢 姓 征 斉 析 拙 阻 卓 拓 抽 坪 抵 邸 泥 迭 到 突 杯 拍 泊 迫 彼 披 泌 苗 怖 附 侮 沸 併 奉 抱 泡 房 肪 奔 抹 岬 免 茂 盲 炉 枠
9 畫	哀 威 為 姻 疫 卸 架 悔 皆 垣 括 冠 軌 虐 糾 峡 挟 狭 契 孤 弧 枯 侯 恒 洪 荒 郊 香 拷 恨 砕 咲 削 施 狩 臭 柔 俊 盾 叙 浄 侵 甚 帥 是 牲 窃 荘 促 俗 耐 怠 胎 胆 衷 挑 勅 珍 津 亭 貞 帝 訂 怒 逃 洞 峠 卑 赴 封 柄 胞 某 冒 盆 柳 幽 厘 郎
10 畫	浦 悦 宴 翁 華 蚊 核 陥 既 飢 鬼 恐 恭 脅 桑 恵 倹 兼 剣 軒 娯 悟 貢 剛 唆 宰 栽 剤 索 桟 脂 疾 酌 殊 珠 准 殉 徐 宵 症 祥 称 辱 唇 娠 振 浸 陣 粋 衰 畝 逝 隻 扇 栓 租 捜 挿 泰 託 恥 致 畜 逐 秩 朕 逓 哲 途 倒 凍 唐 桃 透 胴 匿 悩 畔 般 疲 被 姫 浜 敏 浮 紛 捕 倣 俸 峰 砲 剖 紡 埋 眠 娘 耗 紋 竜 倫 涙 烈 恋 浪
11 畫	尉 逸 陰 菓 涯 殻 郭 掛 喝 渇 乾 勘 患 貫 偽 菊 脚 虚 菌 偶 掘 啓 掲 渓 蛍 控 婚 紺 彩 斎 崎 惨 執 赦 斜 蛇 釈 寂 渋 淑 粛 庶 渉 紹 訟 剰 紳 酔 崇 据 惜 旋 措 粗 掃 曹 袋

	逮 脱 淡 窒 彫 眺 陳 釣 偵 添 悼 盗 陶 豚 軟 猫 粘 婆 培 陪 舶 販 描 瓶 符 偏 崩 堀 麻 猛 唯 悠 庸 粒 隆 涼 猟 陵 累
12 畫	握 偉 渦 詠 越 援 奥 喚 堪 換 敢 棺 款 閑 幾 棋 欺 喫 距 暁 琴 遇 隅 圏 堅 雇 御 慌 硬 絞 項 詐 傘 紫 滋 軸 湿 煮 循 掌 晶 焦 硝 粧 詔 畳 殖 診 尋 酢 遂 随 疎 訴 喪 葬 堕 惰 替 棚 弾 遅 超 塚 堤 渡 塔 搭 棟 痘 筒 鈍 廃 媒 蛮 扉 普 幅 雰 塀 遍 募 傍 帽 婿 愉 猶 裕 雄 揚 揺 絡 痢 硫 塁 裂 廊 惑 湾 腕
13 畫	違 煙 猿 鉛 嫁 暇 禍 雅 塊 慨 該 較 隔 滑 褐 勧 寛 頑 棄 詰 愚 虞 靴 傾 携 継 傑 嫌 献 遣 誇 鼓 碁 溝 腰 債 催 歳 載 搾 嗣 雌 慈 愁 酬 奨 詳 飾 触 寝 慎 睡 跡 摂 践 禅 塑 僧 賊 滞 滝 嘆 痴 稚 蓄 脹 跳 艇 殿 塗 督 漠 鉢 搬 煩 頒 微 飽 滅 誉 溶 裸 雷 酪 虜 鈴 零 廉 楼 賄
14 畫	維 稲 隠 寡 箇 概 駆 綱 酵 豪 酷 獄 魂 漆 遮 需 銃 塾 緒 彰 誓 銑 漸 遭 憎 駄 奪 端 嫡 徴 漬 摘 滴 寧 髪 罰 閥 碑 漂 腐 慕 僕 墨 膜 慢 漫 銘 網 誘 踊 僚 暦 漏
15 畫	慰 影 鋭 謁 閲 縁 稼 餓 潟 歓 監 緩 輝 儀 戯 窮 緊 勲 慶 撃 稿 撮 暫 賜 趣 潤 遵 衝 嘱 審 震 澄 請 潜 遷 槽 諾 鋳 駐 墜 締 徹 撤 踏 縄 輩 賠 範 盤 罷 賓 敷 膚 賦 舞 噴 墳 憤 幣 弊 舗 穂 褒 撲 摩 魅 黙 憂 窯 履 慮 寮 霊
16 畫	緯 憶 穏 壊 懐 獲 憾 還 凝 薫 憩 賢 衡 墾 錯 諮 儒 獣 壌 嬢 錠 薪 錘 薦 濁 壇 篤 曇 濃 薄 縛 繁 避 壁 縫 膨 謀 磨 諭 融 擁 謡 頼 隣 隷 錬
17 畫	嚇 轄 環 擬 犠 矯 謹 謙 購 懇 擦 爵 醜 償 礁 繊 鮮 燥 霜 濯 鍛 聴 謄 頻 翼 療 齢
18 畫	穫 騎 襟 顕 鎖 瞬 繕 礎 騒 贈 懲 鎮 闘 藩 覆 癖 翻 繭 癒 濫 糧
19 畫	韻 繰 鶏 鯨 璽 髄 瀬 藻 覇 爆 譜 簿 霧 羅 離 麗
20 畫	響 懸 鐘 譲 醸 籍 騰 欄
21 畫	艦 顧 魔 躍 露
22 畫	驚 襲
23 畫	鑑

檸檬樹出版社

赤系列　08

日本國民漢字の魔力
～從 300 個日本國民漢字，學會 2800 個常用詞彙！

2009 年 8 月 初版
2009 年 9 月 初版七刷

作者 ／ 高島匡弘
發行人 ／ 江媛珍
出版者 ／ 檸檬樹國際書版有限公司　檸檬樹出版社
地址 ／ 臺北縣 235 中和市中和路 400 巷 31 號 2 樓
電話 ／ 02-2927-1121
傳真 ／ 02-2927-2336
E-mail ／ lemontree@booknews.com.tw
社長兼總編輯 ／ 何聖心
日文主編 ／ 連詩吟
執行編輯 ／ 邱顯惠
英文編輯 ／ 林立文
會計行政 ／ 方靖淳
法律顧問 ／ 第一國際法律事務所 余淑杏律師

代理印務及全球總經銷 ／ 知遠文化事業有限公司
地址 ／ 台北縣 222 深坑鄉北深路三段 155 巷 23 號 5 樓
電話 ／ 02-2664-8800　　傳真 ／ 02-2664-8801
網址 ／ www.booknews.com.tw 博訊書網

港澳地區經銷 ／ 和平圖書有限公司
地址 ／ 香港柴灣嘉業街 12 號百樂門大廈 17 樓
電話 ／ (852)2804-6687　　傳真 ／ (850)2804-6409

劃撥帳號 ／ 19726702
劃撥戶名 ／ 檸檬樹國際書版有限公司
* 單次購書金額未達 300 元，請另付 40 元郵資
* 信用卡 ／ 劃撥購書需 7-10 個工作天